Contents

곰곰곰 베어 16

저자 쿠마나노
일러스트 029
옮긴이 김보라

스킬

▶이세계 언어
이세계의 언어가 일본어로 들린다.
이야기를 하면 이세계의 언어로 상대방에게 전달된다.

▶이세계 문자
이세계의 문자를 읽을 수 있다.
글자를 쓰면 이세계 문자가 된다.

▶곰의 이차원 박스
흰 곰의 입은 무한으로 벌어지는 공간이다.
어떤 물건이라도 넣을(먹을) 수 있다.
단, 살아 있는 것을 넣는(먹는) 건 안 됨.
들어가 있는 동안에는 시간이 멈춘다.
이차원 박스에 넣은 물건은 언제든 꺼낼 수 있다.

▶곰 관찰안
검은 흰 곰 옷의 후드에 달려있는 곰 눈을 통해서 무기나 도구의 효과를 볼 수 있다.
후드를 쓰지 않으면 효과는 발동되지 않는다.

▶곰 탐지
곰의 야생의 힘으로 마물이나 사람을 탐지할 수 있다.

▶곰 소환수
곰 장갑에서 곰이 소환된다.
검은 곰 장갑에서는 검은 곰이 소환된다.
흰 곰 장갑에서는 흰 곰이 소환된다.
소환수 꼬맹이화 : 소환수인 곰을 꼬맹이화 할 수 있다.

▶곰 지도 ver.2.0
곰의 눈이 본 장소를 지도로 만들 수 있다.

▶곰 이동문
문을 설치하여 서로의 문을 왔다 갔다 할 수 있게 된다.
3개 이상의 문을 설치할 경우는 행선지를 상상하는 것으로 이동할 곳을 정할 수 있다.
이 문은 곰 장갑을 사용하지 않으면 열리지 않는다.

▶곰 폰
먼 곳에 있는 사람과 대화할 수 있다.
곰 폰을 만든 후, 술자가 없앨 때까지 존재한다. 물리적으로 망가뜨릴 수 없다.
곰 폰을 건넨 상대를 상상하면 연결된다.
곰의 울음소리로 착신을 알린다. 소지자가 마력을 보내는 것으로 껐다 켤 수 있게 되어 통화가 가능하다.

▶곰 수상 보행
물 위를 이동하는 것이 가능해진다.
소환수는 물 위를 이동하는 것이 가능해진다.

▶곰 염화
떨어져 있는 소환수를 불러들일 수 있다.

마법

▶곰 라이트
곰 장갑에 모은 마력으로 곰 형태의 빛을 생성한다.

▶곰 신체 강화
곰 장비에 마력을 보내는 것으로 신체강화를 실시할 수 있다.

▶곰 불 속성 마법
곰 장갑에 모은 마력으로 불 속성의 마법을 사용할 수 있다.
위력은 마력, 상상에 비례한다.
곰을 상상하면 위력이 더욱 올라간다.

▶곰 물 속성 마법
곰 장갑에 모은 마력으로 물 속성의 마법을 사용할 수 있다.
위력은 마력, 상상에 비례한다.
곰을 상상하면 위력이 더욱 올라간다.

▶곰 바람 속성 마법
곰 장갑에 모은 마력으로 바람 속성의 마법을 사용할 수 있다.
위력은 마력, 상상에 비례한다.
곰을 상상하면 위력이 더욱 올라간다.

▶곰 땅 속성 마법
곰 장갑에 모은 마력으로 땅 속성의 마법을 사용할 수 있다.
위력은 마력, 상상에 비례한다.
곰을 상상하면 위력이 더욱 올라간다.

▶곰 전격 마법
곰 장갑에 모은 마력으로 전격 마법을 사용할 수 있게 된다.
위력은 마력, 상상에 비례한다.
곰을 상상하면 위력이 더욱 올라간다.

▶곰 치유 마법
곰의 상냥한 마음에 의해 치료가 가능해진다.

이름 : 유나
연령 : 15세
성별 : 여자

크리모니아

피나
유나가 이 세계에서 처음으로 만난 소녀, 10살. 유나가 어머니를 구해준 인연으로 유나가 무찌른 마물의 해체를 맡고 있다. 유나에게 이리저리 끌려다닌다.

슈리
피나의 여동생, 7살. 모친인 티루미나를 따라 『곰 씨 쉼터』등에서도 일을 돕는 매우 씩씩한 여자아이. 곰 님을 매우 좋아한다.

티루미나
피나와 슈리의 어머니. 병에 걸린 것을 유나가 도와줬다. 그 후 겐츠와 재혼. 『곰 씨 식당』과 『곰 씨 쉼터』의 관리를 유나에게 위임받았다.

겐츠
크리모니아 모험가 길드의 마물 해체 담당관. 피나를 신경 써주고 있고 얼마 후 티루미나와 재혼.

느와르 포슈로제
애칭은 노아, 10살. 포슈로제 가문의 차녀. 『곰 님』을 사랑하는 활발한 소녀.

클리프 포슈로제
노아의 아버지. 크리모니아 마을의 영주. 유나의 돌발적인 행동에 휘둘려 고생하는 인물. 담백한 성격으로 영주민들이 흠모하고 있다.

셰리
고아원 여자아이. 수선 솜씨를 인정받아 재봉 가게에서 일을 배우고 있다. 유나에게 곰돌이와 곰순이 인형 제작 의뢰도 받았다.

테모카
크리모니아 마을의 재봉사. 셰리를 문하생으로 받았다.

카린
모린의 딸. 모친과 함께 『곰 씨 쉼터』에서 일하게 된다. 어머니에게 뒤쳐지지 않고 빵 만들기가 능숙하다.

네린
모린의 친척. 모린을 만나러 왕도로 왔을 때 유나를 만난다. 그 후, 모린의 가게에서 케이크 담당이 된다.

안즈
미릴러 마을 여관의 딸. 유나에게 요리 솜씨를 인정받고 권유를 받는다. 아버지의 품을 벗어나 크리모니아에서 『곰 씨 식당』을 맡게 된다.

모린
전 왕도 빵가게 주인. 가게의 트러블을 유나가 도와줘서 그 뒤로 『곰 씨 쉼터』를 맡게 된다.

니프
안즈의 가게에서 일하러 미릴러 마을에서 크리모니아 마을로 찾아왔으나 고아원에서 일하게 된다.

세노
안즈의 가게에서 일하기 위해 찾아온 여성들 중 가장 어린 나이의 여성.

포르네
안즈의 가게에서 일하기 위해 찾아온 안즈와 세노 씨의 언니 같은 여성.

베틀
안즈의 가게에서 일하기 위해 찾아온 성실한 여성.

골드
크리모니아의 대장간 주인. 피나가 가진 미스릴 나이프를 만들었다.

시린

미사나 포렌그람
애칭은 미사. 노아를 언니처럼 따르며 곰 님 팬클럽 회원이기도 하다. 유나를 유나 언니라고 부른다.

왕도

엘레로라 포슈로제
노아와 시아의 어머니, 35살. 평소엔 국왕 폐하 아래에서 일하고 있으며 왕도에 살고 있다. 어쩐지 발이 넓고 유나에게 여러 가지로 도움을 주고 있다.

시아 포슈로제
노아의 언니, 15살. 트윈 테일을 한 조금 활기찬 여자아이. 왕도의 학원에 다닌다. 학원에서의 성적은 우수하지만 실전은 아직 멀었다.

플로라 공주
엘파니카 왕국의 공주. 유나를 「곰 님」이라고 부르며 따른다. 그림책과 인형을 선물 받았고 유나의 마음에 들었다.

티리아
엘파니카 왕국의 공주. 플로라 공주의 언니. 왕도 학원에 다니는 시아의 동급생. 플로라 공주로부터 유나를 「곰 님」이라고 알게 되어 만나기를 고대하고 있었다.

가잘
왕도 대장간 주인. 유나는 골드의 소개로 방문한다. 그 후에 유나를 위해 전투용 미스릴 나이프를 만든다.

엘프 마을

사냐
왕도 모험가 길드의 길드 마스터. 엘프 여성으로 유나는 모험가와의 트러블 등으로 신세를 진다. 매와 비슷한 소환조인 폴그를 다룬다.

무무르트
루이밍과 사냐의 할아버지. 엘프 마을의 장로를 맡고 있다. 옛날에는 모험가로서 활동했다.

아르투르
사냐와 루이밍의 부친. 겉모습은 20대 초반 정도의 슬림한 남자 엘프.

탈리아
루이밍과 사냐의 모친. 그 겉모습은 딸 둘의 언니라고 해도 위화감이 없다.

루이밍
사냐의 여동생. 왕도의 곰 하우스 앞에 지쳐 쓰러져 있는 것을 유나가 구해줬다. 예의 바르지만 덜렁거리는 면도 있다.

루카
루이밍과 사냐의 남동생. 8살. 루이밍을 굉장히 좋아한다.

베나
루이밍과 사냐의 할머니. 무무르트의 부인. 묘령의 여자 엘프.

라비라타
엘프의 숲을 지키는 임무를 맡은 말수가 적은 엘프 청년. 사냐의 약혼자.

제이드 파티

제이드
골렘 퇴치와 데젤트 마을 등, 유나와 여러 가지로 인연이 있는 4인조 모험가 파티의 의지되는 리더. 유나의 힘을 인정하며 본인도 꽤 실력자이다.

토우야
경박하고 익살맞은 남자 검사.
괴롭힘 당하는 역할로 파티의 분위기 메이커.

멜
밝고 항상 웃는 얼굴인 마법사 여성. 곰돌이와 곰순이를 무척이나 좋아하지만 좀처럼 타지 못한다.

세니아
쿨한 성격에 나이프를 사용하는 여성.
항상 토우야를 놀린다.

랄즈 마을

레트벨
랄즈 마을에서 절대적인 영향력을 지닌 대상인. 빈틈이 없는 인물이지만 손녀에게는 약하다. 유나에게는 그림책 대신 랄즈 마을의 집을 줬다.

아루카
예쁜 은색 머리와 귀여운 미소가 특징인 레트벨의 손녀. 5살 정도. 유나의 그림책과 곰 인형에 푹 빠졌다.

▶ GOM GOM GOM BEAR_VOL. 16

줄 거 리

바다, 맛집 투어, 모험 등으로 충실한 사원 여행을 마치고 크리모니아로 돌아온 유나 일행.
다 같이 압화를 만들고, 곰 씨 쉼터의 일을 도와주다보니 시아와 미사와는 헤어질 시간이 찾아온다.
일상으로 돌아간 유나는 이전에 얻은 수수께끼의 광석 『곰모나이트』의 존재가 떠올랐고 그 비밀을 밝히기 위해 피나와 함께 드워프 마을로 출발! 도중에 들린 엘프 마을에서 루이밍도 합세해 처음인 멤버 구성으로 외출한다.
게다가 제이드 파티와도 또 다시 재회하여 드워프 마을에서는 이세계스러운 이벤트가 시작될 것 같은데?!

이세계 곰 아가씨의 느긋하고 귀여운 모험담, 제16탄!!

406 곰 씨, 압화를 만들다

"으~ 잘 잤다."

나는 기지개를 켰다.

어제, 사원 여행에서 돌아온 나는 티루미나 씨가 만들어 준 요리를 대접받았다.

그리고 곰 하우스로 돌아온 뒤 그대로 목욕도 하지 않은 채 침대에 쓰러져버렸다. 일찍 잔 것도 있어서 오늘은 몸이 가뿐하다.

"곰돌아, 곰순아, 좋은 아침이야."

나는 옆에서 몸을 둥글게 말고 자고 있는 꼬맹이 곰돌이와 곰순이에게 말을 걸었다.

""크~응.""

곰돌이와 곰순이는 몸을 일으키며 대답했다.

나는 곰돌이랑 곰순이와 함께 아침 목욕을 한 뒤 하루를 시작했다.

아침 식사를 마치고 곰돌이랑 곰순이와 여유롭게 있는데 집으로 피나와 슈리가 찾아왔다.

"무슨 일이야?"

"잊은 거예요? 오늘은 노아 님의 집에 가서 압화? 라는 걸 만든다고……."

아아, 그랬지.

그런 약속을 했다는 걸 까맣게 잊고 있었다.

여행에서 돌아온 다음 날 정도는 여유를 부릴 생각이었는데, 미사가 시린 마을로 돌아가는 것 때문에 서둘러 압화를 만들기로 했었다.

나는 몸을 일으켜 곰돌이와 곰순이를 송환하고 노아의 저택을 향해 출발했다.

피나와 슈리를 데리고 노아의 집에 도착하자 라라 씨가 맞아주며 노아의 방으로 안내해줬다. 방에는 노아와 미사, 시아 세 사람이 기다리고 있었다.

"유나 님, 기다리고 있었어요. 피나랑 슈리도 어서 와."

"오늘은 초대해주셔서 감사드려요."

"고마워."

피나가 노아에게 인사를 하자 슈리도 피나를 따라 인사한다.

"그럼, 곧바로 만들어볼까."

"네!"

"응!"

노아는 피나와 슈리의 손을 잡고 테이블 쪽으로 데리고 갔다.

돌아온 다음 날인데도 활기차다. 그 활기를 조금 나눠주면 좋겠다는 심정이다.

나는 그런 활기찬 세 사람의 뒤를 따라가 테이블 앞에 다다랐다. 테이블 위에는 꽃을 납작하게 말릴 때 필요한 도구와 꽃이 이미 준비되어 있었다.

"이 꽃은?"

"언니랑 피나 자매는 꽃이 있지만, 저랑 미사는 없어서 라라에게 부탁해 정원에 있는 꽃을 조금 따왔어요."

"따로 준비하지 않아도, 내가 따온 꽃이 있는데."

"모처럼 만드는 거잖아요. 다양한 꽃이 있어도 좋지 않을까 해서요. 피나랑 슈리도 마음에 드는 꽃을 써도 돼. 그 대신 두 사람이 따온 꽃도 나눠줘야 해."

"네!"

"응, 좋아."

피나와 슈리는 노아의 제안을 흔쾌히 승낙했다.

나는 테이블 위로 피나 자매가 타르구이에서 꺾어 온 꽃을 꺼냈다. 이쪽도 다양한 꽃이 있다.

"처음 보는 꽃이네."

"노아는 꽃에 관해 잘 아니?"

"아뇨, 그렇지는 않아요. 라라가 집을 꽃들로 장식하니까, 본 적이 없다고 생각한 정도예요."

"우리 집에서도 본 적 없는데, 꽃이 모두 예쁘네요."

미사가 꽃을 들었다.

귀족인 두 사람도 본 적이 없다니. 뭐, 지역에 따라 피는 꽃은 다르니까. 게다가 움직이는 섬인 타르구이 위에 피어있던 꽃이다. 타르구이는 전 세계를 돌고 있으니 이 부근에서 본 적 없는 꽃이 있어도 이상하지 않다.

혹시, 꽃 가게를 열면 잘 팔릴지도 모른다는 생각이 머릿속을 스쳤지만 귀찮아서 곧바로 포기했다. 어린 여자아이의 꿈 중 하나로 꽃집 주인이 있다고 하는데, 나에게 그런 여성스러운 일은 어울리지 않는다.

무엇보다 곰 인형 옷차림으로 꽃가게라니…… 상상하는 것만으로도 피식 웃음이 나온다.

"유나 언니, 왜 그래요?"

"응? 아무것도 아니야."

자신이 꽃에 둘러싸여 일하는 모습을 상상했더니 웃음이 나와 버렸다는 말은 할 수 없다. 피나라면 꽃가게 주인이 어울릴지도 모르겠다. 가게에서 꽃에 둘러싸인 피나를 상상해봤다. 귀여운 앞치마를 한 피나가 꽃을 돌본다. 곰 인형 옷을 입은 나보다 몇십 배 더 잘 어울린다.

내가 피나를 가만히 바라보고 있자 피나는 고개를 갸웃거렸다.

"그럼, 꽃을 납작하게 말려볼까."

"유나 언니, 어떻게 만드는 거야?"

"간단해. 만들어 볼 테니까 잘 봐."

나는 작은 하얀 꽃을 손에 들고 천 위에 놓았다. 그리고 핀셋을 사용해서 꽃잎이 예쁘게 놓이도록 만든다. 잘 만들어지면 천을 덮는다.

"시아, 다리미 좀 줄래?"

"네."

나는 다리미를 받아들고 천 위에서 다리미를 몇십 초 동안 눌렀다. 다리미를 떼어내고 꽃에서 열이 빠져나가기를 기다렸다가 다시 다리미를 올렸다. 그 작업을 몇 번 반복하자 눌려진 꽃의 색이 예쁘게 남았다.

그걸 본 슈리는 작은 손으로 꽃을 손바닥에 올렸다.

"꽃이 납작해졌어."

"나머진 이렇게 해서 액자 안에 끼워 장식하면 계속 예쁜 꽃을 볼 수가 있지."

뭐, 조금 더 세세한 순서도 있었던 것 같지만 대충 이런 느낌이었을 거다.

"시아 언니, 다리미는 하나밖에 없어?"

"세 개 있어. 두 사람씩 나눠서 만들자."

그런 이유로 노아와 미사, 피나와 슈리, 나와 시아로 나뉘어 압화를 만들게 되었다.

각자가 마음에 든 꽃을 골라 꽃을 납작하게 말렸다. 다음으로 액자에 장식하듯 나열했다.
"유나 씨, 이런 식으로 하면 어때요?"
"좋은 것 같아."
시아는 노란색과 빨간색의 꽃을 납작하게 말려서 장식했다. 나도 초등학생 때 수업에서 만든 이후 처음이지만 아직 기억하고 있다. 뭐, 약간 틀려도 크게 실패하지 않는다면 문제는 없겠지.
각자가 생각한 대로 꽃을 꾸몄다.
건조제가 필요한지는 모르겠지만 시아가 준비해줘서 액자 안에 넣었다.
그리고 각자가 만든 압화가 완성됐다.
"으~ 역시, 유나 님이 제일 잘 만드셨네요."
"그렇지 않아. 노아도 잘 만들었는걸."
노아는 밝은색의 꽃을 중점적으로 사용해서 조금 화려한 느낌이었다. 활기가 느껴지는 색 조합이다. 노아답다면 노아답다. 노아는 자신의 방에 둘 거라고 한다.
그에 반해 미사가 만든 꽃은 연한 색의 꽃이 중심이다. 여기 오지 못하고 마을에 남은 부모님에게 선물하겠다고 했다.
나는 피나와 슈리 쪽을 봤다.
슈리는 커다란 꽃을 중심으로 골랐다.
"엄마가 좋아해 줄까?"
"슈리가 열심히 만들었으니까 좋아하실 거야. 피나도 잘 만들었네."

"어머니에게 선물하는 게 기대돼요."

마음속으로 겐츠 씨에게는 아무도 안 주는구나~라고 생각했는데 입 밖으로는 꺼내지 않았다.

"시아는 엘레로라 씨에게?"

"어머님은 저보다 노아가 선물하는 걸 기뻐할 테니까 이건 카틀레야한테 선물하려고요."

"제가 어머님에게 선물하는 거예요?"

"그러는 편이 어머님도 좋아하실 거야. 꽃도 남아있으니 만들어주면 내가 전해줄게."

"알겠어요. 그러면 만들게요. 언니도 같이 만들어서 둘이서 주는 선물로 해요."

"그러면 되겠네."

노아와 시아는 둘이서 엘레로라 씨에게 선물하기 위해 꽃을 만들기 시작했다.

"유나 언니, 가게에 장식해도 돼요?"

피나가 묻는다.

가게에 장식하는 건 좋은 생각이다. 그래서 나는 허락했다.

그러자 슈리도, 노아도, 미사도 가게에 장식해달라고 부탁해왔다. 물론 그것도 허락했다.

다섯 명 모두 정말 즐겁게 만든다. 나는 그런 모습을 보며 미소지었다. 압화 만들기를 제안하길 잘했다.

"유나 언니는 안 만들어요?"

나는 만들어봤자 선물할 상대가 없다. 집을 꾸며도 좋지만 그런 여성스러운 건 나에게는 어울리지 않는다. 뭐, 곰 인형을 장식하고 있는 시점에서 어울리지 않겠지만…….

인형 정도는 여자아이 집에 있어도 괜찮잖아.

하지만 이대로 모두의 모습을 보기만 하는 것도 따분하다.

어떻게 할지 생각하고 있는데 성에 있는 어린 여자아이의 얼굴이 떠올랐다.

플로라 님에게 선물하면 좋아해 주려나?

"그럼, 나는 플로라 공주님에게 만들어 줘야지."

나는 새로운 꽃을 손에 들고 어떻게 만들지 고민했다.

가장 먼저 떠오른 건 곰이지만 아무리 그래도 꽃으로 곰은 못 만든다.

여러 생각을 해봤는데 떠오르지 않아서 평범하게 만들기로 했다.

그런 느낌으로 다 같이 만들자 테이블 위에 있던 꽃은 사라지고 많은 작품이 완성됐다.

407 곰 씨, 가게를 돕다

만든 압화는 각자의 방에 장식하거나 선물하기로 했다. 그 후에 남은 압화는 모린 씨의 가게와 안즈의 가게에 장식했다.

노아 일행도 자신의 손으로 직접 가게에 장식할 수 있어서 즐거워했다.

가게에 장식된 압화는 의외로 손님들에게 호평이었다.

그리고 미릴러에서 돌아온 지 며칠이 지나고 내일 미사가 시린으로 돌아가게 되어 피나와 다른 아이들과 함께 곰 씨 쉼터에서 빵과 케이크, 푸딩을 대접하게 되었다.

개점 전에 가려고 가게로 향했는데 이미 몇 명의 손님들이 줄을 서 있었다. 그만큼 우리 가게의 빵과 케이크를 좋아해 주는 거라서 기쁘다.

나는 노아와 아이들을 데리고 가게의 뒷문을 통해 부엌에 얼굴을 내비쳤다. 부엌 안에서는 막 구워진 빵의 냄새가 풍겼다. 우리는 모린 씨와 카린 씨에게 인사를 하고 갓 구워진 빵과 푸딩, 케이크를 받아 구석 자리에서 먹기로 했다.

"역시 맛있네요. 언제든지 먹을 수 있는 노아 언니가 부러워요."

"나도 그렇게 생각해."

미사의 말에 왕도에서 사는 시아도 동감했다.

“그렇지만 시아는 왕도에 있는 가게에서 푸딩이랑 케이크를 먹을 수 있잖아.”

분명 엘레로라 씨와 젤레프 씨가 만든 가게가 문을 열었다. 나는 곰 장식물 때문에 근처에 가진 않지만…….

“그 가게는 이곳이랑 비교하면 비싸서 간단히 먹을 수 없어요. 어머님이 용돈을 많이 주지 않기도 하고…….”

귀족 따님인데 용돈을 받는구나.

“이해해요. 아버님도 용돈을 늘려주지 않아서 매일 올 수 없거든요.”

노아도 용돈을 받는 모양이다. 뭐, 가지고 싶은 걸 다 가질 수 있다고 생각하는 애들 보다는 낫다.

만약 원하는 걸 무엇이든 가질 수 있다고 생각하는 아이인 채로 어른이 된다면, 주변에 피해를 주는 인간이 될 거다.

용돈은 정해진 범위 안에서 써야하기 때문에 사는 지역의 물가에 관해 공부해야 한다. 그렇게 생각하면 클리프와 엘레로라 씨가 교육은 제대로 하는 것 같다.

“그래서 라라에게 간식거리는 이곳 푸딩이랑 케이크를 일주일에 한 번씩 부탁하고 있어요.”

“노아, 그건 치사해.”

“맞아요. 저는 먹지도 못하는걸요.”

노아의 말에 시아와 미사가 항의의 목소리를 높였다.

그 말을 듣고 라라 씨가 무른 타입인가 생각했지만 일주일에 한 번이라면 허용 범위 안이다. 매일이었다면 안 되지만 그 정도라면 귀여운 어리광이다.

우리가 여유롭게 대화를 나누고 있는데 가게가 시끌벅적해지기 시작했다.

가게는 오픈했을 때 일이 많아진다. 처음에 몇 명 없던 손님은 점점 늘어나 찾아오는 손님이 끊이질 않았다. 가게 안의 좌석은 금방 만석이 되었고 일하는 아이들은 바쁘게 가게 안을 돌아다녔다.

오랜만에 문을 열기도 했고 아이스크림도 붐비는 이유였다.

이틀 전부터 아이스크림을 팔기 시작했다.

특별히 홍보는 하지 않았지만 눈 깜짝할 사이에 사람들에게 입소문이 난 모양이다.

가게 안에서 일하는 아이들은 바쁘게 움직였다.

"유나 언니, 잠깐 돕고 올게요."

"언니, 나도."

피나와 슈리 두 사람은 스스로 돕겠다 나서며 가게 안쪽으로 향했다. 나도 도와야겠는걸.

"세 사람 모두 미안하지만, 나도 도우러 갈 테니까 세 명은 천천히 먹고 있어."

나도 자리에서 일어서자 노아가 입을 열었다.

"유나 님, 저도 도울래요."

"노아?"

"그러면, 저도."

"두 사람이 돕겠다면, 나도 해야겠네."

노아가 돕겠다고 나서자 미사와 시아도 그런 말을 꺼냈다.

귀족인 세 사람이 가게 일을 돕겠다고?

일반적으로 생각하면 거절하고 싶다. 세 사람의 마음은 기쁘지만 바쁠 때 일을 알려줄 시간은 없다. 이렇게 말하면 미안한데 오히려 일이 늘어난다. 계속 지켜봐 줄 수도 없고 무엇보다 세 사람은 귀족이다. 일을 시켜도 될지 망설여진다.

"밀과 여기 있는 직원 모두 다 같이 놀았던 친구예요. 매일 하는 건 무리겠지만, 오늘 정도는 도와주고 싶어요."

"노아 언니가 하는 말대로예요."

"설거지든 뭐든 할게요."

"정말? 그러면 설거지를 부탁할게."

결국 지원을 거절하지 못하고 세 사람에게 가게 일을 도와달라고 했다.

미사와 시아, 두 사람에게는 말한 대로 부엌에서 그릇과 컵 등을 닦아달라고 했다. 보통이라면 귀족인 두 사람에게 설거지를 시키는 일은 있을 수 없지만 그것 말고는 부탁할만한 일이 없다.

빵 만들기를 도와달라고 할 수도 없고 가게의 메뉴에 관해 잘 알지 못하면 접객도 어렵다. 그렇게 되면 단순 작업인 설거지밖에 없다.

게다가 자진해서 설거지를 하겠다고 했으니 부탁했다.

설거지는 중요한 일이다. 두 사람이 설거지를 해준다면 설거지를 담당하는 아이의 손이 빌 것이고, 그 아이가 모린 씨의 빵 만들기와 네린의 케이크 만들기를 돕거나 내일 팔 아이스크림을 만들 수 있다.

그리고 또 한 명의 귀족인 노아가 문제인데 노아는 밀과 함께 곰 빵을 만들고 있었다. 전에 피나에게서 곰 빵 만드는 법을 배워 가끔 집에서도 라라 씨와 곰 빵을 만든다고 했다. 곰 빵은 얼굴을 정성스럽게 만들지 않으면 안 되기 때문에 결국 시간이 걸린다. 그렇지만 노아는 익숙한 느낌으로 곰 빵을 만들었다.

「곰 빵 만드는 건 맡겨주세요」라고 단언할 만하다.

"느와르 님, 잘하시네요. 느와르 님이 만드는 곰 빵은 귀여워서 금방 다 팔릴 것 같아요."

"그러면 좋겠네."

노아와 밀이 즐겁게 대화를 나눈다.

그런 모습을 부러운 듯 미사와 시아가 보고 있지만 경험이 없는 두 사람에게 만들게 할 수는 없다.

노아와 밀이 만든 빵은 모린 씨가 확인한 뒤 합격하면 모린 씨가 만든 빵과 함께 화덕에 넣는다. 세 개의 화덕에서 동시에 빵이 구워진다. 빵의 굽기 정도는 모린 씨의 눈으로 확인했다. 굽기만 하는 건 아이들도 할 수 있지만 알맞은 굽기의 정도를 파악하는 건 모린 씨를 따라올 사람이 없다.

"유나, 빵이 다 구워졌으니까 가게 쪽으로 옮겨줘. 부탁할게."

나의 일은 빵을 운반하는 것이다. 원래라면 곰 빵을 만들 생각이었는데 노아가 만들고 있어서 내 일이 사라졌다.

나는 모린 씨에게서 빵을 받아 점내로 옮겼다. 매장 안으로 들어서자 카린 씨의 지시를 받은 아이들이 일하고 있었다.

"싸우는 곰 님 테이블이 비었으니까 정리해줘!"

"달리는 곰 님 테이블도 부탁해."

카린 씨는 매장 안을 둘러보며 아이들에게 지시를 내렸다.

"나는 싸우는 곰 님으로 갈게."

"나는 달리는 곰 님 쪽을 치울게."

대답한 두 사람은 망설임 없이 각자 테이블로 향했다.

매장 안에서는 각 테이블을 그곳에 놓인 곰 장식물로 부르고 있었다. 카린 씨와 아이들은 어떤 테이블에 어떤 곰이 놓여 있는지 모두 파악하고 있다. 그래서 곰 장식물의 이름을 말하면 금방 이해했다. 내가 그것을 보고 「테이블에 번호를 붙일까?」라고 물었더니 전부 외워서 괜찮다는 대답이 돌아왔다. 참고로 피나와 슈리도 외우고 있는 모양이다.

“생선을 문 곰 님도 부탁해.”

아이들은 카린 씨의 지시에 따라 움직였다.

계산대 쪽을 보자 피나가 곰 옷차림을 하고 접객을 하고 있었다. 「곰 빵이랑 샐러드빵, 그리고 푸딩이네요. 이쪽에서 드시고 가시나요?」, 「감사합니다」, 「피자는 잠시만 기다려주세요」, 「죄송해요. 아이스크림은 한 분당 하나만 구입하실 수 있어요」.

피나는 익숙한 느낌으로 접객을 했다.

“피나, 새로운 빵을 가지고 왔어.”

“유나 언니, 고마워요.”

피나는 내가 가져온 빵을 선반에 나열했다. 그리고 손님에게서 주문이 들어오자 접객을 했다.

슈리는 빈 테이블을 닦고 손님을 안내했다. 피나와 슈리가 매장 일을 돕는데 나서줘서 혼란은 일어나지 않았다. 부엌 쪽도 노아와 아이들 덕분에 순조롭다.

나는 가게가 정리된 것을 확인하고 안즈의 가게로 향했다.

어쩌면 안즈의 가게도 매우 바쁠지 모른다.

안즈의 가게에 도착하자 이쪽도 복잡했다. 안으로 들어서자 안즈가 비명을 지르고 있었다.

“으으, 밥이 모자라잖아. 포르네 씨, 추가로 밥을 짓고 계신가요?”

“금방 다 될 거야.”

“안즈, 생선구이 추가야.”

"네, 방금 생선구이 다 만들었어요."
"그리고 3종 주먹밥 세트랑 채소볶음을 부탁할게."
"포르네 씨, 주먹밥 부탁해요."
"알았어."
이쪽 가게에는 부엌에 안즈와 포르네 씨, 매장에 세노 씨와 베틀 씨가 있다. 그리고 잡일 담당으로 니프 씨가 도우러 와서 어떻게든 열심히 하고 있었다.
"안즈, 바빠 보이는데, 괜찮아?"
"유나 씨? 괜찮아요. 제 요리를 먹기 위해 기다리고 있었다 생각하니 기뻐요."
안즈는 기쁘게 대답했다. 안즈네 가게에는 일을 돕는 아이들이 없다. 평소에는 넷이서 일을 하고 있었다. 오늘과 같은 모습은 드물다. 게다가 안즈네 가게는 점심 식사 시간이 지나면 손님 수도 줄어든다. 이쪽은 괜찮을 것 같아서 안즈네 가게를 뒤로하고 곰 씨 쉼터로 돌아왔다. 점심시간이 지나자 빵과 케이크의 추가는 줄어들고 진정이 되었다.
"노아, 시아, 미사, 고마워. 큰 도움이 됐어."
"빵 만들기, 재미있었어요."
"그릇만 닦았는데요, 뭐."
"저도 노아 언니처럼 빵을 만들고 싶었어요."
"뭐, 노아는 피나에게 만드는 법을 배워서 가끔 집에서도 만드는 모양이니까."

"저도 집에서 연습할래요."

아니, 연습해도 가게에서 만들 일이 있을까 싶은데…….

그 후 도와준 모두를 위해 감사의 마음을 담은 식사 시간을 가졌다. 노아가 만든 곰 빵은 맛있었다.

그렇게 즐거운 시간이 지나고 미사와 그란 할아버지는 시린 마을로 돌아갔다.

408 곰 씨, 시아의 호위를 맡다

미사가 시린 마을로 돌아가고 며칠 뒤, 시아도 왕도로 돌아가게 되어 그 호위를 내가 맡게 됐다.

내가 플로라 님에게 압화를 선물할 거라는 것을 안 시아로부터 「그럼, 왕도에 같이 갈래요?」라고 제안받았다. 거절해도 괜찮았지만 시아가 왕도로 돌아간 뒤 곧장 왕도로 간다면 시아랑 같이 가는 게 싫어서 거절한 모양새가 된다. 그래서 조금 귀찮지만 시아와 함께 왕도에 가기로 했다.

시아는 곰돌이랑 곰순이와 같이 갈 수 있다는 사실에 기뻐했고 노아는 부러워했다.

"저도 같이 왕도에 가고 싶어요."

노아는 그렇게 말했지만 요즘 미릴러 마을에서 놀고, 미사가 돌아갈 때까지 놀아서 공부를 소홀히 했기 때문에 클리프가 허락할 리 없었다.

나는 시아와 함께 마을 밖으로 나와 곰돌이와 곰순이를 소환했다.

"후후, 곰돌이랑 곰순이를 타고 왕도로 돌아가면 카틀레야에게 자랑할 수 있겠네요."

카틀레야도 곰돌이와 곰순이를 마음에 들어 했다. 그렇지만 카틀레야와는 학원제 이후 만나지 않았다.

"저는 어느 쪽에 타면 돼요?"

곰돌이를 쓰다듬는 시아가 묻는다. 시아에게는 그대로 곰돌이에 타라고 한 뒤 나는 곰순이를 탔다.

"곰돌아, 잘 부탁해."

"크~응."

"으으, 역시 귀여워. 바다에 갔을 때도 생각했지만, 승차감도 좋아서 갖고 싶다. 곰돌이랑 곰순이가 있다면 크리모니아에도 금방 올 수 있을 텐데."

시아가 왕도에서 타고 왔던 말은 클리프의 저택에 맡겨뒀다. 왕도에 있던 말도 크리모니아 저택의 말도 클리프의 말이라 어디에 있어도 바뀌는 건 없다고 한다. 다음에 왕도로 갈 때 데리고 가면 된다고. 뭐, 귀족은 말 한, 두 마리 정도는 늘어도 신경 쓰이지 않는 모양이다.

"서둘러 갈 테니까 떨어지면 안 돼. 곰돌아, 곰순아, 부탁할게."

""크~응.""

나와 시아를 태운 곰돌이와 곰순이는 달리기 시작했다. 이제 와서 시아에게 곰돌이와 곰순이의 힘을 숨길 필요는 없으니 속도를 올렸다. 노아를 호위하며 왕도로 향했을 때보다도 빠르다.

"유, 유나 씨, 빠르지 않아요?"

"이것도 조절하며 달리는 거야."

"이, 이게요?! 곰돌이는 괜찮아요?"

“중간에 쉴 거라서 괜찮아. 곰돌아, 곰순아, 힘들어지면 말해야 해.”

““크~응.””

그렇게 울더니 어째서인지 속도를 올리는 곰돌이와 곰순이.

곰돌이와 곰순이는 왕도까지의 시간을 단축하기 위해 마을 길을 벗어나 길이 아닌 곳을 달렸다.

“유나 씨, 길에서 벗어나고 있어요.”

“괜찮아, 이쪽이 지름길이니까.”

곰 지도 스킬로 왕도로 가는 방향은 알고 있어서 시간을 단축했다.

우리를 태운 곰돌이와 곰순이는 초원을 가로지르고 숲속을 빠져나와 다리를 건너지 않고 강 위를 달렸다. 시아는 물 위를 달리는 걸 알고 있어서 문제없다.

그리고 밤에는 곰 하우스를 꺼내 하루 머물기로 했다.

곰 하우스에 들어가자 시아는 이리저리 집 안을 둘러봤다. 시아가 곰 하우스에 들어오는 건 2번째였고 첫 번째는 타르구이 때였다. 그때는 허겁지겁 들어왔기에 곰 하우스 안을 천천히 둘러볼 수 없었던 모양이다. 그런 이유로 새삼 곰 하우스를 신기한 듯 보고 있다.

“노아에게 듣긴 했지만, 정말로 목욕탕이 있네요. 심지어 곰이에요.”

시아는 집 안을 돌아다니다 욕실을 발견하고 감상을 쏟아낸다.

"목욕이랑 식사 준비를 할 테니까 잠깐만 기다리고 있어."

"저도 도울게요."

"목욕은 따뜻한 물만 담으면 되고, 식사는 아이템 봉투에서 꺼내기만 하는 거라 괜찮아."

나는 곰 석상의 입에서 나오는 따뜻한 물을 틀었다. 나머지는 곰 박스에서 빵 등을 꺼내면 끝이다.

"방은 나중에 안내할 테니까 목욕을 마치면 일찍 자는 거야."

"보통 이런 야영은 하지 않아요. 곰돌이랑 곰순이는 엄청나게 빠르고, 이런 집이 들어가는 아이템 봉투를 가지고 있다니. 유나 씨, 너무 편리하네요. 보통은 밤하늘 아래에서 담요를 덮고 자거든요. 물론, 욕실 같은 건 없고요. 유나 씨에게 호위를 부탁하면 다른 사람에게는 부탁 못 하게 될 거예요."

시아는 꼬맹이 곰돌이를 안고 그런 말을 했다.

곰 하우스도 그렇지만 이렇게 큰 곰 하우스가 들어가는 곰 박스가 가장 대단한 것 같다. 커다란 마물도 들어가고 정말로 편리한 곰 인형 장갑이다.

그리고 시아는 식사를 마친 뒤 나에게 말을 걸었다.

"유나 씨, 같이 씻지 않으실래요? 욕조도 넓어서 같이 들어갈 수 있지 않아요?"

"정리도 해야 하니까 나는 나중에 해도 돼."

나는 시아의 권유를 정중하게 거절했다.

같은 나이의 시아와 욕조에 들어가는 건 정신에 데미지를 입는다.

나는 흘깃 시아의 가슴을 봤다. 틀림없이 나보다 크다.

미릴러 마을에서는 피나와 노아 등 아이들과 목욕을 해서 신경 쓰이지 않았지만, 시아와 둘이서 들어가면 분명히 신경 쓰게 될 거다.

만일 비교라도 당하면 베개를 눈물로 적실지 모른다.

반년 내지 1년 후에는 뛰어넘을 테니까 그때까지는 참기로 했다.

“곰돌이도 지쳤을 테니 곰돌이랑 같이 들어가 줘.”

나는 곰돌이를 희생시키고 빠져나갔다.

“그럼, 곰돌이랑 들어갈게요.”

시아는 나의 속내를 모른 채 곰돌이를 데리고 욕실로 향했다. 그리고 나는 정리를 마친 뒤 목욕을 마치고 나온 시아를 침실로 안내했다.

“내일은 일찍 출발할 거야. 곰돌아, 시아가 늦잠 자면 깨워줘야 해.”

“곰돌아, 부탁할게.”

“크~응.”

나는 곰순이와 목욕을 한 뒤 곰순이와 함께 잠이 들었다.

톡톡, 톡톡.

다음 날 아침, 곰순이가 깨워줬다. 나는 고맙다는 말을 하고 몸을 일으켜 아침 준비를 하러 갔다.

“유나 씨, 곰돌이는 너무 심한 방법으로 잠을 깨우네요.”

아침 식사를 준비하고 있는데 배를 문지르며 시아가 찾아왔다.

"그건 시아가 바로 일어나지 않아서 그렇지."

이야기를 들어보니 곰돌이와 늦게까지 수다를 떨었다고 했다. 수다라니, 곰돌이는 말을 못 하지 않나? 애완동물에게 말을 거는 것과 같은 건가. 뭐, 나도 곰돌이와 곰순이에게는 말을 거니까 남의 일처럼 말할 수는 없지만…….

그래서 아침에 일어나는 게 힘들었다고 했다. 곰돌이의 상냥한 곰 펀치로는 일어나지 못했고 결국 배에 보디 프레스를 당했다고 한다.

나는 시아를 깨워준 곰돌이를 칭찬했다.

"그런데 일어나는 게 너무 이르지 않아요?"

"곰 하우스를 들키고 싶지 않아서 일찍 출발하려는 거야."

일단 마을 길에서 떨어져 있어도 만약의 경우가 있다.

우리는 아침을 먹은 후 왕도를 향해 출발했고 오늘도 지름길을 달렸더니 점심 즈음에 왕도에 도착했다.

"믿을 수 없어요. 이렇게 빨리 도착하다니."

"자, 가자."

곰돌이와 곰순이를 송환한 나는 왕도의 문으로 향했다. 문지기가 이상한 눈초리로 쳐다 봤지만 신경 쓰지 않고 왕도 안으로 들어가 시아를 집까지 바래다줬다.

"그럼, 또 봐."

"유나 씨, 어머님은 안 만나시는 거예요?"

"으~음, 지금부터 플로라 님을 만나러 성으로 갈 거라 그곳에서 만날 것 같거든."

성에 들어가면 꽤 높은 확률로 엘레로라 씨가 찾아온다.

"그럼, 어머님을 만나면 제가 돌아왔다고 전해주시겠어요?"

"알았어."

나는 시아와 헤어지고 성으로 향했다.

언제나처럼 성의 문을 통과했다. 문지기에게는「금방 돌아갈 거니까 국왕님에게는 전하지 않아도 돼요」라고 말했지만「그럴 수는 없습니다」라고 말한 뒤 병사가 달려갔다.

플로라 님의 방에 도착하고 문을 두드렸다. 물론 곰 인형 장갑은 벗고 말이다.

문이 열리더니 플로라 님을 돌보는 안쥬 씨가 얼굴을 비춘다.

"어머 유나 씨, 어서 오세요."

안쥬 씨는 미소를 짓고 방 안으로 들여준다.

방 안으로 들어서자 플로라 님이 펜을 들고 종이에 무언가를 적고 있었다.

"플로라 님, 유나 씨가 와주셨어요."

"곰 님!"

나를 보더니 방긋 미소를 짓는다. 이 미소를 보기 위해 플로라 님을 만나러 오게 된다.

"플로라 님은 뭘 하고 계셨어요?"

"곰 님을 그리고 있었어."

플로라 님은 종이를 들어 올리며 나에게 보여줬다.

그곳에는 검은 동물로 보이는 그림이 그려져 있었다. 아무래도 검은 동물은 곰 님인 모양이다. 아이다운 귀여운 그림이다.

아무리 그래도 장래에 화가가 될 리는 없겠지만 어릴 적부터 그림에 조예가 있는 건 좋은 거다. 감수성을 기를 수 있으니까.

"이번에도 유나 씨 그림을 잘 그리셨네요."

"응!"

"아니."

잠깐만 지금 흘려넘길 수 없는 말이 들렸는데. 설마 그 검은 동물이 나인 거야? 분명 「곰 님」이라고 말을 했지만 어떻게 봐도 검은 동물이다. 백번 양보해서 곰이라고 치자. 그렇지만 그게 나라고?

"이 검은 곰 님은 저인 건가요?"

"응!"

플로라 님이 순수한 눈빛으로 긍정했다.

어린 여자아이가 그린 그림이라면 이럴 수 있다. 하지만 적어도 사람이라는 건 알아볼 수 있도록 그려주면 좋겠다.

그런 뒤, 플로라 님에게 압화를 선물했다.

"곰 님, 고마워!"

"그러면 방에 장식해 놓을게요."

안쥬 씨는 액자에 든 압화를 받아 들더니 벽에 걸었다.

"곰 님, 이거 줄게."

플로라 님은 조금 전 그린 검은 곰의 그림을 웃는 얼굴로 내밀었다. 물론 나의 대답은 정해져 있다.

"고마워요. 소중히 간직할게요."

내가 받아들자 플로라 님은 기뻐했다. 플로라 님이 그려준 그림이다. 소중하게 간직해서 몇 년 후에 플로라 님에게 보여주는 것도 좋겠지.

그런 뒤, 플로라 님과 함께 그림 그리기를 하고 있는데 평소보다 늦은 타이밍에 엘레로라 씨가 찾아왔다. 그런데 들어온 건 엘레로라 씨 혼자였고 국왕이나 왕비님의 모습이 없다.

나는 시아에게 부탁을 받았으니 엘레로라 씨에게 시아가 돌아왔다는 사실을 전했다.

"호위를 해줬구나, 고마워. 그 아이도 잘 놀았니?"

"잘 놀았어요. 시아가 올 줄은 꿈에도 몰랐어요."

시아가 루리나 씨와 나타났을 땐 놀랐다.

"노아가 바다에 간다는 이야기를 들은 시아가 가고 싶어 했거든. 그래서 뭐 하고 있었어?"

엘레로라 씨가 테이블을 본다. 테이블 위에는 종이와 펜이 있었

고 종이에는 곰 그림이 그려져 있다.

"여전히 유나는 그림을 잘 그리네."

내가 그린 곰 그림을 보고 그런 감상을 말했다. 조금이라도 플로라 님의 그림 실력이 오른다면 좋겠다고 생각하며 가르치고 있었다.

"나는?"

"플로라 님도 잘 그리시네요. 이건 유나인 거죠?"

내 옆에 있는 그림을 보고 대답했다. 그건 조금 전 내가 플로라 님에게 받은 그림이다. 어떻게 그 검은 동물의 그림이 나라는 걸 아는 거지?

설마, 나는 다른 사람이 봤을 때 이런 느낌으로 보이나?

곰 님, 우울해진다.

409 곰 씨, 두 공주님과 아이스크림을 먹다

"그러고 보니 국왕님이랑 왕비님은 안 오세요?"

평소라면 부르지도 않았는데 찾아온다. 문지기도 달려갔으니 내가 왔다는 건 알고 있을 터다. 이곳으로 와도 이상하지는 않다.

"왕비님은 모르지만, 국왕 폐하는 일 때문에 못 와. 그래서 국왕 폐하로부터의 전언인데 맛있는 게 있다면 받아 두도록, 이래."

그 국왕은…… 내가 오면 먹을 것을 가지고 온다고 착각하고 있나?

설령 있다고 해도 플로라 님에게 주려고 가져온 거지 그 아저씨를 위해서 가져온 게 아니다.

"먹을 거?"

플로라 님이 먹을 거라는 말에 반응을 해버렸다. 이것도 그 국왕 때문이다. 플로라 님은 눈을 크게 뜨고 기대를 하고 있다.

으으, 뭔가 먹을 게 있던가?

조금 생각하고 아이스크림이 있었던 걸 떠올렸다.

"차가운 과자인데 먹을래요?"

나는 곰 인형 옷 탓에 기온의 변화를 알아차리기 어렵다. 덥다고 느낀다면 아이스크림이 곧바로 머릿속에 떠오를 텐데 곰 인형 옷 덕분에 생각나지 않았다. 플로라 님을 새삼 쳐다보니 얇은 재질의 귀여운 옷을 입고 있다.

"차가운 과자? 맛있어?"

"차갑고 맛있어요."

"먹을래!"

나는 곰 박스에서 아이스크림이 든 컵과 스푼을 꺼냈다.

"어머, 유나, 새로운 음식이야?"

"바다에 갔을 때 더운 것 같아서 차가운 과자를 만들었거든요."

"물론 내 몫도 있겠지?"

역시 드시겠죠. 나는 엘레로라 씨의 몫과 종류가 다른 5개의 아이스크림을 테이블 위에 꺼냈다.

"안쥬 씨, 이 세 가지는 젤레프 씨와 국왕님이랑 왕비님 몫이고, 이 두 가지는 안쥬 씨랑 따님 몫이에요."

"딸의 몫까지, 괜찮나요?"

"곰 인형을 아껴주고 있잖아요?"

"그럼요. 항상 같이 자는걸요."

"그럼, 곰 님이 주는 선물인 것으로."

"고맙습니다."

안쥬 씨는 기뻐했다.

"더우면 녹아버려서 맛이 없어지니까 냉동고에 보관해주실래요?"

"알겠습니다. 그럼, 서둘러 냉동고에 넣고 올게요."

안쥬 씨는 아이스크림을 들고 방에서 나갔다. 어쩐지 누군가를 잊고 있는 기분이 드는데, 기분 탓이겠지.

"그럼, 먹어볼까."

플로라 님과 엘레로라 씨는 아이스크림을 먹기 시작했다.

"어머나, 차갑고 맛있네."

"응, 맛있어."

"게다가 입안에서 녹는 느낌도 신선해."

플로라 님과 엘레로라 씨는 만면의 미소로 아이스크림을 먹었다.

두 사람을 보고 있는데 나도 아이스크림을 먹고 싶어져서 자신의 몫을 꺼내 먹었다.

응, 맛있네.

셋이서 아이스크림을 먹고 있는데 노크도 없이 문이 열렸다. 설마, 국왕이나 왕비님인가 싶었는데 둘 다 아니었다.

"정말로 유나가 왔네."

방에 들어온 것은 플로라 님의 언니이자 이 나라의 제1 공주인 티리아였다.

학원제를 함께 즐겼었는데 까맣게 잊고 있었다. 다음에 성에 오게 될 일이 있으면 부르거나 음식을 가져다준다고 약속했던가?

그래서 아이스크림을 꺼낼 때 뭔가를 잊어버린 느낌이 들었던 거로군.

"성 안을 걷고 있는데 「곰이 왔다」, 「곰이 걷고 있었어」라는 말이 들려서 혹시나 했는데, 정말로 유나가 플로라의 방에 있네요."

티리아는 불평하며 우리 쪽으로 다가왔다.

"그리고 이번에도 나를 빼놓고 뭔가를 먹고 있고, 어째서 엘레로라는 부르면서 나는 안 불러 주는 건가요!"

그런 말을 들어도 곤란하다. 애초에 엘레로라 씨는 부르지 않았다. 국왕도 왕비도 안 불렀다. 다들 멋대로 찾아오는 거다. 내가 부른 적은 한 번도 없다.

"언니, 화났어?"

"화 안 났어요. 플로라, 그거 맛있니?"

"응, 차가워서, 맛있어."

환한 미소로 대답했다. 그 표정을 본 티리아가 할 말은 안 들어도 뻔하다.

"나도 먹고 싶어요."

상상한 그대로의 말이 입 밖으로 나왔다.

여기서 냉동고에 티리아의 몫을 준비하지 않았다는 사실이 알려지면 다음에 왔을 때 난리가 나겠지. 지금은 슬쩍 넘어가기 위해 처음부터 준비했던 것처럼 티리아에게 줄 아이스크림을 꺼냈다.

내 속내를 모르는 티리아는 의자에 앉아 아이스크림을 먹기 시작했다.

아무래도 알아차리지 못하고 끝난 모양이다.

"차갑고 맛있네. 빙수도 차갑고 맛있긴 한데. 이건 달라요."

빙수는 어디까지나 깎은 얼음에 맛이 나는 시럽을 뿌릴 뿐이다.

아이스크림과는 전혀 다르다.

“이거라면 빙수보다 많이 먹을 수 있을 것 같아요.”

“배 아플거야.”

아이스크림을 너무 많이 먹는 건 좋지 않다. 물론, 빙수도 마찬가지지만…….

“하지만 내가 학원에 가 있는 동안 항상 다들 이렇게 맛있는 걸 먹고 있잖아요.”

“일단 정정해두는데, 나는 플로라 님에게 가지고 온 것뿐이지 다른 사람들은 멋대로 와 있는 거야. 내가 부른 적도 없고.”

“그렇다고 하기엔 매번 모두의 몫을 준비해두고 있는데…….”

“많이 만들었을 뿐이지 결코 엘레로라 씨를 위해서가 아니야.”

“그런 심한 말은 하지 않아도 되잖니. 모두들 유나가 가지고 오는 음식을 기대하고 있으니까.”

항상 음식을 가지고 오는 사람이 된 나의 기분도 생각해주길 바란다.

그렇게 매번 새로운 음식을 준비할 수는 없다고요.

아이스크림을 다 먹었는데 플로라 님은 더 먹고 싶어 했다. 하지만 하루에 몇 개씩이나 먹는 건 좋지 않다. 그래서 방으로 돌아온 안쥬 씨에게 「내일 이후에 플로라 님께 드리세요」라고 말하며 아이스크림을 넉넉하게 건넸다. 그 탓에 안쥬 씨를 재차 냉동고로 보내버렸다.

물론 그걸 본 티리아와 엘레로라 씨의 몫도 추가로 넘기게 됐다.

네린이 가게에서 만들고 있지만 아이스크림의 인기를 봤을 때 추가로 받기는 힘들었다.

직접 만들어야 하나…….

아이스크림을 다 먹은 우리는 그림 그리기를 이어갔다. 그걸 본 티리아가 입을 열었다.

"이건 유나죠? 정말로 플로라는 유나를 좋아하네요."

그러니까, 어째서, 이 검은 동물이 나라는 걸 아는 거야! 나는 마음속으로 외쳤다. 그림을 가르쳐 주는 사람은 없어? 왕족이라면 예술 공부도 하잖아?

"가끔은 언니인 나도 그려주면 좋겠는데."

"언니를? 응, 좋아."

플로라 님은 티리아의 그림을 그리기 시작했다.

웬일로 국왕과 왕비님이 오지 않아서 평화로운 시간을 플로라 님과 보낼 수 있었다.

"그럼, 플로라 님, 또 올게요."

"응."

"가능하면, 내가 있을 때 와줘요."

티리아가 무리한 요구를 했다.

학원이 시작하면 노는 날이 적다. 만날 수 있을 확률은 낮아진다.

그러니 나는 이렇게 대답했다.

"노력해 볼게."

오늘은 이대로 크리모니아로 돌아갈까 싶었는데 엘레로라 씨에게 저지당했다. 시아를 데려다준 답례로 저녁 식사에 초대를 받아 엘레로라 씨의 집에 머물게 되었다.

식사 때는 바다에서의 일을 여러 가지 물었고 시아가 노아에게서 받아뒀던 압화를 엘레로라 씨에게 선물하자 기뻐했다.

다음 날 아침.

집 앞에서 시아와 엘레로라 씨가 배웅했다.

"유나 씨, 왕도에 오면 저희 집에 들르세요."

"노아랑 클리프에게 안부 전해줘."

시아와 엘레로라 씨와 헤어진 나는 곰 하우스로는 향하지 않고 다른 방향으로 걷기 시작했다.

타르구이에서 와이번과 싸웠을 때 미스릴 나이프를 사용했고, 피라미드에서 스콜피온과 싸울 때도 썼다. 모처럼 왕도에 왔으니 나이프의 수리를 가잘 씨에게 부탁하려고 대장간으로 향했다.

평소와 같은 시선을 받고 「곰이다」라는 말을 들으면서 가잘 씨의 가게에 도착했다. 가게 안으로 들어서자 곧바로 아이언 골렘이 맞아준다. 아직 녹지 않고 착실하게 서 있다. 마스코트 강아지가 아니라 마스코트 골렘이었다.

아이언 골렘을 살짝 만진 후 가게 안으로 향했다. 아직 시간이 이른 탓인지 손님의 모습은 없다. 안에서는 쾅, 쾅 하고 철을 두드리는 소리가 들려온다.

"가잘 씨, 계세요?"

내가 가게 안으로 들어가며 가잘 씨를 부르자 철을 두드리는 소리가 멈췄다.

"잠시만 기다리게."

그렇게 대답이 돌아오더니 다시 철을 두드리는 소리가 들렸다. 그리고 내가 가게 안을 서성이고 있는데 철을 두드리는 소리가 멈추고 가잘 씨가 나왔다.

"곰 아가씨로군. 미안하네. 손을 뗄 수가 없었어. 그런데 오늘은 어쩐 일이지?"

"잠깐 왕도에 올 일이 생겨서 나이프 수리를 부탁하려구요. 모처럼 무료로 봐준다고 하셨잖아요."

나는 무료라는 부분을 강조했다.

아이언 골렘을 선물했을 때 수리는 무료로 해주겠다고 가잘 씨가 말했다.

"그렇게 강조하면서 말하지 않아도 나이프 정도는 봐주지."

"그러고 보니 가잘 씨는 혼자서 가게를 운영하세요?"

혼자서 장비를 만들면서 가게까지 보는 건 힘들 것 같다. 크리모니아의 골드 씨에게는 넬트 씨가 있지만, 가잘 씨에게는 없나? 드워프 여성은 젊게 보이지만 남자는 다들 아담한 아저씨라는 느낌이라 나이를 가늠하기 어렵다.

"뭐, 지금은 혼자지."

무언가 얼버무리는 가잘 씨. 나도 문득 궁금했을 뿐이라 깊게 물어보지 않았다.

"자, 수리할 나이프를 보여줘."

나는 곰 박스에서 미스릴 나이프를 2개 꺼내 가잘 씨에게 건넸다. 가잘 씨는 나이프를 칼집에서 뺀 후 가만히 바라봤다.

"특별한 문제는 없어 보이는군. 잘 관리되어 있기도 하고. 일단 정비는 해두지. 그런데 도대체 뭘 벤 거야?"

"……."

"고블린이나 울프?"

"……말 안 하면 안 돼요?"

와이번이라는 말을 하면 놀랄 텐데요.

"말하고 싶지 않다면 말 안 해도 상관없어. 무기를 만든 장인으로서는 뭐를 벴는지 알고 싶지만 말이야. 약한 마물과 싸운 건지, 강한 마물과 싸운 건지. 혹은 무기끼리 부딪쳤는지. 그런 정보를 통해 무기를 확인하고 다음에는 이렇게 만들자. 다음에는 저렇게 하자라고 생각하거든. 그러니까 어디까지나 무기를 만드는 장인으로서 알고 싶은 것뿐이야."

그런 말을 들으니 거짓말을 할 수 없게 되었고 말하지 않는 것도 힘들었다.

"아무에게도 말하지 않겠다고 약속한다면."

"말하지 않으마. 조금 전에도 이야기했지만, 자신이 만든 무기가 어떻게 지금의 상태가 되었는지 알고 싶을 뿐이야."

그래서 나는 정직하게 말했다.

"그러니까…… 와이번이요."

"…………."

"전에는 거대 스콜피온도 벴던가?"

"…………."

내 말을 들은 가잘 씨는 들고 있던 나이프와 나를 번갈아 봤다.

"농담은 아니겠지."

"칼이 잘 들어서 슥, 하고 벨 수 있었어요. 와이번의 날개라던가 목이라던가……."

어쩐지 변명하는 것처럼 되어버렸다.

"그건 그렇고 와이번을 벴다니. 정말로 아가씨에게는 놀랄 일뿐이로군. 그리고 거대 스콜피온이라, 저번에 모험가가 껍질 일부를 가지고 와서 난리가 났는데 말이야."

무언가를 떠올리듯 말했다.

설마, 거대 스콜피온의 껍질이라면 제이드 씨 일행인가?

"혹시, 그 스콜피온 껍질은 너랑 관련이 있나?"

"아마도요. 그 껍질이 그렇게 난리였어요?"

여기서 거짓말을 할 수는 없으니 솔직하게 묻는다.

"우리는 금속이 메인이라 마물의 가죽이나 소재로 방어구를 만드는 지인에게 이야기를 들은 정도야. 껍질 일부인데도 꽤 크기가 커서 그 일대에서는 화제가 되었지."

"으으으, 그런 일이……."

"껍질의 일부만 있어서 다른 부분은 어디에 있는지, 그 모험가가 가졌는지, 다른 누군가가 가지고 있는 건지를 알기 위해 약간의 소동이 났던 모양이야. 스콜피온의 껍질을 가지고 있던 모험가들에게 물어봤다던데 자세한 이야기는 못 들었다더라고."

아무래도 제이드 씨와 다른 모험가들은 약속을 지키고 나에 관해서 함구해준 모양이다.

"설마 네가 연관되어 있을 줄이야."

"우연히 싸우게 되었을 뿐이에요. 좋아서 무찌르러 갔던 게 아니고요. 그래서 같이 움직였던 모험가들에게 입막음용으로……."

"그래서 그 모험가들은 손에 넣은 과정이나 다른 부위에 관해 입을 다물고 있었던 거군."

가잘 씨는 이해한 모양인지 고개를 끄덕였다.

"그리고 거대 스콜피온만 들어도 놀라운데, 와이번이라니."

"그쪽도 우연히 싸우게 되었을 뿐이에요."

피나와 아이들을 지키기 위해서, 미릴러 마을로 가지 못하게 하려고 싸웠다. 직접 무찌르기 위해 갔던 게 아니다.

"우선 상황은 잘 알았네. 잠시 안에서 손을 봐줄 테니까 기다리고 있어."

가잘 씨는 미스릴 나이프를 들고 안으로 들어갔다.

그건 그렇고, 스콜피온 때문에 그렇게 소란스러워질 줄은 몰랐다. 이대로라면 나머지 스콜피온의 소재도 간단하게 팔 수는 없을 것 같네.

뭐, 그때는 클리프나 국왕에게 넘기면 된다.

410 곰 씨, 커다란 알로 푸딩을 만들다

“다 됐다.”

수리해준 가잘 씨는 미스릴 나이프를 돌려줬다.

“와이번이나 대형 스콜피온이랑 싸운 것 치고 멀쩡하구나. 아가씨는 나이프를 다루는 솜씨가 좋은 모양이야.”

칭찬해주는 것 같아 기분이 좋았다. 뭐, 이상하게 사용해서 칼날의 이가 빠지거나 부러진다면 미스릴 나이프를 만들어 준 가잘 씨에게 미안하다.

그렇지만 무기도 소모품이다. 언젠가는 망가지거나 쓸 수 없게 된다. 그래도 제대로 사용했다면 이해해주실 거다.

“그러고 보니 광산에서 얻었던 광석을 알아보겠다고 했는데, 드워프 마을에는 다녀왔나?”

순간 무슨 말을 하는지 이해 못했지만 곧바로 기억이 났다.

미스릴을 손에 넣었을 때 골렘을 무찔렀다. 그때 곰모나이트라는 어처구니없는 이름의 광석을 입수했다. 가잘 씨에게 보여줬지만 아쉽게도 자세히는 알지 못했다.

그래서 가잘 씨에게 드워프 마을로 가면 뭔가 알 수 있을지도 모른다는 말을 들었다.

그런데 곰모나이트라는 이름을 보면 분명히 내 전용 아이템일 것이다. 그러니 마음속으로 「광석에 관해 잘 아는 드워프라도 모르겠지」라는 생각을 해서 미뤄두고 있었다.

게다가 곰모나이트를 손에 넣은 후 미사의 생일 파티에 가고, 엘프의 숲에 다녀오고, 학원 축제에 참가하고, 사막에 가고, 바다에 가느라 바빴다. 곰모나이트는 곰 박스에 넣어둔 채 방치 상태였다.

"여러 일이 있어서 아직 못 갔어요."

뭐, 까맣게 잊고 있었다고도 할 수 있지.

새삼 자신의 행동을 되돌아보니 전직 은둔형 외톨이라 하기엔 많이 돌아다니네.

그래도 지금이라면 여유가 있으니까, 곰모나이트의 정체와는 상관없이 드워프 마을에 가보는 것도 괜찮겠지.

나는 무심하게 곰모나이트를 곰박스에서 꺼냈다.

어라? 이런 색이었나?

내 기억에 따르면 조금 독특한 광석이었는데 색이 하얗게 변했다. 하나 더 꺼내보니 이쪽도 새하얗다.

분명 이런 색이 아니었는데.

스킬로 확인해본다.

곰모나이트, 수수께끼의 광석.

이름도 설명도 변하지 않았지만 곰모나이트인 것은 틀리지 않은 모양이다.

"전이랑 다른 것 같은데."

"네, 그 이후로 한 번도 아이템 봉투에서 꺼낸 적 없지만 전에 손에 넣었던 광석이에요."

가잘 씨는 곰모나이트를 손에 들었다.

"신기한 돌이군."

나는 가잘 씨처럼 놀랍지는 않다. 그거야, 곰모나이트이지 않은가. 무슨 일이 일어나도 놀랍지 않다.

"깨서 확인해보고 싶네."

"깨는 건 최후의 수단이죠. 이 돌은 조금 신경 쓰이는 부분이 있어서 깨거나 가루로 만들 수는 없어요."

곰모나이트는 아마도 진귀한 광석일 거다. 두 번 다시 손에 넣을 수 없을 가능성이 크다. 파괴해서 쓸모없게 되는 건 곤란하다.

"그렇긴 하겠군. 역시 스승님이 아니면 모를 수도 있겠어."

그러고 보니 드워프 마을에는 가잘 씨와 골드 씨의 스승이 있다고 했던가?

"스승님은 옛날엔 방방곡곡을 돌며 여러 광석을 봐왔다고 하셨어. 그러니 알고 계실 가능성은 있지."

그런 분이라면 한 번 만나 뵙는 것도 좋을 것이다. 곰모나이트에 관해서는 알지 못하더라도 관련된 정보를 얻게 될 수도 있으니까.

그렇지만 모처럼 곰모나이트를 얻었으니 정체를 밝히고 싶은 마음도 있다. 그것이 게이머의 마음가짐이다.

게다가 지금은 급한 일도 없고…….

“만일 드워프 마을에 가게 된다면 스승님에게 안부를 전해주게.”

나는 가잘 씨의 스승님의 이름을 듣고 가게를 뒤로한 채 곰 하우스로 돌아갔다.

이대로 크리모니아로 돌아가면 의심을 살 테니 시간을 보낸 뒤 돌아가기로 했다.

시간을 보내는 방법은 왕도 곰 하우스의 청소였다.

“둘 다 청소를 도와줄래?”

““크~응.””

나는 곰돌이와 곰순이에게 걸레를 건네고 바닥 청소를 부탁했다.

곰돌이와 곰순이는 뒹굴뒹굴 구르면서 걸레를 들고 바닥을 닦아준다.

바닥은 곰돌이와 곰순이에게 맡기고 나는 이불을 모았다. 그 후 엘프 마을 신성수에 있는 곰 하우스 밖에서 말렸다. 신성수가 있는 곳이라면 누구에게도 들키지 않는다. 신성수의 결계 안으로 들어올 수 있는 건 루이밍의 가족 정도다.

나는 미릴러 마을의 곰 빌딩에 있는 이불과 여행용으로 사용한 이불들을 전부 모아서 말렸다. 곰 박스가 있어서 회수하는 것도 간단하다. 곰 박스가 없었다면 하나씩 옮겨야 했다. 정말로 편리하단 말이야.

엘프 마을은 날씨가 좋아서 빨래하기 좋은 날이다. 모든 곰 하우스에서 세탁물을 모아 빨래를 하고 말렸다.

나는 빨래와 청소를 마친 뒤 곰돌이와 곰순이를 데리고 신성수 아래로 향했다. 그리고 나는 곰돌이와 곰순이를 원래의 크기로 되돌린 후 침대 대신으로 쓰며 낮잠을 청했다.

그리고 저녁 무렵에 눈을 떴고 서둘러 이불과 빨랫감들을 정리했다.

크리모니아로 돌아온 나는 쉬는 날에 카린 씨, 네린, 피나와 슈리, 그리고 『곰 씨 쉼터』에서 일하는 아이들에게 가게로 모여달라고 부탁했다.

드워프 마을로 가기 전에 전부터 하고 싶었던 일을 마치기 위해서였다.

"유나 언니, 이렇게 모여서 도대체 뭘 하시려는 거예요?"

"조금 희귀한 알을 얻어서, 다 같이 푸딩을 만들까 해."

"희귀한 알이요?"

"짜잔."

나는 소리와 함께 곰 박스에서 커다란 알을 꺼냈다.

데젤트 마을에서 구한 커다란 카루가모의 알이다.

"…………."

"…………"

"…………"

어라, 거대한 알을 본 아이들의 반응이 미적지근하다.

"혹시, 커다란 알은 희귀한 게 아니니?"

그렇지만 보통의 알이 흔치 않았으니까 그럴 일은 없지 않나?

"이게, 알이야?"

"에이~ 거짓말~. 이렇게 큰 알이 어디 있어~."

"분명 커다란 꼬끼오가 있는 거야."

"너, 몰라? 드래곤의 알이야. 드래곤은 크니까 드래곤의 알인 거야."

"드래곤 같은 건 본 적 없는걸."

아이들은 카루가모의 알을 보고 여러 말을 쏟아냈다.

그래도 드래곤이라, 와이번을 말하는 건가? 아니면 게임처럼 화룡이나 흉폭한 드래곤이라도 있나?

"유나 언니, 이게 정말로 알이라고요?"

"대단해, 크다."

피나는 카루가모의 알을 신기하게 바라봤고 슈리는 손가락으로 알을 찔러봤다.

"드래곤도 아니고 커다란 꼬끼오의 알도 아니야. 호수에서 헤엄치는 커다란 새의 알이지."

"커다란 새?"

"으~음, 이 정도 됐던가?"

나는 팔을 벌려 새의 크기를 표현했다.

"그렇게 큰 새가 있어?"

"그럼 이 알을 따뜻하게 하면 커다란 새가 태어나는 거야?"

"음~ 그건 어미 새가 없어서 무리일 거야. 게다가 호수 같은 물이 많은 곳이 아니면 키우는 건 어려워."

"유나 언니, 만져봐도 돼?"

"나도."

"괜찮아. 무거우니까 조심해."

아이들은 주뼛주뼛 알을 만져 보고 들어봤다.

"무겁다, 게다가 커."

"정말로 무겁네."

"다음, 나."

"나도 들어볼래."

아이들은 순서를 바꿔가며 커다란 알을 들었다.

아이들이 작은 손으로 커다란 알을 드니 떨어뜨리진 않을지 걱정이 된다.

"순서대로 해야지. 서두르지 않아도 어디 가지 않아. 알이 깨지면 큰일이니까 조심해."

뭐, 피나와 슈리를 포함해도 8명. 알은 두 개 있으니 그 정도로 경쟁이 일어나진 않았다.

"유나 씨, 정말로 알인 거예요?"
카린 씨가 아이들이 들고 있는 알을 보고 물었다.
"알이에요."
"그런 커다란 새가 있군요."
"아이들이라면 그 등에 올라탈 수도 있을 것 같았어요."
"그러면 새를 타고 하늘을 날 수도 있어?"
카린 씨의 옆에 있던 네린이 눈을 반짝이며 물었다.
"으~음, 타면 날개를 펼칠 수 없으니까 어려울 것 같은데."
올라타면 날개가 펼쳐지지 않는다.
그래도 목이라면 괜찮을까?
"아쉽네요."
네린과 카린 씨는 아쉬워했다.
아무래도 하늘을 날아보고 싶나 보다.
"그럼, 지금부터 이 알로 푸딩을 만들 테니까 모두 도와줄래?"
"네~."
"응."
알이 테이블 위로 되돌아왔다.
"그런데, 어떻게 깨는 거야?"
"크잖아."
"잡을 수가 없어."
보통의 꼬끼오 알처럼 톡톡 쳐서 깰 수는 없다.

"게다가 딱딱해."

꼬끼오의 알보다 틀림없이 단단하다.

타조알을 깰 때는 쇠망치 같은 단단한 물건으로 두드려서 구멍을 내고 내용물을 꺼내는 걸 TV나 인터넷에서 본 적이 있다. 그러니 나는 사전에 준비했던 쇠망치를 곰 박스에서 꺼냈다.

"이걸 사용할 거야."

"쇠망치로 깨?"

"구멍을 낸다고 하는 게 정답일까. 나도 처음이라서 하는 법이 맞는지 어떤지는 모르겠어."

이 세계에 다른 방법이 존재할지도 모르나 알지 못하니 쇠망치로 구멍을 내기로 했다.

곰 인형 장갑의 입 부분에 쇠망치가 물려있다. 톡톡 가볍게 쳤는데 깨지지 않는다. 조금 더 힘을 담아 치자 알에 금이 갔다.

"깨졌나?"

"조금 더."

한 번 더 가볍게 치자 구멍이 생겼다.

"내용물을 담을 볼을 가지고 와줘."

"네."

볼을 받아 들고 구멍을 통해 내용물을 꺼낸다. 하지만 능숙하게 꺼내지는 못했고, 노른자가 터져버렸다.

"아아, 노른자가 터졌어."

아이들은 노른자가 터져버려서 아쉬워했다.

으~음, 나중에 다른 아이들에게 알을 보여줄 생각에 구멍을 작게 만든 것이 실패였던 모양이다.

두 번째는 구멍을 크게 만들어 노른자를 깔끔한 상태로 꺼내자 아이들이 기뻐했다.

"크다."

"이게 커다란 새가 되는구나."

"커다란 새, 보고 싶다."

보여주고 싶지만 데리고 갈 수는 없으니 무리지. 새를 곰 이동문으로 데리고 오는 건 가능하지만 키울 수도 없으니까.

못 키우면 식용이 될 텐데 어쩌지~ 라는 생각이 들었다.

"그럼, 휘젓는다."

내가 노른자를 터트리자 「아~」, 「터졌다」라고 아쉬워하는 말이 들렸다.

결국은 휘저을 거라 노른자를 깔끔하게 꺼내도 결과는 마찬가지다.

이렇게 하지 않으면 푸딩을 만들지 못하니 어쩔 수 없다.

"자, 도와줄 거지? 알을 휘저어주고 도구랑 컵 준비도 잊으면 안 돼."

우리는 분담을 해서 카루가모의 알로 푸딩 만들기를 시작했다.

일반적으로 타조알은 닭걀의 약 20배 정도 크기라고 들은 적이 있다. 알 1개로 푸딩을 2개 만들 수 있는데 타조알 사이즈인 카루가모의 커다란 알이 2개 있으니까 80개를 만들 수 있다.

어디까지나 단순 계산이다. 다소 오차가 생겨도 고아원 아이들과 관계자들에게 나눠줄 정도는 만들 수 있겠지.

그리고 다 같이 협력해서 대량의 푸딩이 완성됐다. 시식해 봤는데 진해서 꼬끼오 알로 만든 것과는 다른 맛의 푸딩이었다.

카루가모의 알로 만든 푸딩은 고아원과 안즈와 노아가 있는 곳에 가서 나눠줬다. 푸딩의 맛에도 놀랐지만 같이 들고 있던 카루가모의 알 껍데기를 보고 더욱 놀랐다.

다음에는 꼬끼오 푸딩을 들고 카리나가 있는 곳으로 가볼까.

411 곰 씨, 티루미나 씨에게 비밀을 말하다

커다란 알로 푸딩 만들기를 무사히 마치고 드워프 마을로 가려고 했는데 한 가지 더 신경 쓰이는 것이 있었다. 그건 타르구이다.

그래서 오늘은 피나를 데리고 타르구이로 가려고 했다.

이른 아침, 피나의 집으로 가서 피나를 불렀다.

"오늘도 언니만?"

피나를 부르니 슈리가 쓸쓸한 표정으로 말했다. 그러고 보니 언제나 피나만 데려 가고 슈리에게는 집을 지키게 했다. 슈리의 눈에는 항상 둘이서 놀러 가는 것처럼 보일지도 모른다.

"나도 같이 가고 싶어."

그런 슬픈 눈으로 보지 말아줄래. 곰돌이와 곰순이를 타고 외출하는 거라면 같이 가자고 할 텐데. 이번에는 곰 이동문을 써서 타르구이의 등에 갈 예정이다. 슈리를 데리고 가게 되면 곰 이동문에 관한 걸 알려야 한다.

으~음, 어쩌지.

"안 돼?"

슈리는 슬픈 표정을 하고 시선을 아래로 떨어뜨렸다. 그런 슈리를 피나가 부드럽게 안았다.

"유나 언니, 오늘은 슈리랑 같이 남을래요."

"언니……."

사이 좋은 자매를 떼어내는 것이 미안하기도 하고 슈리는 타르구이에 관해서 아무에게도 말하지 않았다. 슈리는 비밀을 말하고 다닐 애가 아니다. 나는 결심했다.

"……알겠어. 슈리도 같이 가자. 하지만 약속해야 해."

"약속?"

"응, 같이 가려면 숨겨야 하는 비밀이 있거든. 티루미나 씨랑 겐츠 씨에게도 비밀로 해주면 좋겠어."

곰 이동문에 관해 알리려면 입단속이 필요하다.

"엄마한테도?"

"응, 엄마한테도 아빠한테도 비밀이야."

나는 곰 인형 장갑을 입에 가져다 대고 조용히 해달라는 포즈를 취했다. 그런 나에게 말을 걸어오는 사람이 있었다.

"어머나, 재미있는 이야기를 하나 보네."

"……."

뒤에서 들리면 안 되는 사람의 목소리가 들려왔다. 천천히 뒤돌아보자 티루미나 씨의 모습이 있었다.

"유나, 나한테도 비밀인 내용이 대체 뭐야?"

티루미나 씨가 웃는 얼굴로 나를 본다.

"……."

인간은 놀라면 말도 안 나온다던데, 정말로 안 나왔다.

"어머니, 그게…… 이건……."

피나가 설명하려 하지만 말이 나오지 않고 입을 다물어버렸다.

"어째서 티루미나 씨가? 일은요?"

"오늘은 리즈 씨에게 맡기고 집 마당을 손질하고 있었지. 그랬더니 유나가 집에 오길래 이야기를 듣고 있었는데, 나한테 비밀로 하고 나가겠다는 이야기가 들려서 엄마로서는 흘려들을 수 없었어."

고아원의 일을 하러 갔다고 생각했는데 마당에 있었을 줄이야.

어린 딸을 가진 부모로서는 비밀로 하고 외출하자는 말을 들으면 걱정이 된다.

"유나랑 나갔다 오는 건 딱히 상관없어. 그렇지만 비밀이라는 말은 신경이 쓰이잖니. 설마, 유나. 딸들에게 나쁜 일을 시키려는 건 아니지?"

티루미나 씨는 부모로서 진지한 눈으로 물었다.

"나쁜 일은 아니에요."

"그럼, 어째서 나랑 겐츠에게는 비밀인 거야?"

"티루미나 씨랑 겐츠 씨만이 아니라 아무에게도 말할 수 없다는 의미에요."

곰 이동문에 관해서는 간단하게 알려줄 수 없다.

나중에 분명 귀찮아진다.

"유나는 믿고 있지만, 나한테도 말할 수 없는 거야?"

"……."

티루미나 씨에게 이동문에 관해 말할까 고민하는데 생각할 시간을 주지 않았다.

"피나, 정말로 나쁜 일은 하지 않는 거지?"

"네, 안 해요."

"그럼, 말할 수 있잖아."

티루미나 씨는 지긋이 피나의 눈을 바라봤다.

"그건……."

피나는 나와의 약속을 지키는 것과 모친의 추궁 사이에 끼어 딜레마에 빠졌다. 피나는 나와 티루미나 씨를 번갈아 바라보더니 아래로 시선을 내렸다.

"피나……."

이대로는 모자지간에 골이 생겨버릴 거다.

"티루미나 씨, 그렇게 피나를 추궁하지 말아 주세요. 제 비밀이랑 연관되어 있어서 피나에게는 말하지 말아 달라고 부탁했거든요. 피나는 저와의 약속을 지켜주고 있는 거예요."

"유나의 비밀……?"

"그게, 남에게 알려지면 곤란한 거라……."

티루미나 씨가 가만히 나와 피나를 봤다.

"……하아, 알았어. 피나도 그런 얼굴 하지 마. 엄마가 잘못했어. 피나는 유나의 비밀을 지키려 했던 거지?"

티루미나 씨는 부드럽게 미소를 짓고 피나의 머리 위에 손을 올려놓았다.

"어머니……."

"유나, 정말로 나쁜 일이나 위험한 일은 아닌 거니?"

"그건 신(곰)에게 맹세하죠."

그렇지만 이 이상 피나에게 부담을 주는 건 내키지 않았다. 나는 각오를 다졌다.

"티루미나 씨, 설명할 테니까 지금부터 우리 집으로 와주실래요?"

"유나 언니?!"

피나가 놀란 표정을 지었다. 더는 입을 다물고 있을 수 없다. 이대로 피나에게 거짓말을 계속 시키는 건 싫다. 게다가 나도 피나를 지금처럼 데리고 나가기 어려워진다.

"괜찮아? 유나의 비밀이라면 알고 싶긴 해도 다른 사람에게는 말 못 하는 거라며?"

"앞으로의 일도 생각해보면 티루미나 씨에게는 알려두는 편이 좋을 것 같아요. 게다가 피나에게 비밀을 지켜달라고 부탁하는 것도 꺼려지고, 슈리에게도 알려줄 생각이었거든요. 그러니까 다른 사람에게는 비밀로 해주세요."

이번 일로 모자 사이가 틀어져 사이가 나빠진다면 곤란하다.

"생명의 은인인 유나의 부탁이라면 아무한테도 말 안 하겠지만. 정말로 괜찮은 거니?"

"조용히 해주신다면 문제는 없어요."

"알았어. 아무에게도 말 안 하기로 신(곰)에게 맹세할게."

티루미나 씨는 농담을 섞으며 말했고 우리들은 미소를 지었다.

나는 티루미나 씨와 피나, 슈리를 데리고 곰 하우스로 향했다.

"말을 듣기만 하는 건데 일부러 유나의 집에 가는 거야?"

"보는 편이 빠르기도 하고, 이야기해도 믿어주지 않을 것 같아서요."

"어쩐지 긴장이 되네. 유나의 비밀이 너무 많아서…… 뭐를 알려주려나."

티루미나 씨는 어린아이처럼 두근거리는 표정을 지었다.

나한테 그렇게 비밀이 많았나?

가족, 출신지, 곰 옷차림, 힘, 돈, 요리 레시피, 치료 마법, 곰 소환수, 곰 폰…… 생각해보니 비밀투성이다. 지금까지 물어보는 일은 없었는데 티루미나 씨의 배려였을지도 모른다.

티루미나 씨와 피나, 슈리를 데리고 곰 하우스로 돌아와서는 곰 이동문이 놓인 방으로 들어갔다.

"큰 문이네. 그런데…… 문까지 곰이야. 이 방이 어떻다는 거야?"

"저기, 티루미나 씨. 이 문을 열면 어디가 나올 것 같아요?"

"어디라니? 옆 방 아니야?"

곰 이동문은 벽에 놓여 있어서 티루미나 씨는 상식적인 대답을 했다. 보통은 이 문 너머가 미릴러 마을이나 왕도로 연결될 거라고는 생각하지 않는다.

"이 문은 마법 도구인데, 이거랑 같은 문이 놓인 장소로 연결되어 있어서 문을 열면 멀리 떨어진 장소로 갈 수 있어요."

내 설명에 티루미나 씨는 피나를 한 번 보더니 진지한 표정으로 나를 바라봤다.

"……농담은 아니겠지?"

나는 고개를 끄덕였다.

"유나에 관해서는 정말 신기한 여자아이라고 생각했지만, 내가 생각했던 것 이상으로 신기한 아이인 것 같네. 그래서 이 문은 어디로 연결되어 있는데?"

"제가 가본 적이 있는 장소에 똑같은 문이 설치되어 있어요. 왕도나 미릴러 마을 같은 곳이죠. 어딘가 가볼래요?"

"그럼, 미릴러 마을로 부탁할게."

나는 미릴러 마을을 떠올리며 문을 열었다. 문 너머는 미릴러 마을에 있는 곰 빌딩 속 내 방의 옆 방이다. 나는 옆 방으로 가서 문을 연다. 그 방의 창문을 열자 파란 바다의 광경이 펼쳐졌다.

사원 여행 때 놀았던 바다다.

"바다다~."

슈리가 창문에서 바다를 바라보며 소리쳤다.

"거짓일 거라고는 생각하지 않았지만, 이렇게 겪어보니 무슨 말을 해야 좋을지 모르겠어. 피나는 알고 있었던 거지?"

"네, 죄송해요."

"내가 조용히 해달라고 부탁했으니까, 혼내지 마세요."

"딱히 혼내지 않아. 게다가 유나와의 약속을 착실하게 지키는 아이라 다행이야. 다른 사람의 비밀을 말하고 다니는 아이였다면, 오히려 혼냈겠지."

티루미나 씨는 피나의 머리를 쓰다듬었다.

"어머니……."

피나는 기쁜지 티루미나 씨를 보고 미소를 지었다. 가족끼리라도 숨기는 것은 있다. 그렇지만 나로 인해 피나와 티루미나 씨의 관계가 나빠지는 건 싫으니까.

"그래도 엄마인 나보다 유나를 택한 것 같은 기분이 들어서 아주 조금은 슬프네. 이게 독립의 시작인 건가."

"으으~ 어머니……."

피나는 쑥스러워했다.

"하지만 이제 여러 가지 이해가 가네. 피나에게 「어디 갔었어?」라고 물어도 모호하게 대답을 한 적이 있었거든."

"그야, 왕도에 갔다는 말은 할 수 없으니까요."

피나에게는 여러 가지로 고생을 시킨 모양이다. 그렇지만 이제 피나와 티루미나 씨 사이에 있던 응어리가 사라지게 됐다. 앞으로는 거짓말을 하지 않아도 피나는 티루미나 씨에게 여러 말을 할 수 있다.

다음은 모두를 데리고 왕도로 이동했다. 그리고 밖으로 나간 티루미나 씨의 첫마디는—.

"왕도에 있는 집도 곰이네."

티루미나 씨는 왕도에 있는 곰 하우스를 봤다. 크리모니아, 미릴러, 왕도, 엘프 마을, 타르구이 섬 등, 여러 장소에 곰 하우스가 세워져 있다. 그만큼 여러 장소에 갔다는 거겠지.

"어머니, 성이 보여요."

피나가 가리킨 곳에는 국왕이 지내는 성이 보였다.

"진짜, 정말로 믿기지 않아. 확실히 이런 건 아무에게도 말 못 하겠네. 피나도 슈리도 약속을 지켜야 한다. 이 사실은 말하면 안 돼."

"아빠한테도?"

슈리가 물었다. 맞아. 겐츠 씨의 존재가 있었지. 잊고 있었던 건 아니지만 가끔 존재를 잊는다.

"가능하면 말 안 하면 좋겠어요."

"그래. 이건 여자끼리의 비밀로 하자."

"네."

"응, 여자끼리!"

고맙지만 겐츠 씨가 불쌍해지는 건 기분 탓인가…….

그런 뒤 우리는 왕도 구경을 하고 크리모니아로 돌아왔다.

그리고 돌아올 적에—.

"역시, 곰 옷차림은 눈에 띄네."

티루미나 씨는 진지하게 그런 말을 했다.

412 곰 씨, 타르구이를 한 바퀴 돌다

티루미나 씨와 슈리에게 곰 이동문의 비밀을 밝힌 다음 날. 이번에야말로 곰 이동문을 이용해서 피나와 슈리와 함께 타르구이 섬으로 찾아왔다.

일단 탐지 스킬로 주위를 확인했지만 마물의 반응은 없었다. 나는 곰돌이와 곰순이를 소환했다.

타르구이에 있는 곰 하우스에서 나온 슈리는 이리저리 주위를 둘러봤다.

"유나 언니, 여기가 그때의 움직이는 섬이야?"

"맞아."

"마물은 없는 거지?"

조금은 불안한지 곰순이에게 달라붙는다.

"마물은 더이상 없으니까 안심해. 게다가 위험한 일이 생기면 곰돌이랑 곰순이가 알려줄 거야."

""크~응.""

곰돌이와 곰순이는 「맡겨만 줘」라는 듯한 소리로 울었다. 그것으로 안심이 됐는지 슈리에게서 불안한 표정이 사라진다.

"그러면 과일을 따도 돼?"

그러고 보니 저번에 왔을 때는 과일을 기념품으로 가져가려 했는데 마물이 나타나 그럴 상황이 아니었지.

"나중에 과일을 따서 티루미나 씨에게 가져다주자."

"응!"

바나나도 가지고 가고 싶네. 아이스크림도 있으니까 바나나 파르페를 만들어 먹을까.

"유나 언니, 그런데 이 섬에 와서 뭘 하나요?"

"잠시 탐색을 할까 싶어서. 저번에는 여러 일이 일어나서 둘러보지 못했으니까. 괜찮다고 생각되지만 두 사람 다 곰돌이랑 곰순이에게서 떨어지면 안 된다."

두 사람은 순순히 고개를 끄덕였다.

우리는 크류나 하루크의 비석이 있는 곳까지 이동했다. 나는 비석에 마력을 담았고 비석은 빛을 내더니 저번과 마찬가지로 크류나 하루크의 책이 나왔다.

"책을 읽으실 거예요?"

"지금은 안 읽을 거지만, 필요할지도 모르잖아."

모르는 게 생기면 책을 살펴볼 생각이다. 게임을 할 때 설명서를 읽지 않는 성격이 이곳에서도 나오는 듯하다. 딱히 책을 읽는 게 싫진 않지만 요즘 게임에는 튜토리얼이 있어서 설명서가 없단 말이지.

그런 이유로 크류나 하루크의 책을 손에 넣은 우리는 저번에 걸었던 방향과 반대 방향으로 걷기 시작했다.

타르구이의 머리 부근, 크류나 하루크의 책이 있었던 비석 부근은 높은 언덕으로 이루어져 있다. 그리고 타르구이의 머리와 반대 방향으로 가면 언덕이 낮아진다. 우리가 처음으로 섬에 상륙했던 것도 언덕이 낮은 장소였다.

“미릴러 마을에서 얼마나 떨어졌을까요?”

바다를 바라보며 피나가 말했다.

나도 피나와 똑같이 바다를 바라봤다. 수평선이 펼쳐지고 섬 하나 보이지 않는다. 들려오는 건 파도소리 정도다. 피나의 의문에 대답해주고 싶지만 그 대답은 준비되어 있지 않다. 곰 지도 스킬을 사용해도 새까만 지도 속에 툭 하고 지금 있는 장소가 밝혀져 있을 뿐이다. 지도는 축소할 수 없어서 세계 지도를 볼 수 없다. 그 때문에 타르구이가 지금 어느 부근을 이동하고 있는지 알 수가 없다.

항해사라면 태양의 각도 같은 것으로 알 수 있을지 모르지만 아쉽게도 나에게는 그런 지식이 없다.

이곳이 어디인지는 타르구이만이 알고 있다.

게다가 세계 지도를 볼 수 있다면 재미가 하나 사라지는 거다.

게임으로 말하자면 새롭게 갈 수 있는 지역이 한 번에 개방되어 버리는 기분이다. 알지 못하는 땅을 상상하는 것만으로 기대가 되기 때문에 언젠가 미지의 땅 근처를 지난다면 탐색을 해보고 싶다.

“바람이 기분 좋네요.”

피나와 슈리의 머리카락과 치마가 바람에 펄럭거리며 흔들렸다. 나는 자신을 바라봤지만 인형 옷차림의 나는 치마도 머리카락도 흔들리지 않는다. 여자로서 어떨까 하는 생각이 들어버렸다. 딱히 치마를 입고 있어서 여자라는 뜻은 아니지만 피나와 자신을 비교해보니 여자로서의 차이가 보였다.

우선, 바람을 느끼기 위해 곰 후드를 벗었다. 확실히 기분 좋은 바람이 불었지만 후드를 벗으니 햇빛에 눈이 부시다.

“두 사람 모두 덥진 않니?”

“괜찮아요.”

“괜찮아.”

아무래도 시원한 방에서 은둔형 외톨이 생활을 해왔던 빈약한 나와는 달리 피나와 슈리는 단련된 모양이다.

해수욕을 했을 때도 생각했지만 전직 은둔형 외톨이에게는 견디기 힘든 햇빛이다. 곰 장비가 없었다면 살아가지 못하겠어.

하지만 피나와 슈리에게 모자 정도는 씌워주는 게 좋았을까.

밀짚모자가 어울릴지도 모른다.

어딘가에서 팔지 않으려나.

바닷바람을 만끽한 우리는 타르구이의 뒷쪽을 향해 걷기 시작했다. 반대쪽과 크게 다르지 않은 풍경이 이어진다. 한쪽은 바다, 반대쪽은 숲으로 되어 있다. 중앙에는 작은 산이 있고 타르구이의 제2의 입이 있다.

“유나 언니, 길이 있어.”

슈리가 말한 대로 숲속으로 이어지는 길이 있었다. 하지만 오늘은 타르구이의 섬을 한 바퀴 도는 것이 목적이라서 지름길로 가진 않을 거다.

“유나 언니, 저건 뭐죠?”

내리막길을 걷고 있는데 피나가 앞을 가리켰다. 그 끝에는 크류나 하루크의 책을 얻은 것과 똑 닮은 비석이 있었다.

분명 저 부근이었던가?

나는 크류나 하루크의 책 페이지를 넘겼다.

응, 맞네. 여기는 이곳을 통해 탈출하라고 적혀 있던 장소다. 이 비석도 긴 시간 방치되어서 더러웠기 때문에 물 마법으로 씻었다.

어디 보자, 뭐가 적혀 있나.

『긴급 탈출 장소』

역시 크류나 하루크의 책에 적혀 있던 장소다.

『이 섬으로부터의 탈출 방법, 주기적으로 소용돌이가 약해질 때가 있다. 그때 비석을 만져 해제라고 주문을 외워라. 배가 나타날 것이다.』

배가 나타난다니 무슨 뜻이지?

“유나 언니, 만져봐도 돼?”

슈리가 비석을 만지고 싶어 했다. 그렇지만 내가 한 말을 지키기 위해 제멋대로 행동하지는 않는다.

“무슨 일이 일어날지 모르니까 내가 할게. 두 사람은 곰돌이랑 곰순이 옆에 있어.”

“으으, 해보고 싶었는데.”

“유나 언니, 조심하세요.”

피나가 슈리의 손을 잡고 곰돌이와 곰순이 쪽으로 이동했다. 그것을 확인한 나는 비석을 만지고 「해제」라고 외쳤다. 그 순간, 해안가에 배가 나타났다.

“배다~”

나타난 건 중형 크기의 배로 20명 정도가 탈 수 있을 것 같았다. 배가 나타남과 동시에 비석에도 끈이 나타났고 배가 고정되어 있었다. 끈을 풀면 배를 움직일 수 있는 모양이다.

아무래도 이게 크류나 하루크가 준비한 긴급 탈출선인가 보다.

“유나 언니, 배가 엄청나게 흔들려.”

슈리가 말한 대로 배는 파도와 소용돌이 등으로 흔들렸다. 로프로 고정되어 있지만 이대로라면 배가 망가져 버릴 거다.

꺼낼 수 있다는 것은 되돌릴 수도 있다는 뜻이겠지. 나는 비석을 만지고 원래대로 돌아가라고 되뇌었다. 그러자 배가 사라졌다.

“배가 사라졌어.”

“비석 안으로 들어가는 것처럼 보였어.”

“혹시, 아이템 봉투의 일종인가?”

나는 크류나 하루크의 책으로 확인했다.

역시 아이템 봉투 같다. 해제를 외쳐서 누구든 배를 불러낼 수 있도록 되어 있다. 이 배를 타고 탈출할 수 있는 거구나.

크류나 하루크라는 사람은 자신이 없을 때의 일도 생각해뒀다. 얼마나 좋은 사람인 거지. 이 책도 그렇고 타르구이에 관해서도 주의 사항이 적혀 있으니 말이다. 그렇지만 몬스터를 불러들이는 벚꽃 나무에 관해서는 그 나무 아래에 비석을 두는 게 좋았을 거라 생각한다. 책에 적는 것보다 그러는 편이 위험하다는 걸 바로 알 수 있으니까.

비석은 하나 더 있었지만 이미 사용한 것인지 아무것도 나오지 않았다.

그렇게 섬을 반 바퀴 돌아 저번과 합쳐서 타르구이의 위를 한 바퀴 돌았다.

역시 혼자서 도는 것보다 피나 자매랑 같이 이야기하면서 도는 편이 즐겁다.

"유나 언니, 과일 따도 돼?"

"응."

내가 허락을 하자 슈리가 달려갔다. 그 뒤를 피나와 곰돌이가 쫓는다.

사과와 오렌, 바나나, 복숭아, 체리, 그리고 본 적 없는 과일도 있다. 정말로 보석 섬이다.

슈리는 높은 위치에 있는 사과에 손을 뻗었지만 닿지 않는다.

"곰돌아, 도와줘."

"크~응."

곰돌이는 사과 아래로 이동했고 슈리는 곰돌이의 어깨 위로 올라서서 사과를 땄다. 그리고 아래에 있던 피나에게 건넸다.

보기 좋은 협력이다.

"유나 언니, 얼마나 따도 돼?"

곰돌이의 어깨 위에 선 슈리가 묻는다.

확실히, 제한을 정하지 않으면 너무 많이 딸지도 모른다.

"그렇네, 이 바구니에 들어갈 정도만 딸까."

곰 박스에서 조금 큰 손잡이가 달린 바구니를 꺼냈다.

"이 바구니에 들어갈 정도라면 가지고 가도 돼."

내가 바구니를 꺼내자 피나가 사과를 담았다.

"과일 한 종류에 바구니 하나?"

"아니, 다 합쳐서."

"으으~ 그러면 곰돌아, 다음은 저쪽 과일을 따자."

"크~응."

슈리는 곰돌이의 어깨에 탄 채로 오렌 나무로 향했다.

그 뒤를 피나가 따라간다.

두 사람 모두 즐겁게 과일을 땄다.

나도 보고만 있기 애매해서 자신의 몫으로 곰순이와 함께 과일을 땄다.

그런 뒤 바구니는 피나와 슈리가 모은 과일로 가득 찼고 조금만 먹어봤다.

"맛있다."

슈리는 포도를 맛있게 먹고 있다.

"언니도, 아~앙."

슈리는 피나의 입을 향해 포도를 가져갔다. 피나는 그대로 입을 열어 포도를 입 안에 넣었다.

"맛있어?"

"응, 맛있어."

피나의 말에 슈리는 기뻐했다.

정말로 사이좋은 자매다. 슈리도 데리고 오기를 잘했다.

"유나 언니도, 아~앙."

슈리가 내 쪽으로 다가온다. 내가 입을 열자 슈리가 포도를 입 안에 넣어줬다.

응, 맛있어.

포도를 토핑으로 한 케이크라도 만들까.

바나나도 있으니까 여러 과일 케이크를 만들 수 있을 것 같다.

오늘은 새로운 과일도 발견해서 의미 있는 하루였다.

413 곰 씨, 드워프 마을에 가기로 하다

"유나, 루도니크에 가는 거니?"

대장간의 골드 씨의 부인인 넬트 씨가 물었다.

사원 여행에서 돌아온 뒤 오랜만에 여유로운 시간을 보냈다.

압화를 만들고, 카루가모의 커다란 알로 푸딩을 만들기도 했고, 신경 쓰였던 타르구이의 산책도 했다.

슬슬 할 일이 없어서 드워프 마을, 루도니크에 가기로 했다.

그래서 출발하기 전에 대장간의 골드 씨와 넬트 씨를 만나러 왔다.

"네, 그래서 지인에게 전할 말이나 편지가 있으면 전달해주려고요."

"골드! 유나가 루도니크에 간대!"

넬트 씨가 안에 있을 것으로 예상되는 골드 씨에게 말을 걸었고 골드 씨가 나왔다.

"로지나 사부에게 안부 전해주렴."

골드 씨는 그 말만 하고 돌아가려 했다. 하지만 넬트 씨가 머리를 때리면서 저지했다.

"모처럼 유나가 왔데 그런 태도는 아니지. 미안, 루도니크를 떠난 뒤로 한 번도 돌아간 적이 없어서 골드도 어쩌면 좋은지 모르는 거야."

"편지는 안 보내세요?"

"일년에 한 번은 보내고 있어."

그런 거라면 사냐 씨보다는 훨씬 낫다. 드워프는 엘프와는 감각이 다른 모양이다.

"그런데 어째서 루도니크에 가는 거야?"

"가잘 씨에게 이야기를 듣고 드워프 마을이 어떤 곳인지 보러 가려고요."

시간 보내기라고도 하지. 골렘 토벌에서 주운 수수께끼 광석의 정체는 그리 중요하지 않다. 어찌 됐건 곰모나이트이지 않은가.

"드워프 마을을 보고 싶다는 이유로 루도니크까지 간다고?"

"마을 구경이 취미거든요."

오랜만에 하는 이세계 구경이다. 원래 세계에는 드워프 같은 종족이 없으니 생활하는 모습을 보는 게 기대된다.

"그러면 잠시만 기다려줄래? 지금부터 골드에게 편지를 쓰게 할 테니까."

넬트 씨는 골드 씨에게 편지를 쓰라고 말했다.

"넬트 씨는 안 쓰세요?"

"나는 가족이 없거든."

"죄송해요."

"신경 안 써도 돼. 유나가 데리고 있는 아이들도 부모가 없잖아. 같은 거지 뭐. 그러니까 골드 녀석이 마을을 나오겠다고 말했을 때 따라온 거야."

"사이가 좋으시네요."

"뭐, 골드가 있어서 다행이었지."

넬트 씨의 말을 들은 골드 씨는 고개를 돌렸다. 쑥스러운가?

그래도 미소가 지어지는 관계이다.

"여기, 편지다. 스승과 부모님께 보내는 거야. 아가씨에 관해서도 적어 뒀어. 무슨 일이 생겼을 때 이야기를 들어줄 거야."

골드 씨는 등을 돌린 채 손을 뒤로 뻗어서 편지를 내밀었다. 나는 그것을 받아들었다. 편지 앞면에는 『사부』, 『부모님』이라고 적혀 있었다. 뒷면을 보자 주소로 보이는 것도 적혀 있다.

"잘 전달할게요."

"유나라면 괜찮을 테지만, 조심해서 다녀와."

"곰돌이랑 곰순이가 있어서 괜찮아요."

편지를 받은 나는 대장간을 나왔다.

대장간을 뒤로한 나는 티루미나 씨와 피나를 만나러 집으로 갔다. 티루미나 씨는 있었지만 피나와 슈리는 장을 보러 가서 없었다.

"한동안 마을을 떠난다니, 일 때문이니?"

"아뇨, 잠시 골드 씨의 고향인 드워프 마을에 가보려고요."

"드워프 마을? 모험가를 할 적에 들은 적이 있긴 한데……. 분명히 꽤 멀었을 거야."

내가 설치한 곰 이동문으로는 엘프 마을에서 출발하는 편이 가장 가깝다.

"근처에 이동문을 설치해둬서 많은 시간은 걸리지 않을 테니 걱정 마세요."

크리모니아에서부터 마차를 타고 간다면 많은 시간이 걸린다. 하지만 곰 이동문과 곰돌이, 곰순이 콤보를 사용하면 시간을 많이 단축할 수 있다.

"정말로 편리한 문이구나."

"한번은 가서 설치해야 하지만요."

"그래도 충분히 편리해."

곰 이동문에는 신세만 지고 있다. 왕도로 갈 때도 근처를 산책하는 정도의 느낌으로 갈 수 있다.

"만일 무슨 일이 생기면 금방 돌아올 테니까 연락해 주세요."

피나가 곰 폰을 가지고 있으니 연락은 금방 할 수 있다.

"보통은 돌아온다고 해도 간단하게 돌아오지 못하는데. 유나가 말하면 정말로 가능하니까 아무 말도 못 하게 되네. 피나가 가지고 있는 그 곰 폰이라고 했던가? 멀리 있는 사람과 연락을 주고받는 것도 원래라면 힘든 일인데, 손쉽게 대화를 나눌 수 있고 말이야."

뭐, 곰 이동문도 곰 폰도 신님에게서 받은 것이다. 그 부분은 정말로 감사하다.

"그럼, 이번엔 피나는 두고 가는 거야? 틀림없이 피나도 데리고 가겠다고 할 줄 알았는데. 데리고 가도 괜찮아."

개인적으로는 데리고 가도 된다면 그렇게 하고 싶다.

저번에 타르구이 탐색도 즐거웠다.

혼자서 가는 것보다 둘이서 가는 편이 즐겁고 피나라면 스스럼 없이 함께 있을 수 있다.

"그렇게 간단하게 딸을 빌려주겠다고 허락해도 돼요?"

"저번 일로 유나의 신뢰도가 올라갔으니까. 게다가 위험한 일이 있으면 그 문을 사용해서 돌아올 수 있잖니. 그리고 딸들을 신경 써주고 있다는 건 피나를 통해 들었어. 마물이 나타나면 곰돌이랑 곰순이를 호위로 붙여주고, 결코 위험한 곳에는 데리고 가지 않는다고. 만약 위험한 일이 생기면 곰 문으로 도망가게 해준다고 말이야."

노아의 호위, 광산에서의 일과 타르구이에서의 일을 말하는 건가?

"그렇게까지 신경 써주는 유나라면 딸을 안심하고 맡길 수 있지. 게다가 여러 곳에 가는 경험은 간단하게 할 수 있는 일이 아니잖아. 유나가 피나를 데리고 가는 것에 문제가 없고 그 아이가 가고 싶다고 말하면 데리고 가줘."

"티루미나 씨……."

"내 병 때문에 그 아이에게는 고생을 시켰잖아. 자유롭게 지내도록 해주고 싶어."

처음 만났을 때 피나는 많이 지쳐 있었다.

아픈 엄마와 어린 동생을 돌보면서 10살 난 여자아이가 혼자서 열심히 노력했다. 그것도 자신의 탓이라고 티루미나 씨는 생각하고 있는 거겠지.

"슈리는요?"

"으~음, 그 아이는 아직 이르지 않니? 그리고 피나랑 슈리가 같이 사라지면 겐츠가 슬퍼해."

아무래도 가족이 된 후로 겐츠 씨는 피나와 슈리에게 물러졌다고 한다. 「아버지」라고 불리는 게 기쁘다고. 겐츠 씨는 딸바보였던 모양이다.

"아버지는 머지않아 더럽다거나, 냄새난다는 말을 듣거나, 방해꾼 취급을 받을 텐데 말이지. 나도 그랬거든."

티루미나 씨는 옛 생각을 했다. 겐츠 씨가 불쌍해지지만 아이들이 크면 어쩔 수 없나?

나도 그런 적이 있다. 현재 진행형으로 말이다.

그러고 보니 지금까지 이야기에서 나오지 않았지만 티루미나 씨의 어머니와 아버지, 피나와 슈리에게는 외할아버지와 외할머니인 분들은 안 계시나? 티루미나 씨가 아플 때 없었던 것을 생각하면 안 계실지도 모르겠다.

나도 가족에 관해서는 말하고 싶지 않아서 물어보지 않았다.

그리고 티루미나 씨와 이야기를 나누고 있는데 현관문이 열렸다.

"다녀왔습니다~"

“다녀왔어요.”

현관에서 피나와 슈리의 목소리가 들렸다. 그리고 우리가 있는 방으로 두 사람이 들어왔다.

“어머니, 부탁하신 거 사 왔어요.”

“사 왔어~”

“두 사람 모두 고마워.”

둘이서 들고 있는 가방에는 여러 채소가 들어 있었다.

“둘 다 심부름 잘하네.”

“유나 언니?”

두 사람이 나를 발견했다.

“왜 유나 언니가 집에 있어요? 어머니에게 부탁할 거라도 있어요?”

“그게, 한동안 마을을 떠날 거라서 가게 일이랑 꼬끼오를 부탁하러 왔어.”

“유나 언니, 어디 가세요?”

나는 티루미나 씨에게 했던 이야기를 두 사람에게 설명했다.

“피나, 기억해? 내가 광산에서 돌을 줍고 가잘 씨에게 보여줬더니, 잘 모르겠다면서 고향인 드워프가 사는 마을을 알려줬던 거 말이야.”

“앗, 네. 기억해요. 가잘 씨에게 나이프를 부탁했을 때죠.”

잠깐의 대화였는데 피나는 확실하게 기억하고 있는 모양이다.

“그래서 드워프 마을에 가보려고.”

"피나, 유나랑 같이 가고 싶으면 다녀와도 돼."

"어머니?"

"피나가 가고 싶다고 하면, 유나가 데리고 가주겠대."

티루미나 씨는 피나에게 결정권을 넘겼다.

"유나 언니, 정말이에요?"

피나가 확인하듯 나를 본다.

"드워프 마을이라서 재미가 있을지 모르지만 피나만 괜찮다면 같이 갈래? 나도 이야기 상대가 필요하니까."

피나는 티루미나 씨를 본 뒤 나를 봤다.

"……유나 언니에게 폐가 되지 않는다면, 같이 가고 싶어요."

피나는 약간 머뭇거리며 입을 열었다.

"폐가 될 건 없지. 아까도 말했지만, 나도 혼자서 가는 것보다 피나랑 같이 가는 게 즐거운걸."

"그러면 갈래요."

내 말에 피나는 기쁜 듯 웃었다.

그렇게 해서 피나도 함께 가게 되었다. 슈리도 가고 싶어 했지만 먼 길이 될 거라 집에 남게 되었다.

"슈리는 조금 더 크면 가자."

"으으."

"그러면 슈리한테는 연락 담당을 부탁할까."

"연락 담당?"

나는 곰 폰을 만들어 슈리에게 보여줬다.

"아~ 이야기 할 수 있는 거다."

"응, 그러니까 이걸로 무슨 일이 생기면 연락해줘. 내 쪽에서도 할 테니까. 이건 크리모니아에 남는 슈리한테만 부탁할 수 있는 거야, 부탁해도 될까?"

"응, 할래."

내가 슈리에게 곰 폰을 건네자 슈리가 기뻐했다.

뭐, 실제로는 티루미나 씨여도 상관없지만 지금은 슈리에게 부탁했다.

"앗, 그래도 겐츠 씨에게는 비밀이니까 조심해."

"응, 알았어."

슈리는 기쁜 듯 곰 폰을 꽉 쥐었다.

내 말을 들은 티루미나 씨는「겐츠에게 비밀이 점점 많아지네」라고 중얼거렸다.

414 곰 씨, 엘프 마을에 찾아가다

나는 곰 이동문을 이용해서 피나와 함께 엘프 마을로 이동했다.

곰 이동문은 무무르트 씨 외 몇 명만 들어갈 수 있는 신성수의 결계 안에 있어서, 일단 혼자 엘프 마을로 이동한 뒤 신성수의 결계 밖으로 나와 새로운 이동문을 만들어 피나를 이동시켰다.

신성수의 결계 안으로 피나가 들어가면 어떻게 될지 모르기 때문이다. 시험해 볼 수도 없는 노릇이니 수고스럽지만 이렇게 했다.

수고스럽다 해도 결계 밖에 새로운 곰 이동문을 꺼내고 문만 여는 것뿐이다.

"여기는 어디예요?"

곰 이동문에서 나온 피나는 이리저리 주변을 살폈다. 하지만 주위에는 암벽이 있고 숲이 있을 뿐 이 장소를 알만한 건 아무것도 없다.

"음, 왕도에서 랄즈 마을로 가서…… 큰 강을 건너고…… 거기에서 더 걸어서 나온 숲속?"

머릿속으로 떠올리며 대답했다.

"잘 모르겠는데요."

그렇겠지.

"간단히 말하자면, 크리모니아와 멀리 떨어진 곳이고 엘프가 사는 엘프 마을 근처야."

"엘프 마을이요?"

"얼마 전에 사냐 씨랑 함께 온 적이 있어. 그래서 그때 곰 이동문을 설치했지."

"아아, 그러고 보니, 전에 사냐 씨랑 어디 다녀오겠다고 들은 적이……."

일단 멀리 나갈 경우엔 피나에게 전달해둔다.

전에 말했던 것을 기억하고 있는 모양이다.

피나에게 설명하고 있는데 풀 위를 달리는 발소리가 가까워졌다.

"아아, 역시 유나 씨가 왔네. 죄송해요, 늦었어요."

나타난 건 긴 연녹색 머리를 한 엘프 여자아이, 루이밍이었다.

어제, 엘프 마을에 갈 거라고 루이밍에게 곰 폰으로 연락했더니 마중을 나오겠다고 했다. 딱히 필요 없다고 했지만 와준 모양이다.

"유나 씨, 거기 있는 여자아이가 어제 말했던 피나군요."

루이밍이 피나를 보면서 미소 지었다.

"내 생명의 은인인 피나야."

"유나 언니! 몇 번이나 말하지만, 그렇게 소개하는 건 그만두세요!"

내가 피나를 소개하자 피나는 입을 삐죽이면서 작은 손으로 톡톡 나를 쳤다. 물론 아프지는 않다.

"그리고 이 아이는 루이밍. 왕도 모험가 길드의 길드 마스터를 맡은 사냐 씨의 여동생이야."

"사냐 씨의 여동생?"

루이밍과 사냐 씨가 자매라는 사실에 피나가 놀랐다.

"루이밍이라고 해. 언니를 아는구나. 유나 씨가 쓰러진 나를 도와주셨어. 그러니까, 유나 씨는 나의 생명의 은인인가?"

왕도의 치안은 잘 모르지만 귀여운 여자아이가 집밖에 쓰러져 있으면 위험하지.

그러니 다른 의미로 은인일지도 모른다.

"저는 피나예요. 유나 언니가 마물에게 공격받고 있던 나를 구해줬어요. 그러니까 유나 언니는 저의 생명의 은인이죠."

피나는 내 소개를 정정하면서 자기소개를 했다.

"그러면 우리는 둘 다 유나 씨가 구해준 사람인 거네."

"네!"

왠지 만나자마자 의기투합을 했네…….

뭐, 두 사람이 친해지는 건 좋은 일이다.

나와 피나는 데리러 와준 루이밍과 함께 엘프 마을로 향했다. 내 옆에는 피나와 루이밍 두 사람이 걸으면서 대화를 나누고 있다.

"그건 그렇고, 피나도 곰 문에 관해 알고 있었구나."

"저도, 루이밍 씨가 곰 문을 알고 있을 줄은 몰랐어요."

"아는 건 피나의 가족이랑 루이밍의 가족뿐이야."

가족 전원은 아니지만 두 사람의 측근뿐인 게 된다. 그렇게 생각하면 닮은 환경의 두 사람이다.

“그래도 곰 문에 관한 걸 알기 위해 웃음 지옥 계약 마법을 걸 줄은 몰랐어.”

“계약 마법?”

“응, 유나 씨의 비밀을 다른 사람에게 말하려고 하면 웃음이 나서 힘들어져. 정말, 그건 너무 힘들어서 말을 꺼내지도 못해.”

루이밍은 웃으면서 괴로운 표정을 지어 보였다.

사냐 씨와 무무르트 씨가 웃는 모습을 봤는데, 얼굴은 미소를 짓고 있어도 대단히 고통스러워 보였다. 뭐가 그렇게 웃겼던 걸까. 재미있는 이야기를 듣고 웃겼다든가, 몸을 간지럽혀 웃긴다든나, 웃음 버섯을 먹었다든가, 여러 가지 있을 텐데 어떤 타입일까.

“나는 그런 계약 마법은 안 걸었는데…….”

“뭐, 피나는 믿고 있으니까 필요 없겠지.”

실제로 피나는 티루미나 씨가 물어봐도 비밀을 지켜주었다.

“참고로 계약 마법에 관해 말한 건 루이밍의 할아버지였지, 내가 말한 게 아니야. 심지어 처음에는 죽는 계약이었는데 내가 웃음 지옥으로 바꾼 거야.”

애초에 계약 마법은 무무르트 씨만 사용할 수 있고 간단히 할 수 있는 게 아니다.

“그래도 말하려고 하면 웃음 지옥이라는 거죠?”

“말하지 않으면 괜찮아.”

어딘가의 엘프처럼 내 곰 팬티의 비밀을 말하려고 하지 않으면 괜찮다. 곰 팬티의 비밀은 무덤까지 가지고 가도록 할 거다.

“유나 씨, 피나는 어디까지 알고 있어요? 알고 있는 사람이면 말을 해도 괜찮은 거죠?”

“아마, 루이밍이 아는 건 피나도 알고 있을 거야. 오히려 피나가 알고 루이밍이 모르는 게 많지 않나?”

“그러면, 제가 루이밍 씨에게 말하면 웃음 지옥이 되는 거예요?”

“피나는 계약을 맺지 않았으니까 걱정하지 마.”

“다행이다.”

피나는 안도한 표정을 보였다.

“그럼, 피나도 곰 폰을 알고 있겠네.”

루이밍은 주머니에서 곰 폰을 꺼냈다. 그러자 피나도 곰 폰을 꺼냈다.

“유나 언니, 이 곰 폰은 루이밍 씨와 슈리랑도 이야기를 나눌 수 있는 거예요?”

피나는 자신이 가진 곰 폰과 루이밍이 들고 있는 곰 폰을 봤다.

그러고 보니 실험을 해본 적이 없었다. 이제껏 곰 폰을 들고 있던 건 피나와 루이밍 뿐이다. 심지어 두 사람은 서로 알지도 못해서 시험해 볼 기회가 없었다.

하지만 슈리에게 건네줌으로써 3개가 되고 피나와 루이밍이 통성명을 했다. 곰 폰을 사용하면 피나와 슈리, 피나와 루이밍이 대화를 나눌 수 있을지도 모른다.

하지만 나만 사용할 수 있는 곰 이동문을 생각해보면 안 될 수도 있다.

“글쎄, 시험해본 적이 없어서…… 어떨까?”

“그래요? 그러면 나중에 해봐도 돼요? 만약 가능하면 슈리랑 이야기할 수 있어요.”

피나가 기뻐하며 곰 폰을 쥐었다.

“괜찮지만 슬슬 마을이 보이니까, 나중에 하자.”

“그러면 피나, 나중에 해보자.”

“네.”

“모두가 없는 곳에서 해야 해.”

“네!”

“네.”

두 사람은 사이좋게 대답했다.

엘프 마을에 들어서자 나를 기억하고 있는 건지 지나치는 사람들이 인사를 했다. 저번에 왔을 땐 다소 긴장감이 있었지만 지금은 그런 걱정이 없다. 평화로운 일상의 광경이다.

“유나 언니, 이곳에 있는 사람은 모두 엘프예요?”

피나는 신기한지 이리저리 주위를 봤다.

엘프라서 귀가 길거나, 녹색 머리를 가진 사람이 많다. 물론 머리색이 다른 엘프도 있지만 녹색 머리의 엘프가 많았다.

"응, 여기는 엘프만 살고 있어."

"그렇구나. 그럼 예전엔 사냐 씨도 이곳에서 사셨던 거네요."

"피나는 언니를 알지?"

"네, 몇 번인가 뵌 적이 있어요. 무척 아름다운 분이에요."

루이밍은 언니인 사냐가 칭찬받자 기뻐했다. 장래에는 루이밍도 미인이 될 거다.

그런 뒤, 마을 중심 근처 광장에 다다르자 아이들이 노는 모습이 보였다. 그 아이들은 나를 발견하고 다가왔다.

"곰이다~."

"곰 님이다~."

"루이밍 언니다."

엘프 아이들이 북적이며 우리를 둘러싸기 시작했다. 특히 내 주변에 모여드는 아이가 많다.

"다들, 유나 씨에게 폐를 끼치면 안 돼. 유나 씨가 못 걷잖아."

"에이~."

아이들이 내 팔과 옷을 잡아당긴다.

"할아버……장로님과 약속 했지?"

루이밍이 언니답게 아이들에게 주의를 시켰다. 그러자 아이들은 「네~」라고 대답하며 떨어진다.

뿌리칠 수는 없어서 도움이 됐다. 장로인 무무르트 씨의 영향력이 큰 것 같다.

"루이밍, 고마워. 그런데 루이밍도 언니다운 일을 하는구나."

"언니니까요."

루이밍은 의기양양하다.

아이들이 우리에게서 떨어지자 다른 곳에서 말소리가 들렸다.

"소란스러운 것 같더니 유나였군. 저번과 같은 복장인가."

잘생긴 엘프 청년이 다가왔다. 사냐 씨의 약혼자이자 분명 이름은 라비라타였을 거다.

"그쪽도 여전히 무뚝뚝한 얼굴이네요."

무뚝뚝한 얼굴이라 잘생긴 얼굴이 빛을 발하지 못했다.

"원하는 만큼 있어도 되지만, 마을 안에서 너무 소란을 피우지는 마."

라비라타는 찰나의 미소를 보이고 떠났다.

"뭐였지?"

"후후, 저래 보여도 마을을 구해준 유나 씨를 신경 쓰고 있는 거예요."

루이밍이 라비라타의 말과 행동을 설명했다.

"그래?"

"아마도 제가 아이들을 말리지 않았다면 라비라타 씨가 아이들을 막았을 거예요. 그러니까 라비라타 씨를 싫어하지 말아 주세요."

딱히 괴롭힘을 당한 게 아니라 싫지 않았고 돌아갈 때는 감사 인사도 받았다. 아마 나만이 아니라 모두에게 저런 태도를 취하는 것 같다. 모두에게 무뚝뚝한 사람도 있지.

“유나 씨, 할아버지를 만나실 거죠?”

“응, 조금 묻고 싶은 게 있거든.”

모처럼 엘프 마을에 왔으니 무무르트 씨에게 데젤트 마을에서 들은 이야기를 물어볼 생각이다. 정말로 그 피라미드를 공략한 엘프가 무무르트 씨일까? 동성동명에 동족일 가능성도 있다.

“그러면 지금 무무르트 씨를 만날 수 있을까?”

“괜찮아요. 유나 씨라면 언제든지 할아버지가 만나 줄 거예요. 더군다나 엘프 마을을 구해준 은인이잖아요.”

“은인이라니, 과장이야.”

“유나 언니, 조금 전에도 말하던데, 마을을 구했어요?”

나와 루이밍이 이야기를 나누는데 피나가 어렵게 질문했다.

“마을을 공격하던 마물을 조금 무찌른 것뿐이야. 그렇게 대단한 일은 하지 않았어.”

“그런 건 조금이라고 안 하죠.”

루이밍이 부정하고 있을 때 무무르트 씨 집에 도착했다. 집 앞의 긴 의자에 앉은 무무르트 씨의 모습이 보였다. 햇볕이라도 쬐고 계시나?

“할아버지, 유나 씨가 왔어요.”

“곰 아가씨?”

무무르트 씨가 일어섰다.

"무무르트 씨, 오랜만이에요."

"아가씨, 잘 왔네. 신성수의 차와 버섯이라도 캐러 왔나?"

"그것도 하고 싶은데 오늘은 다른 일이에요. 루이밍, 미안한데 피나한테 마을 안내 좀 해줄래? 나는 무무르트 씨에게 할 이야기가 있거든. 피나, 미안. 잠깐 루이밍이랑 마을 좀 돌고 와."

"아, 네."

"그럼, 피나에게 마을 안내를 하고 올게요. 피나, 가자."

"네."

루이밍은 피나의 손을 잡고 달려갔다. 피나는 넘어질 뻔하면서 루이밍에게 끌려간다.

415 곰 씨, 탈리아 씨에게 붙잡히다

피나와 루이밍이 멀어져 가는 걸 확인한 나는 무무르트 씨와 이야기를 시작했다.

"그래서 아가씨, 하고 싶은 이야기가 뭔가?"

"무무르트 씨, 데젤트 마을이라고 들어본 적 있어요?"

"데젤트 마을?"

고개를 갸우뚱거리는 무무르트 씨.

생각에 잠기는 무무르트 씨.

이마를 만지며 떠올리려 하는 무무르트 씨.

무언가 걸리는 게 있는 모양이다. 하지만 마을 이름만으로는 떠오르지 않는 것 같다. 그래서 나는 무무르트 씨의 기억에 추가 정보를 더하기로 했다.

"사막이 있는 마을이고 호수가 있어서 근처에는 피라미드가 있는데요."

"…………."

툭.

무무르트 씨는 왼손 손바닥에 오른손 주먹을 떨구는 제스처를 취했다.

"아아, 사막의 데젤트 마을. 오랜만에 듣는 이름이구나."

아무래도 알고 있는 모양이다.

"그럼, 역시, 피라미드의 미로를 공략했던 건 무무르트 씨의 파티였던 거예요? 그리고 그 동료 중 두 사람이 남아서 마을을 만들고……."

"아가씨, 잘 아는구먼."

"얼마 전에 데젤트 마을에 갔는데, 그 마을 영주님에게 마을이 만들어졌을 때의 이야기를 들을 때 엘프인 무무르트 씨의 이름이 나와서 혹시나 했어요."

"틀림없이 내가 맞네."

무무르트 씨는 떠올리듯 이야기를 했다.

들어보니, 미로를 클리어 한 무무르트 씨 일행이 밖으로 나오자 물이 솟아올랐고 호수가 만들어졌다고. 그래서 사막을 지나가던 사람들이 지나다니기 쉽게 휴식처를 만들었더니, 물건을 파는 사람들이 모였고 마을이 형성됐다고 한다.

그걸 관리한 게 카리나 씨의 선조님인 무무르트 씨의 모험가 동료라고 했다.

"호수를 중심으로 결계처럼 주변 기온이 낮아진다는 걸 알게 된 우리는 벽을 만들기도 했지."

"그 영주님에게 무무르트 씨에 관해 이야기했더니 만나보고 싶다고 했어요."

"그런가, 아가씨는 쿠아토와 시안이 만든 마을에 갔다 왔군."

쿠아토와 시안이라는 건 무무르트 씨의 파티 멤버로 카리나의 선조님인 것 같다.

"네."

"두 사람이 만든 마을이 자손들에 의해 지켜지고 있나 보군그래."

무무르트 씨는 그리워하는 표정을 지었다.

"그러면 다음에 데젤트 마을에 가실래요?"

"그 녀석들의 아이들을 보고 싶긴 하지만, 입장상 마을을 길게 비워둘 수는 없으니 무리일 것 같네."

평범하게 간다면 시간이 걸린다. 하지만 곰 이동문을 사용하면 이동 시간은 단축할 수 있다.

"그거라면 괜찮아요. 데젤트 마을에 곰 문을 설치해서 당일치기로 갈 수 있어요."

"……아가씨는 그래도 괜찮나?"

"그럼요. 그래도 지금은 어려우니까 다음에 가도 될까요?"

"그래, 몇 년이라도, 몇십 년이라도 기다리지."

맞아. 엘프는 이런 종족이었지.

크~응, 크~응.

무무르트 씨로부터 신성수의 찻잎을 받고 여러 이야기를 나누고 있는데 왼손의 흰 곰 인형 장갑이 울기 시작했다.

곰 폰의 소리다. 갑자기 우니까 마치 곰 인형 장갑이 울고 있는 것처럼 보인다. 그런데 누구에게서 온 거지? 곰 폰은 피나, 슈리, 루이밍 세 사람만 가지고 있다.

"그럼, 무무르트 씨, 다음에 제안하러 올게요."

무무르트 씨는 소리의 정체를 궁금해 했지만, 무무르트 씨와 헤어지고 사람이 없는 곳으로 이동했다. 그리고 아직 「크~응, 크~응」 하고 우는 곰 폰을 꺼내 들었다.

"여보세요."

『앗, 연결됐네요.』

곰 폰에서 피나의 목소리가 들렸다.

"왜 그래? 무슨 일 있었니?"

『죄송해요. 곰 폰을 써서 루이밍 씨랑 슈리하고 대화를 나눠보려 했어요. 그런데 대화를 할 수 없어서, 그래서 망가진 건가 싶어서 유나 언니에게 걸어 봤어요.』

"루이밍이랑 슈리와는 대화를 할 수 없었구나."

『네, 불가능했어요.』

아무래도 곰 폰은 나에게만 연결되는 모양이다.

뭐, 예상했던 대로인가. 곰 장비는 양도 불가에 내 전용이고 곰 이동문은 내가 아니면 문을 열 수 없다. 곰 폰은 내 마력으로 만들어 냈으니 나에게만 연결되는 걸지도 모른다.

아무나 쓸 수 있는 거라면 만능 아이템이 되어버린다.

"그런데 두 사람은 어디에 있어?"

『음, 루이밍 씨, 여기는 어디죠?』

『마을 밖이야.』

곰 폰에서 루이밍의 목소리가 들려온다.

나는 루이밍의 집 앞에서 합류하자고 말했다. 루이밍의 집에 다다르자 두 사람이 다가오는 모습이 보였다.

"유나 언니, 망가진 거 아니죠?"

피나는 곰 폰을 꼭 쥐고 불안한 듯 물었다.

"안 망가졌어. 아마 나랑만 연결되는 것 같아. 이제까지 사용해본 적이 없어서 몰랐지만 말이야."

"아쉽네요."

"피나가 돌아가도 서로 이야기할 수 있을 거라 생각했는데……."

"무슨 일 있으면 내가 전달해줄게."

"네."

피나와 루이밍은 조금 아쉬워했다.

무무르트 씨에게 인사는 했으니 슬슬 드워프 마을을 향해 출발해볼까 생각하고 있는데—.

"어머, 역시 유나가 있네."

뒤에서 목소리가 들렸다. 뒤돌아보자 루이밍의 어머니인 탈리아 씨가 있었다. 여전히 젊어서 세 아이의 엄마로는 보이지 않았다.

하긴 엘프니까 그 부분은 신경 쓰지 않기로 하자.

"마을을 걷고 있는데 곰이 왔다고 하니까 곧바로 유나라는 걸 알았어.”

탈리아 씨는 추측이 맞았다는 사실에 기뻐했다.

하지만 그런 확인 방법으로 괜찮은 거야? 실제 곰을 발견한 사람이 「곰이 왔다」, 「곰이 나타났어」라고 말하고 그걸 들은 사람(엘프)이 내가 왔다고 추측하면 위험하지 않나?

뭐, 실제 곰이 나타나면 비명 정도는 지를 테니 괜찮겠지.

느긋한 탈리아 씨라면 걱정이 되는데…….

“그런데 거기 있는 아이는 유나의 여동생?”

내 옆에 있는 피나의 정체를 추리하듯 물었다. 하지만 나와 피나는 닮지 않았다.

“곰 옷차림은 하지 않았으니, 아닌가?”

고개를 갸웃거리는 탈리아 씨.

잠깐, 곰 옷차림을 하고 있으면 내 여동생이야?

“동생 아니에요. 이 아이는 피나. 제 생명의…… 제가 신세를 지고 있는 아이에요.”

내가 피나를 보면서 「생명의 은인이에요」라고 소개하려 했더니 피나가 째려봐서 고쳐 말했다.

“피나구나. 나는 탈리아. 루이밍의 언니지. 탈리아 언니라고 불러.”

탈리아 씨는 뻔뻔하게 말했다.

“그럼, 사냐 씨의 언니인 거네요.”

피나는 탈리아 씨의 말을 의심하지 않는다.

“어머, 사냐도 알고 있니?”

“네.”

“그래, 맞아. 사냐의 언니인 탈리아야. 그러니까, 탈리아 언니라고 불러줘.”

“네, 탈리아 언니.”

아무렇지 않게 대화를 시작하는 탈리아 씨와 피나. 그런 두 사람 사이를 루이밍이 막아섰다.

“어머니! 그만 해요. 피나가 정말로 믿잖아요. 피나, 언니가 아니라, 어머니야.”

“어머니?”

루이밍의 말에 피나는 놀란다.

뭐, 탈리아 씨의 겉모습은 언니라고 해도 위화감이 없어서 그런 거짓말에는 속아넘어가기 쉽다.

“그렇게 빨리 밝히지 않아도 되는데.”

“어머니, 창피하니까 그만둬요!”

루이밍은 얼굴을 붉히며 탈리아 씨에게 뭐라고 했다.

“밝혀졌으니 어쩔 수 없네. 다시 한 번, 루이밍의 엄마인 탈리아라고 해. 피나, 거짓말을 한 사과의 뜻으로 맛있는 과일을 대접할게.”

탈리아 씨는 피나의 손을 잡더니 집 안으로 데리고 가버렸다.

“앗, 유나 언니?”

피나는 손을 잡혀 이끌려가며 고개를 돌려 나를 봤다. 나는 고개를 좌우로 저은 뒤 탈리아 씨와 피나의 뒤를 따라 집 안으로 들어갔다. 루이밍도 한숨을 내쉬고 따라왔다.

우리는 탈리아 씨가 내어준 과일을 먹으면서 이야기 시간에 돌입해버렸다.

드워프 마을에 가려고 했는데…….

"루카는 없어요?"

"루카는 숲에 놀러 갔어."

부친인 아르투르 씨는 일하고 있단다.

"루카?"

"루이밍의 남동생이야."

"후후, 루카도 안됐네. 유나가 와줬는데."

뭐, 곰 폰에 관해서는 말하지 못하니 미리 내가 온다는 걸 전달할 방법은 없었다.

자칫 잘못하면 웃음 지옥이 기다리고 있다.

"피나, 많이 먹어."

탈리아 씨는 우리에게 많은 과일을 줬다.

"고, 고맙습니다."

새콤달콤한 과일을 먹는다.

요새 과일만 먹고 있는 기분이 든다.

"그러고 보니, 유나 씨, 드워프 마을에 간다고 하셨죠."

과일을 먹고 있는데 루이밍이 묻는다.

“어머, 유나, 드워프 마을에 가려고?”

덧붙여 루이밍의 말에 탈리아 씨가 반응했다.

“잠깐 놀러요. 볼일도 끝났으니까 이제부터 떠날 생각이에요.”

“아쉬워요. 모처럼 피나랑 친구가 됐는데.”

루이밍은 조금 아쉬워했다.

“다음에 또 피나랑 함께 놀러 올게.”

피나랑 루이밍도 짧은 시간에 친해진 모양이고 서로가 나의 비밀을 알고 있으니 말해도 웃음 지옥이 될 일은 없을 거다.

“약속이에요. 그런데 드워프 마을이라…… 오랜만이네요.”

“가본 적 있어?”

“네, 몇 번인가 가봤어요.”

엘프가 드워프 마을에? 엘프랑 드워프는 원래 사이가 나쁘지 않았던가?

“괜찮았니?”

“아버지랑 같이 가서 길을 헤매지는 않았어요. 혼자였다면 미아가 됐을지 모르지만…….”

내가 묻고 싶은 건 그게 아니지만 왕도에서 길을 잃었던 걸 신경 쓰고 있는 모양이다.

“엘프랑 드워프는 사이가 안 좋아서, 엘프가 드워프 마을에 가도 되는 건가 싶었는데.”

“엘프랑 드워프가 사이가 안 좋아요?”

루이밍이 묻는다.

물어본 건 내 쪽이잖아.

"아니야?"

"그런 이야기는 들어본 적도 없어요. 전에 드워프 마을에 갔을 때도 친절하게 대해주셨어요."

아무래도 내 상식은 여기서 통용되지 않는 것 같다. 내가 읽은 만화나 소설에서는 엘프와 드워프의 사이가 안 좋은 작품이 많았다.

특히 수염이 난 드워프와 미인인 엘프가 언쟁을 벌이는 장면을 봤다.

"드워프 마을이라. 나도 오랜만에 가보고 싶네."

"어머, 좋은 생각인데? 루이밍도 같이 다녀오렴. 마침 새로운 프라이팬이랑 냄비가 필요하다고 생각하던 참이었거든. 그리고 새 칼도 필요해. 그래, 이웃들에게도 물어보고 와야겠어."

"어머니?"

탈리아 씨는 혼자서 할 말을 다 하고 일어선 뒤 방에서 나가버렸다.

우리는 그것을 조용히 지켜봤다.

"어, 그러면 이건……."

어떻게 되는 거지?

"저도 가게 된 모양이에요. 그, 저희 어머니가, 죄송해요."

루이밍은 미안한 듯 사과했다.

루이밍도 고생이 많은 것 같다.

"그런데 프라이팬이랑 냄비라……."

드워프로 말하자면 무기나 방어구가 떠오르고 그런 걸 생각하진 않지.

골드 씨와 가잘 씨는 무기와 방어구가 메인이어서 몰랐는데 조리 도구 등 일반적인 금속 가공의 일도 하고 있구나.

"피나, 우리도 티루미나 씨에게 뭔가 사다 줄까?"

크리모니아에서도 팔지만 드워프 마을에서 사면 본고장의 좋은 물건이라는 기분이 든다.

게다가 프라이팬과 냄비에도 질의 좋고 나쁨이 있으니까.

재질에 따라서 중량, 눌어붙지 않는지, 열의 전도율이 높은지 등 여러 특징이 있다.

드워프 마을에서 구입하는 건 질이 좋을 것 같다. 응, 좋은 생각이다.

그런데 피나를 보니 조금 말하기 껄끄러운 듯 입을 열었다.

"저기, 그게, 사실은 저도 어머니한테 부탁을 받았어요."

"그래?"

"네, 여러 가지를 사오라고 부탁하셨어요."

역시 주부 9단. 이미 피나에게 부탁을 마친 모양이다.

"그러면 나는 고아원이랑 안즈한테 사줄까."

"그것도 부탁하셨어요. 고아원이랑 가게에 큰 냄비가 필요하대요."

뭔가, 선수를 놓쳤네.

역시 고아원은 큰 냄비가 필요하겠지. 대량으로 요리를 만들려면 큰 냄비인 편이 손이 덜 간다.

나도 내가 쓸 물건을 사갈까. 사려면 곰 하우스에도 있는 편이 좋다. 예비까지 생각하면 더 필요해진다. 곰 박스에 하나 넣어두면 돌아가며 쓸 수 있지만 설거지를 하고 나서 넣는 게 귀찮다. 가능하다면 각각의 곰 하우스에 따로 두고 싶다.

탈리아 씨가 준비해준 과일을 먹으면서 대화를 나누고 있는데 탈리아 씨가 돌아왔다.

"루이밍, 이게 구매 목록이야."

탈리아 씨가 루이밍에게 몇 장의 종이를 건넸다. 루이밍은 그 종이를 보더니 표정이 변했다.

"어, 어머니, 너무 많아요."

루이밍이 테이블 위에 종이를 올렸다. 가장 위에 주문자의 이름이 적혀 있었고 그 아래에 프라이팬과 냄비, 칼, 그 외 갖가지 상품명과 크기 등이 자세하게 적혀 있었다. 그런 종이가 몇 장이나 있다.

"그렇지만, 다들 원한다고 했는걸."

했는걸이라니 겉보기에는 젊으니까 어울리지만 실제로는 100살 이상이잖아?

“할아버지한테 아이템 봉투 빌려 왔으니까 괜찮아. 그리고 돈.”

그렇게 말하고 아이템 봉투와 돈이 든 봉투를 루이밍에게 건넸다.

“할아버지는 다 같이 둘러앉아 먹을 수 있는 큰 냄비를 원하신대.”

“으으, 할아버지마저…….”

루이밍은 테이블에 푹 엎드렸다.

아무래도 루이밍도 같이 가는 게 확정된 모양이다.

416 곰 씨, 드워프 마을을 향해 출발하다

나는 피나와 루이밍을 데리고 마을 밖으로 나와서 곰돌이와 곰순이를 소환했다. 여기서부터는 곰돌이와 곰순이의 차례이다.

"곰돌아, 곰순아, 오랜만이야."

루이밍은 곰돌이와 곰순이의 머리를 쓰다듬으며 인사했다. 곰돌이와 곰순이는 「「크~응」」 하고 기쁘게 운다.

피나와 루이밍은 곰돌이에 타도록 하고 나는 곰순이를 타고 출발했다.

드워프 마을은 엘프 마을보다 더욱 나아간 장소인 광산이 있는 곳에 있다고 했다. 엘파니카 왕국도 아니고 옆의 솔조나크국도 아닌 하나의 자치체(自治体)라고 한다.

"정말로 길 안 잃겠어?"

"괜찮아요. 몇 번인가 가본 적이 있거든요."

드워프 마을로 가려면 엘프의 숲을 가로지르는 것이 지름길이라, 그 길을 루이밍이 안내해주기로 했다. 왕도에서 길을 헤매다 지쳐 쓰러졌던 사건을 알고 있어서 불안하지만, 루이밍이 자신만만하게 「괜찮아요!」라고 말하니 강하게는 거절하지 못하고 승낙해버렸다.

원래 드워프 마을로 가려면 랄즈 마을로 이어진 길로 돌아가서, 거기서부터 엘프 마을이 있는 큰 숲을 크게 우회해야 한다고 했다.

하지만 돌아가면 그만큼 시간이 걸린다.

속담에도 「급할수록 돌아가라」라는 말이 있다. 나도 사막에 갈 때 지름길을 이용하려다 길을 헤맨 적이 있다.

하지만 드워프 마을로 갈 때 지름길을 이용하면 곰돌이와 곰순이에게 부담이 덜 가고, 숲속을 걸어가기 때문에 사람들과 마주칠 일을 신경 쓰지 않아도 된다는 이점이 있다. 실제로 나쁘기만 한 건 아니다. 그러니 루이밍이 길을 헤매지만 않는다면 장점이 더 많다.

애초에 서두르는 것은 아니라서 길을 헤매도 하나의 추억이 될 거다.

우선은 숲을 자신의 구역이라 선언하는 엘프인 루이밍의 말을 믿고 우리를 태운 곰돌이와 곰순이는 숲속을 걸었다.

"그건 그렇고, 대단한 양이었어요."

피나가 조금 전에 있었던 일을 떠올리듯 말했다.

우리가 루이밍의 집을 나서려고 하자 집 앞에 엘프 여성들이 모여들었다. 순간 놀랐지만 탈리아 씨가 냄비 이야기를 하러 갔을 때 내가 왔다는 사실을 마을에 퍼뜨려버렸다. 그래서 엘프 아주머니들이 산에서 캔 산나물과 버섯을 바구니에 가득 담아 나에게 가지고 왔다.

먹을 것은 많을수록 좋아서 감사 인사를 하고 고맙게 받았다.

곰 박스가 있어서 양이 많아도 문제 없으니까.

"유나 씨가 저번에 왔을 때 기뻐하며 많이 가지고 돌아가셔서, 다들 좋아할 거라고 생각한 거예요."

"전에 유나 언니가 우리 집에 버섯이랑 산나물을 많이 가지고 왔는데, 이곳에서 캤던 거였군요."

저번에 받았던 산나물과 버섯은 피나의 집에 가져가고, 안즈에게 나눠주고, 바다에 갔을 때 요리에 다 썼다. 역시 40명 이상이 먹으니까 재료 소진도 빠르다. 그러니 보충할 수 있어서 기뻤다. 다음에는 튀김을 만들어서 먹어볼까.

"오늘 밤에라도 먹을까?"

"저도 도울게요."

피나도 먹을 마음이 가득하다.

그 후 처음에는 불안했지만 루이밍은 길을 헤매는 일 없이 곰돌이와 곰순이에게 나아갈 방향을 알려줬다.

나무들 사이를 지나고 강을 따라 내려가고 산을 올랐다.

스킬인 곰 지도를 보니 구불구불 휘어져 있지만 확실하게 일정한 방향으로 가고 있었다. 만화처럼 같은 곳을 빙글빙글 도는 일은 일어나지 않았다.

길 안내는 루이밍에게 맡기고 위험한 마물이나 동물은 곰돌이와 곰순이에게 맡긴 채 나는 곰순이 위에서 느긋하게 시간을 보냈다.

옆에서 곰돌이에 탄 피나와 루이밍의 들뜬 목소리가 들렸다.

화제는 두 사람이 공통으로 알고 있는 나와 사냐 씨에 관한 이야기인 것 같다.

도중에 휴식을 취하면서 나아가고 있는데 루이밍이 곰돌이의 걸음을 멈춰 세우고 이리저리 주위를 봤다.

"어라, 이상하네…… 이 부근에 있었던 것 같은데."

주위엔 절벽이 있고 길이 없다.

"혹시, 길을 잃었니?"

"잃지 않았어요. 여기 근처에 다리가 있었어요."

"다리라니, 혹시 저걸 말하는 거야?"

내가 검은 곰 인형 장갑으로 가리켰다.

"아, 맞아요."

다리 앞으로 다가갔는데 로프로 만들어진 다리는 망가져 있었다.

"이대로는 지나갈 수 없어요."

루이밍은 붕괴한 다리를 보고 곤란한 표정을 지었다.

"여기를 지나지 못하면 온 길을 되돌아서……. 그러면 꽤 돌아가게 되는데."

루이밍은 머리를 감싸고 안절부절못하기 시작했다.

나는 한숨을 내쉬고 곰순이에서 내린 뒤 언덕 근처까지 다가갔다.

절벽과 절벽 사이는 10미터정도 떨어져 있었고 깊이도 10미터정도 됐다.

곰돌이와 곰순이라면 못 뛸 거리는 아니다. 하지만 앞으로 엘프가 지나다니려면 다리가 있는 편이 좋다.

"잠시 떨어져 있을래?"

나는 허리를 숙이고 검은 곰 인형 장갑을 지면에 가져갔다. 그리고 마력을 흘려보내며 이미지를 떠올렸다. 내가 있는 쪽 절벽에서부터 흙이 튀어나와 반대쪽 절벽까지 뻗어서 다리가 만들어졌다.

피라미드의 지하 탐색을 할 때 만든 적이 있어서 그런지, 간단하게 상상해서 만들 수 있었다.

"유나 씨, 멋있어요."

"그런데 어째서 곰이 있지?"

다리 끝을 지탱하는 기둥이 곰으로 되어 있다. 다리를 강화할 생각이었는데 곰이 생긴 것뿐이다. 이것으로 다리가 간단히 무너질 일은 없을 거다.

"뭐, 이걸로 지나갈 수 있게 됐네."

우리는 곰 다리를 건너 반대쪽으로 이동했다.

그 후 마물과 흉폭한 동물에게 공격을 당하는 일은 없고, 루이밍이 길을 헤매는 일도 없이 순조롭게 나아가 밤이 됐다.

"슬슬 어두워지기 시작했으니까 이 부근에서 하루 묵을까."

"유나 씨, 곰 님 집이에요?"

루이밍이 기쁘게 물었다.

"곰 님 집은 대단해요. 야영하지 않아도 되고, 따뜻한 침구도 있고, 욕조가 있어서 하루의 피로를 풀 수 있는 최고의 집이에요."

루이밍은 왕도에 갈 때 고생을 많이 했는지 곰 하우스가 마음에 들었나보다.

나는 곰 하우스를 꺼내고 곰돌이와 곰순이를 꼬맹이화 시킨 뒤 안으로 들어갔다. 그리고 욕조에 따뜻한 물을 담는 동안 식사 준비를 했다. 모처럼 산나물도 받았으니 조금 번거롭지만 채소튀김을 만들기로 했다.

"유나 언니, 저도 도울게요."

"그러면 내가 튀길 테니까 그릇에 올려줄래?"

"네."

피나에게 도움을 부탁했다. 그걸 보고 있던 루이밍도 다가왔다.

"유나 씨, 저는?"

"……앉아 있어."

조금 생각하고 그렇게 대답했다.

"으으, 너무해요."

"농담이야. 그런데 더 할 일은 없는데……."

튀김만 만드는 거라 세 사람이 할 정도의 일은 아니다.

"루이밍한테는 다음에 도와달라고 할 테니까 곰돌이랑 곰순이랑 같이 쉬고 있어도 돼."

루이밍이 몸을 둥글게 말고 있는 꼬맹이 곰돌이와 곰순이를 슬쩍 봤다.

"으으, 너무 끌리는 제안이지만, 두 사람이 저녁을 준비하고 있는데 저만 놀 수는……."

그런 말을 하면서 꼬맹이 곰돌이와 곰순이를 보고 있다.

"그러면 다 먹은 뒤에 정리를 해줄래?"

"……알겠어요. 하지만 준비할 때도 뭔가 필요하면 말해주세요."

그렇게 정한 뒤 루이밍은 곰돌이랑 곰순이와 놀기 시작했다.

채소를 자르고 달걀과 밀가루를 묻혀 기름으로 튀긴다. 아무것도 안 묻히고 튀겨도 맛있지만 오늘은 산나물이 있으니 묻히는 게 더 맛있겠지.

당근, 감자, 피망, 그 외의 여러 채소가 곰 박스에 들어 있다. 크리모니아는 물론이고 마을, 왕도에 갔을 때도 많이 샀다. 나중에 사러 가는 게 귀찮고 팔지 않을 때도 있으니까 있을 때 사두는 편이다.

그리고 모처럼 루이밍이 있으니까 안 먹어 봤을 법한 오징어와 문어도 사용해서 바다 음식의 튀김도 같이 만들었다.

참고로 곰 장비를 착용하고 있어서 기름이 튀어도 문제없고, 곰 인형 장갑을 끼고 있어서 손에 기름이 튀는 일도 없다. 완벽한 대책이다.

무사히 저녁 준비가 끝나고 튀김을 먹으며 대화를 나눴다. 루이밍은 처음 먹는 튀김의 맛에 놀랐지만 맛있게 먹었다.

"맞다. 유나 언니, 루이밍 씨의 마을에서 뭘 한 거예요? 루이밍 씨에게 아무리 물어도 알려주지 않아요. 유나 언니가 마을에서 뭘 했다는 거 같은데 궁금해서요."

"그걸 말하면 웃음 지옥일지도 모르잖아."

루이밍은 당근 튀김을 먹으면서 피나의 말에 대답했다.

그런데 어떻게 되지? 마을에서 일어났던 일을 발설하면 웃음 지옥이 될까?

계약 내용은 「나의 비밀을 함구해줬으면 좋겠다」였다.

무무르트 씨의 말로는 계약한 당시의 내 마음에 달렸다고 했다. 비밀로 해주면 좋겠다 라고 생각한 일을 발설하면 웃음 지옥이 된다.

그러니까 당시의 내가 엘프 마을에서의 있었던 일을 비밀로 했으면 좋겠다고 생각하며 계약 마법을 썼다면 루이밍은 웃음 지옥을 보게 될 거다.

당시의 기분을 떠올려 봤지만 모르겠다.

"모르겠으니까, 시험해볼래?"

"싫어요!"

큰 소리로 루이밍에게 거절당했다. 실험하고 싶지만 안 되는 모양이다.

나는 루이밍 대신 간단하게 엘프 마을에서 일어난 일과 내가 관련된 일을 이야기했다.

"유나 씨는 피나를 믿고 있군요."

"응, 그렇지. 피나는 약속을 깨는 아이가 아니라는 걸 알고 있으니까. 믿어."

"유나 언니……."

피나가 내 말을 듣고 기뻐했다.

"그래도 유나 씨가 마물을 무찔러 줘서 마을이 안전했어요."

"마물이라니, 어떤 마물을 쓰러뜨렸어요?"

그걸 묻는 거야?

설명할 때 말을 얼버무렸는데.

"그걸 물으면, 피나가 힘들어질 텐데."

이야기했다는 건 코카트리스에 관해 알게 된다는 거다. 지금까지는 놀랄 거라고 생각해서 자중했는데, 알게 되면 피나에게 코카트리스의 해체를 부탁할 수 있다.

"힘들어진다고요?!"

"어떤 마물인지 듣고 싶어?"

피나는 내 의미심장한 말에 고민하기 시작했다.

"……으으, 듣고 싶어요."

피나는 고민한 끝에 그렇게 정했다.

나는 볼 까마귀와 코카트리스를 토벌한 사실을 이야기했다. 피나는 코카트리스라는 말을 들은 순간, 식사하던 손을 멈췄다.

"……유나 언니, 설마, 저에게 코카트리스의 해체를 시킬 생각인 거예요?"

피나가 두려워하면서 물었다.

"그야, 나는 해체를 못하는걸."

탈리아 씨를 따라했다.

"무리예요!"

피나의 외침이 곰 하우스 안에 울렸다.

그러니까 알면 힘들어질 거라고 충고했는데…….

417 곰 씨, 곰 하우스에서 하루 묵다

식사를 마친 우리는 정리를 루이밍에게 맡기고 나와 피나는 곰돌이와 곰순이의 배를 문지르며 식후 휴식을 취했다. 포근해서 기분 좋아. 곰돌이와 곰순이도 좋아하는 것 같으니까 WIN-WIN이네.

다만 옆에서 곰돌이의 배를 만지고 있는 피나는 몇 번이나 「코카트리스라니, 해체 못 해」라고 말했다. 그렇게 되면 해체는 모험가 길드? 아니면 무무르트 씨가 할 수 있나? 전직 모험가이고 연세가 많으시니 코카트리스 해체 경험이 있을지도……. 하지만 해체해서 팔 것까지 생각하면 모험가 길드가 낫나……. 소란스러워지는 게 문제다.

눈에 띄지 않는 방법은 국왕에게 팔아넘기는 것이다. 국왕은 여러 가지를 알고 있으니까 코카트리스가 추가돼도 괜찮겠지. 게다가 판매처를 고려했을 때 국왕이 가장 좋은 방법이었다.

그런 생각을 하면서 곰순이의 배를 복슬복슬 만지고 있는데 테이블 위에 놓인 흰 곰 인형 장갑이 「크~응, 크~응」 하고 소리를 냈다.

"유나 언니, 곰 장갑이 울어요."

"곰 폰이네. 슈리일까?"

곰 폰을 가진 건 피나, 루이밍, 슈리, 세 사람뿐이다. 이곳에 두 사람이 있으니까 슈리로부터 온 전화다.

나는 곰 인형 장갑을 끼고 곰 박스에서 곰 폰을 꺼냈다.

"여보세요, 슈리?"

『유나 언니?』

"왜 그래? 무슨 일 있었어?"

『언니가 괜찮은지, 아빠가 걱정하길래 언니 목소리가 듣고 싶어졌어.』

"아버지가 걱정을?"

곰 폰을 향해 피나가 묻는다.

『응, 다치진 않았는지, 마물에게 공격을 받진 않는지, 식사 중에 계속 걱정했어. 엄마랑 나는 유나 언니가 있으니까 괜찮다고 말했는데, 유나 언니랑 떨어져서 미아가 되어버린 건 아니냐고 말했어.』

"아버지……."

정말로 겐츠 씨는 딸 바보가 되어버린 것 같다. 피나와 슈리처럼 귀여운 딸이 생긴다면 어쩔 수 없지만 과하게 보호하는 것도 문제다.

"이런, 아버지는 곰 폰에 관해서 모르니까 걱정하지 말라고 해도 안 들으시겠지. ……슈리, 아버지랑 어머니를 부탁해. 그리고 곰 폰은 나랑은 연결되지 않는 모양이니까 무슨 일 있으면 유나 언니한테 연락하면 돼."

『응, 알았어. 언니도 조심해.』

통화가 끝나고 루이밍이 다가왔다.

“유나 씨, 설거지 끝났어요. 지금 이야기했던 건 피나의 동생이에요?”

“응, 슈리라고 하는 피나와 닮아서 귀여운 여자아이야.”

성격은 다르지만 두 사람 모두 귀여운 아이다.

“슈리라고 하는군요. 다음에 만나보고 싶네요.”

루이밍도 슈리도 곰 이동문을 알고 있으니 어느 쪽에서든 만나러 갈 수 있다. 루이밍을 크리모니아로 데리고 가도 되고 슈리를 엘프 마을에 데리고 와도 된다.

“그렇네, 다음에 두 곳 중 아무 곳에나 데리고 가면 되니까.”

“저는 유나 씨랑 피나가 사는 마을에 가보고 싶어요.”

“저는 슈리랑 같이 엘프 마을을 걷고 싶어요.”

양쪽 모두 서로가 사는 장소에 가고 싶나보다.

“곰 이동문이 있으니까 서로 왔다 갔다 하면 되겠지. 자주는 무리겠지만, 가끔은 괜찮을 거야.”

“유나 씨, 고마워요. 그때는 잘 부탁할게요.”

루이밍과 피나는 기뻐했다.

“그럼, 슬슬 목욕하고 쉬어볼까.”

“원래라면 야영을 해서 목욕 같은 건 못할 텐데 호화롭네요.”

“유나 언니, 곰돌이랑 곰순이도 같이 들어가도 돼요? 하루 종일 태워준 보답으로 몸을 닦아주고 싶어요."

"곰돌이랑 곰순이?"

나는 곰돌이와 곰순이에게로 시선을 보냈다.

"어쩔래?"

나는 본인들에게 물었다.

그러자 「크~응」 하고 울면서 피나에게 가까이 다가갔다.

"같이 들어가겠대."

"그럼, 유나 씨도 같이 들어가요. 따로 들어가면 시간이 아깝잖아요."

"나는 나중에 해도 돼."

혼자서 여유롭게 들어가는 게 좋다.

하지만 루이밍과 피나가 나의 손을 잡고 당겨서 의자에 앉아 있던 내 몸이 흔들렸다.

"제가 등 닦아줄게요."

"저는 머리 감겨드릴게요."

덧붙여 곰돌이와 곰순이까지 몸을 붙여온다. 나는 한숨을 내쉬었다.

"알았어. 같이 들어갈 테니까 그만 당겨."

나는 4명을 뿌리치지 못하고 다섯이 같이 목욕탕에 들어가게 되었다.

피나와 루이밍은 곰돌이와 곰순이만이 아니라 나의 등과 머리

를 정성스레 닦아주었다.

물론 나도 보답으로 두 사람의 등과 머리를 닦아줬다.

가끔은 다 같이 들어가는 것도 나쁘지 않네.

다음 날 아침, 두 사람은 잘 잤는지 내가 일어났을 때 이미 깨어 있었다.

"빠르네."

"네, 이불에 들어갔더니 폭신폭신하고 기분 좋아서 금방 잠들었어요."

"원래는 피나랑 수다라도 떨 생각이었는데, 침구가 기분 좋아서 곧바로 잠들었고 빨리 잠이 깼어요."

맞아, 확실히 이불이 폭신해서 기분 좋았지. 저번에 이불을 말려서 그런가? 말린 뒤 곰 박스에 넣었으니 그때 막 말렸던 상태가 유지되어 있었을지도 모른다.

그런 이유로 두 사람은 이불속에 들어가자마자 잠이 들어버렸고 아침 일찍 일어났다고 했다.

나는 매일 기분 좋은 곰 옷을 입고 곰돌이와 곰순이의 최고급 털에 둘러싸여 잠든다. 기분 좋게 자면 아침도 기분 좋게 일어날 수 있어서 그 기분은 잘 안다.

하지만 아침에 일어나서 좋은 기분에 몸을 맡기면 다시 잠들어버리는 경우도 있다. 몇 번이나 다시 잠들었던가.

"이불을 말렸던 보람이 있네."

우리는 아침 식사를 마치고 루도니크 마을을 향해 출발했다.

루이밍은 「분명, 이쪽이었을 거야」, 「저 산이 보이니까……」, 「생각해내, 나!」라는 등 불안한 말을 하면서 나아갔다.

곰 지도로 확인하니 어제와 같은 방향으로 가고 있었다. 그래서 루이밍이 길을 잃었다고 말하기 전까지는 맡기기로 했다.

나는 곰순이 위에서 포테이토 칩을 먹거나 아이스크림을 먹으면서 주위 풍경을 즐겼다. 물론 두 사람에게도 나눠줬다.

"여기로 가면—."

루이밍과 피나를 태운 곰돌이가 뛰기 시작했다. 수풀을 빠져나가니 초원이 펼쳐졌다. 아무래도 숲에서 나온 모양이다.

"이대로 가면 길이 있을 거예요."

나는 곰돌이와 곰순이를 초원을 달리게 했다.

"유나 언니, 길이 있어요."

루이밍이 말한 대로 마차 등이 왕래할 수 있는 커다란 길이 있었다.

"이쪽으로 걸어가면 드워프 마을, 루도니크가 있어요."

조금 전까지 불안해하던 루이밍은 자신 있게 대답했다.

아무래도 루이밍은 하고자 하면 할 수 있는 아이였던 모양이다.

"루이밍, 드워프 마을이라는 건 어떤 곳이야?"

"그러니까, 드워프가 많이 있어요."

"응, 그건 당연하지."

정말로 루이밍다운 대답이다.

"물론 그것만이 아니라, 무기와 방어구를 사러 모험가들이 오기도 하고, 드워프가 만든 물건을 사러 오는 상인들도 있어요."

"전에 갔을 때는 뭐 하러 갔어?"

"성인이 된 엘프에게 줄 무기를 사러 갔어요. 엘프 마을을 지키기 위한 무기죠. 남자 엘프는 마을을 지켜야 해서 성인이 되면 할아버지…… 장로님으로부터 무기를 받아요. 그걸 아버지와 사러 왔었어요."

그러고 보니 내가 엘프 마을에 갔을 때도 라비라타 일행이 숲을 경비하고 있었지.

엘프는 활 같은 건 직접 만드는 이미지가 있지만, 검 같은 건 못 만드니까 사러 와야 하는 건가.

아무래도 엘프가 검을 만드는 이미지는 떠오르지 않네.

그런 뒤 큰 길을 걸어갔고 곰돌이와 곰순이를 보고 놀라지 않도록 행인들을 피해가며 루도니크 마을 근처까지 도착했다.

"슬슬 곰돌이랑 곰순이의 등에서 내리고 걸어갈까."

모르는 마을에 곰돌이와 곰순이를 타고 가면 마을 사람들을 놀라게 할 거다. 크리모니아라면 그런 일은 없겠지만 처음 오는 마을은 조심해야 한다.

"하지만 걸어가면 수상하게 여겨질까?"

"루이밍, 이 근처에 마을이나 작은 동네가 있니?"

근처에 마을이나 작은 동네가 있다면 걸어가도 의심을 받지 않을 거다.

"그게…… 루도니크 마을에는 지름길로만 가봐서 주변에 관해서는 잘 몰라요."

루이밍은 미안해했다. 이건 어쩔 수 없다. 게다가 용건이 없다면 몇 번밖에 온 적 없는 마을의 주위 사정을 자세히 알 길이 없다.

나는 팡팡, 하고 손뼉을 치듯 곰 인형 장갑을 마주쳤다. 이럴 때는 맨손이 아니라서 멋쩍네.

"모두에게 질문! 어린아이 한 명과 엘프 한 명이 곰 옷차림을 한 나와 걸어서 마을에 들어가는 것과, 곰돌이랑 곰순이를 타고 마을 근처까지 가는 것 중에 어느 쪽이 이상하지 않을까?"

곰 인형 장갑으로 피나, 루이밍, 나를 가리켰다. 마지막으로 곰돌이와 곰순이에게로 시선을 옮겼다.

내 질문에 두 사람은 서로를 봤다. 어떻게 봐도 수상하다. 통일성이 없다. 세 사람 모두 엘프였다면 수상하지 않았을 거다. 나이도 종족도 옷차림도 제각각.

루이밍이 손을 들었다.

"유나 씨가 곰 인형 옷을 벗으면 괜찮을 것 같아요!"

"기각!"

나는 즉답했다.

처음 오는 마을이라 무슨 일이 있을지 모른다. 누군가가 시비를 걸 수도 있고 피나와 루이밍을 지키는 게 나의 역할이다. 곰 인형 옷을 벗으면 시비가 걸릴 가능성이 낮아진다는 지적은 듣지 않겠다.

"하지만 곰돌이랑 곰순이와 같이 가면 다들 놀랄 거예요."

답은 나오지 않았고 어쩌면 좋을지 상담하는데 곰돌이가 「크~응」 하고 울면서 뒤를 봤다. 곰돌이가 보는 쪽으로 시선을 보냈는데 지붕 달린 짐 마차가 대단한 속도로 다가왔다.

내가 곰돌이와 곰순이를 길 끝으로 보내고 다시 보니 마차를 타고 있는 사람이 손을 흔들고 있었다.

저건…… 혹시?

마차는 다가오면서 점점 속도를 줄였고 눈앞에서 멈췄다. 나는 마부 자리에 타고 있는 인물을 보고 놀랐다. 어째서 이곳에?

"역시, 유나네."

"멜 씨?"

마부 자리에 앉아 있는 멜 씨가 기뻐하며 나를 바라봤다.

"내 눈이 틀리지 않았어."

"어이, 멜! 갑자기 마차를 세우면 어떡해!"

마부석 뒤에서 제이드 씨가 얼굴을 내밀었다.

"어째서 제이드 씨랑 멜 씨가?"

"나도 있어."

세니아 씨도 얼굴을 내밀었다. 그러면 한 사람 더 있겠지.

"아파라, 허리를 부딪쳤잖아."

마차 안에서 토우야의 목소리도 들렸다.

어째서 네 사람이 이곳에?

418 곰 씨, 제이드 씨 일행과 재회하다

멜 씨와 세니아 씨, 제이드 씨, 토우야 순서로 마차에서 내렸다. 멜 씨와 세니아 씨는 곧바로 곰돌이와 곰순이가 있는 곳으로 달려가더니 안았다.

"곰돌이, 곰순이는 언제 봐도 귀엽네."

"귀여워."

""크~응.""

두 사람은 곰돌이와 곰순이를 번갈아 쓰다듬었다.

곰돌이를 쓰다듬으며 멜 씨가 물었다.

"마차 운전을 하고 있는데 앞에 검은 곰이랑 흰 곰이 걷고 있고, 그 위에는 검은 게 타고 있어서 멀리서 봐도 유나라는 걸 알아차렸어. 게다가 귀여운 아이를 둘이나 데리고 있네."

멜 씨는 피나와 루이밍에게로 시선을 보냈다.

"분명, 피나라고 했지. 학원제 이후 처음인가. 나를 기억하니?"

"네, 기억해요. 저쪽의 제이드 씨도 같이 해체를 도와주셨죠."

"기억해주다니 기쁘네."

피나의 말을 들은 제이드 씨는 기뻐했다.

피나는 타이거 울프 토벌의 의뢰를 받았을 때 모험가 길드에서 한번 만나고, 학원제 때 마물과 동물의 해체를 하는 곳에서 제이드 씨와 멜 씨를 다시 만났었다.

“그쪽의 여자아이는 처음인가?”

“루이밍이라고 해요. 유나 씨에게는 항상 신세지고 있습니다.”

루이밍은 고개를 가볍게 숙이며 자기소개를 했다.

“유나, 또 새로운 여자아이를 늘린 거야?”

“남이 들으면 오해하겠어요. 뭐예요, 그 새로운 여자아이를 늘린다는 건.”

“그야, 학원제 때 귀여운 여자아이들을 엄청 많이 데리고 다녔었잖아.”

멜 씨는 기억을 떠올리듯 말했다. 확실히 그때는 피나, 슈리, 노아, 티리아를 데리고 다녔다. 시아와 미사는 못 봤겠지?

“게다가 카리나에게도 호감을 사고 있었고.”

그렇게 말하면 아무런 말을 못 하게 된다.

피나가 작은 목소리로 「카리나?」라고 중얼거렸다.

“그런데, 어째서 유나는 이 아이들을 데리고 여기에 있는 거야?”

벗어나버린 화제를 제이드 씨가 다시 돌렸다.

“그건…….”

나는 머뭇거렸다.

곰모나이트에 관해 말해도 되지만 자세하게 물어보면 귀찮다. 그렇다면 대답은 정해져 있다.

“드워프 마을 구경이랑 냄비를 사러…….”

"마을 구경?"

"냄비를 사러?"

"심지어 피나를 데리고 크리모니아에서 여기까지?"

제이드 씨를 포함한 모두가 어이없다는 눈으로 나를 봤다.

알고 있어. 마을 구경을 하고 냄비를 사러 크리모니아에서 루도니크까지 오는 사람은 없겠지. 그러니까 그런 눈으로 나를 쳐다보지 마.

"그럼 제이드 씨 일행은 왜 여기에 있는 거예요? 왕도를 중심으로 일하고 있던 거 아니예요?"

"우리는 토우야의 미스릴 검을 사러 루도니크 마을로 가고 있었어."

그러고 보니 사막에서 만났을 때 토우야의 미스릴 검을 사겠다고 했었지. 그런데 미스릴 검은 왕도에서도 살 수 있잖아. 일부러 이런 곳까지 사러 오지 않아도 될 것 같은데.

그 점에 관해 묻자 토우야가 당황했다.

"아아, 그건 말이지."

"잠깐, 말하지 마."

토우야는 말하려는 멜 씨를 저지하려 했지만 멜 씨는 놀리고 싶은지 말하기 시작했다.

"그게 말이야, 유나의 미스릴 나이프를 만들어 준 가잘 씨라는 대장장이가 있잖아. 그 가잘 씨에게 토우야가 「제 무기도 만들어 주세요」라고 말했어. 뭐, 토우야의 미스릴 검을 만들 예정이었으니까 거기까지는 문제없었지. 그런데 가잘 씨가 거절했지 뭐야."

"으아아아아아, 말하지 말라고 했잖아."

머리를 감싸 쥐는 토우야.

"가잘 씨가? 내 나이프도 만들어줬고, 거절할 사람은 아닌 것 같은데."

내가 미스릴의 재료를 가지고 가서 평범하게 부탁했더니 만들어 줬다. 딱히 겉모습으로 거절할 것 같지는 않다.

"정확하게는 가잘 씨에게 쫓겨났지."

"쫓겨났다고요?"

이해가 안 된다. 쫓겨났다는 건 만드는 걸 거절했다는 거잖아.

"토우야가 가게 입구에 있던 골렘 장식물에 겁을 먹어서……."

"겁먹지 않았어. 놀란 것뿐이야."

"뭐든 똑같아. 그래서 골렘에 놀란 토우야가 뒷걸음질치다가 뒤에 있던 무기랑 방어구들을 쓰러뜨려 버렸어."

그런 만화 같은 일을 현실에서 저지르는 사람이 있을 줄이야.

"그래서 가잘 씨가 「모험가가 골렘에 놀라서 쓰나!」라며 화냈어."

"하지만 그런 곳에 아이언 골렘이 서 있으면 보통은 놀라잖아."

그 아이언 골렘은 틀림없이 내가 선물한 거겠지.

가잘 씨에게 물었을 땐 모험가들에게 호평이라고 했는데. 토우야 같이 놀라는 모험가도 있구나.

"가잘 씨가 놀란 건 토우야 뿐이래."

"으으, 그건 가게에 있던 검에 시선을 빼앗겨서 그런 거고…… 갑자기 시야에 들어와서……."

"주위를 신경 쓰는 것도 모험가에게는 필요한 자질이지."

"으으."

"그리고 가잘 씨는 우수한 장인이라 유명해서 사람을 가려 받은 걸지도 몰라."

"분명 토우야를 본 순간, 안 된다고 생각했을 거야."

변명하는 토우야를 향해 멜 씨, 세니아 씨가 놀리며 장난쳤다. 토우야는 말을 들을 때마다 주눅이 든다.

"어째서 내가 안 되고, 곰 아가씨는 되는 거야."

토우야는 나를 가리켰다.

"토우야, 현실을 직시하는 편이 좋아. 유나의 실력은 우수해. 토우야의 실력은 애처롭지."

세니아 씨는 슬픈 표정을 지었다. 아무래도 토우야의 실력을 얼굴로 표현하고 있는 것 같다.

"애처롭다니 무슨 말이야. 내 실력은 애처롭지 않아."

나는 토우야가 불쌍해져서 조금 도와주기로 했다.

"아마도 가잘 씨가 나에게 만들어 준 건 크리모니아에 있는, 지인 대장장이의 소개장이 있었기 때문일 거야."

"그거야! 그게 나와의 차이네."

"아닐 것 같은데."

"아닌 것 같아."

"아냐."

내가 모처럼 도와줬는데 제이드 씨, 멜 씨, 세니아 씨가 곧장 부정했다.

뭐, 나도 아니라고 생각하지만…….

"하지만 가잘 씨네 가게가 아니더라도 왕도에 다른 대장간이 있지 않아요? 일부러 여기까지 오지 않아도 될 텐데……."

나는 왕도의 대장간은 가잘 씨의 가게만 아는데 왕도처럼 넓으면 대장간이 하나만 있을 리 없다.

"뭐, 있기는 하지. 미스릴 광석을 취급하는 건 어려워서 미스릴 무기를 만드는 장인이 적어. 다른 대장간에 부탁해도 됐지만, 지인인 상인한테 루도니크에서의 구매 대행을 부탁받아 겸사겸사 검도 만들기로 한 거야."

그게 여기에 있는 진짜 이유인 모양이다.

즉, 토우야의 검은 겸사겸사라는 뜻이다.

"게다가 내 검이랑 세니아의 나이프도 루도니크에서 만들었으니 딱 좋다고 생각했지."

제이드 씨는 자신의 허리춤에 있는 검으로 시선을 옮겼다.

제이드 씨 일행으로부터 경위를 듣고 있는데 곰돌이와 곰순이가 작게 울었다. 주위를 확인하자 마차가 다가오는 게 보였고 그것을 제이드 씨 일행도 알아차렸다.

“슬슬, 이동해볼까. 숙소 확보도 해야 하고 이야기라면 마을에 들어가서 해도 되니까.”

“나, 곰돌이를 타고 갈래.”

“나는 곰순이에 탈래.”

“유나는 마차에 타.”

멜 씨와 세니아 씨가 그런 말을 하고 곰돌이와 곰순이에 올라타려 했다.

아니, 무리라고.

“유나에게 민폐 끼치지 마.”

“그 부분에 관해서인데요.”

나는 곰돌이와 곰순이를 타고 갈지 걸어서 갈지를 상담하고 있었다고 이야기했다.

“확실히 눈에 띄긴 하지.”

제이드 씨는 곰돌이와 곰순이, 그리고 나를 봤다. 아무래도 지금 말에는 내가 포함된 모양이다.

그러니까 근처에 마을이나 작은 동네가 있다면 거기서부터 걸어왔던 걸로 할 생각이었다고 말했다.

“확실히 마을이 근처에 있어서 걸어오는 사람도 있어. 그렇지만…….”

제이드 씨는 이번엔 피나, 루이밍, 나를 봤다. 아무래도 나는 이쪽 그룹에도 속한 모양이다.

뭐 10살의 여자아이, 엘프 여자아이, 곰 여자아이(어른)인 세 사람이 근처 마을에서 걸어왔을 거라 생각하지 않겠지.

"그러면 우리 마차를 타고 가면 되지."

"괜찮아요?"

"그래, 유나에게는 신세를 졌잖아."

나는 제이드 씨의 호의를 받아들여 마차에 탔다. 곰돌이와 곰순이에게는 여기까지 태워줘서 고맙다고 말한 뒤 송환했다.

멜 씨와 세니아 씨는 섭섭한 듯 곰돌이와 곰순이를 배웅했다. 뒤를 돌아보니 피나와 루이밍도 조금 슬퍼하고 있었다.

어쩐지, 곰을 좋아하는 사람이 늘지 않았나?

뭐, 곰돌이와 곰순이는 귀여우니까 어쩔 수 없지만.

우리는 마차를 타고 루도니크 마을로 향했다.

419 곰 씨, 루도니크 마을에 들어가다

마차의 마부 자리에는 제이드 씨와 토우야가 앉아 마차를 운전했다. 다른 멤버는 뒤의 짐칸에 탔다.

“그런데 정말로 냄비를 사러 가는 거야?”

멜 씨는 내가 아니라 피나와 루이밍에게 물었다. 내 말을 믿지 못하나?

“네, 어머니에게 냄비를 부탁받았어요.”

“저도, 어머니와 마을 사람들에게 부탁받았어요.”

피나와 루이밍은 내 말을 긍정했다. 그런 두 사람의 말을 듣고 멜 씨는 한숨을 내쉰다.

“정말이구나. 유나니까 분명 퀘스트라고 생각했는데. 흉악한 마물이 있다든가 말이야.”

“그런 곳에 가는 거면 피나랑 루이밍은 데리고 가지 않아요. 게다가 뭐예요, 그 흉악한 마물이라는 건.”

“그렇지만, 유나가 가는 곳마다 말도 안 되는 마물이 있잖아? 고블린 토벌을 가면 고블린 킹을 만나고, 블랙 바이퍼도 만났고.”

멜 씨는 손가락을 접어 숫자를 세어가며 말했다.

“블랙 바이퍼는 상황이 달라요.”

“그래도 스스로 갔잖아.”

"그건……."

"게다가 바볼드 일행이 못 쓰러뜨렸던 골렘도 있고……."

손가락이 하나 또 접혔다.

순간적으로 바볼드라니 누구지? 라고 생각했는데 골렘이라는 단어로 바보레인저라는 걸 떠올렸다.

"그리고 카리나의 일도 그렇고 말이야."

멜 씨는 거대 스콜피온 이야기를 하는 모양이다.

게다가 멜 씨가 알지 못하는 곳에서 마물 1만 마리, 크라켄, 와 이번까지 쓰러뜨렸다. 그렇게 생각해보면 내가 가는 곳마다 강력한 마물이 나타나네.

그렇다고 해서 내가 불러들이는 건 아니잖아. 대부분은 사람들을 도우려고 했던 거다.

"유나 씨, 그렇게 많이 마물들이랑 싸우셨던 거예요? 저희 마을에서의 일도 포함하면……."

루이밍은 멜 씨와 세니아 씨에게 들리지 않도록 중얼거렸다.

이상하네.

혹시, 나는 불행을 불러일으키는 존재인가?

아니지, 아니야. 원래 마물이 있던 곳에 우연히 내가 갔던 것뿐이다.

그러니까, 결코 내가 마물을 유인하는 건 아니다.

"유나, 농담이야. 그렇게 진지하게 고민하지 마."

멜 씨가 내 볼을 찔렀다.

"유나가 구해준 사람이 많다는 걸 잊으면 안 돼."

"유나는 더 자랑해도 괜찮아."

신님으로부터 받은 곰 장비 덕분인데 자랑할 수는 없다.

"눈에 띄고 싶지 않으니까, 안 해요."

"이렇게 귀여운 옷차림을 하고 있는데, 눈에 띄고 싶지 않아?"

"유나의 복장, 귀여워."

"저도 귀엽다고 생각해요."

"네, 저도."

멜 씨의 말에 세니아 씨, 루이밍, 피나마저 동의했다.

그런 귀여운 곰 옷차림도 신님 탓이다.

"그리고 유나, 새삼스럽지만 스콜피온의 소재 고마웠어. 방어구가 괜찮게 만들어졌어."

멜 씨는 카리나의 이야기로 떠올랐는지 팔을 구부리고 소매를 걷더니 손목을 보여줬다. 거기에는 은색의 토시 같은 걸 차고 있었다.

"그 스콜피온의 껍질로 만든 거예요?"

스콜피온은 은색이 아니라서 채색을 한 모양이다.

"그래, 가공해서 받았어. 강도가 높은데 가벼워서 마법을 쓰는 나도 걸리적거리지 않아. 사실 나는 접근해서 싸우는 일은 없으니까 필요 없지만, 만약의 경우를 생각했 때 있는 편이 좋으니까."

"나는 손목이랑 발에 만들었어."

세니아 씨가 팔목과 발을 보여준다. 세니아 씨의 방어구는 검정이다.

"토우야를 찰 때 편해."

"차기 위해서 만든 게 아니잖아!"

마부대에 앉아 있는 토우야가 외쳤다. 아무래도 이야기가 들렸던 모양이다.

"그래도 지금까지 입었던 방어구보다 가벼워서 움직이기 편해졌어."

제이드 씨가 마부석에서 팔을 빙글빙글 돌렸다. 제이드 씨도 장비를 착용한 모양이다.

"그리고 지인인 대장간 장인이 갖고 싶다고 해서 남은 껍질을 팔았는데, 괜찮지?"

"그건 여러분에게 준 거니까 마음대로 해도 돼요."

제이드 씨 일행에게 준 것 외에 내가 가지고 있는 거대 스콜피온의 소재는 아직 손을 대지 않았다. 나는 흘깃 피나 쪽을 봤다. 작은 스콜피온은 해체했으니 거대 스콜피온도 가능할까?

상상해본다. 자신의 키보다 큰 스콜피온을 해체하는 피나.

응, 무리겠네. 실패하면 껍질에 짓눌려버릴 것 같아.

"뭐, 그 덕분에 토우야의 미스릴 무기를 살 수 있게 됐지."

그건 다행이다.

"토우야는 유나에게 고마워해야 해."

"으으."

"어서, 유나에게 고맙다고 해야지."

"으으으으으."

뒷모습이지만 고민하는 게 보인다.

"안 그래도 괜찮아요. 그건 입막음용으로 준 거니까 약속만 지켜준다면."

그래도 토우야는 입을 열어 말했다.

"아, 아가씨, 고, 고마워."

그렇게 창피하면 말하지 않아도 되는데.

게다가 마석이랑 교환한 거라서 감사 인사를 들을 정도의 일은 아니다.

설마 내가 생각하는 이상으로 비싸게 팔았나?

그런 이야기를 나누고 있는데 마차가 루도니크 마을 입구까지 다다랐다.

마을 입구에서 수정판에 길드 카드를 비추고 안으로 들어섰다. 그때 내 옷차림을 본 문지기인 드워프가 긴 수염을 만지며 의아한 얼굴을 했지만 무사히 마을에 들어갈 수 있었다.

이것도 제이드 씨 일행과 같이 온 덕분인가?

마차는 나아가 마을 안으로 들어간다.

루도니크는 광산에 만들어진 마을이다. 산이 두 개 있고, 그 두 개의 산기슭에 마을이 퍼진 느낌으로 되어 있다.

드워프가 사는 마을이라서 돌로 지어진 집이 많을 줄 알았는데 그렇지는 않고 평범한 건물도 많다.

"만약의 경우가 있어서 대장간은 돌로 만들어진 건물이 많아."

그 만약이라는 건 화재를 말하나? 대장간은 불을 사용하기 때문에 화재로 이어져 주변 집으로 불이 옮겨가면 큰일이 난다.

목조 건물은 불타기 쉬워서 옛사람들의 지혜일지도 모른다.

"그건 그렇고, 드워프는 키가 작아서 어른인지 아이인지 멀리서 보면 구별이 안 되네."

토우야가 중얼거린다.

마차에서 밖을 쳐다보자 토우야의 말대로 드워프가 많이 있었다. 키가 작아서 멀리서 보면 어린아이로 잘못 보게 된다.

남자는 수염을 길러서 구분하기 쉽지만 여자는 조금 알기 어렵다.

"하지만 본인 앞에서는 절대로 그렇게 말하지 마."

"말하겠냐고……."

아무래도 드워프의 키에 관해 말하는 건 실례인가 보다.

제이드 씨는 마차를 맡기기 위해 중심가에서 벗어났다.

마을에는 마차나 말을 맡기는 곳이 있다. 돈이 들긴 하지만 공간의 문제가 있어서 마차를 맡기지 못하는 숙소가 많았다.

그래서 마차나 말을 맡는 일을 할 수 있다.

만약 기한까지 찾으러 오지 않으면 팔아버린다고 한다.

마차는 커다란 헛간 같은 곳의 앞에 섰다.

"그럼, 마차를 맡기고 올 테니까 내려줘."

우리는 제이드 씨의 말에 따라 마차에서 내렸다.

제이드 씨는 헛간 안으로 들어가 마차를 맡기고 왔다.

"그럼, 숙소로 가볼까."

제이드 씨를 선두로 세우고 숙소로 향했다.

"숙소는 멀어요?"

그다지 오래 걷고 싶지 않다. 역시 라고 해야 할지, 스쳐 지나가는 드워프들로부터도 「곰?」, 「곰인가?」, 「곰이야?」라고 속삭이는 소리가 들렸다.

드워프가 봤을 때도 곰 인형 옷은 신기한 모양이다.

"숙소는 근처에 있는데 빈방이 없으면 더 걷게 될 거야."

그건 어쩔 수 없다.

마차를 맡기는 곳에서 가까운 숙소일수록 방이 없을 가능성이 높다. 가장 가까운 숙소는 방이 하나만 남아서 다음 숙소로 가게 되었다.

우리는 방을 세 개 잡아야 한다. 제이드 씨와 토우야, 멜 씨와 세니아 씨, 그리고 나, 피나, 루이밍으로 세 개의 방이 필요하다.

멜 씨는 우리와 같은 방에서 묵으려 했지만 정중하게 사양했다.

그리고 다음 숙소에서 무사히 방을 확보했다.

"으으, 유나랑 같은 방이 좋은데."

"곰돌이랑 곰순이가 같이 따라오는데."

멜 씨와 세니아 씨가 아쉬워했다. 방이 비어 있어서 다행이다. 같은 방을 쓰지 않아도 되고 다른 숙소를 찾지 않아도 된다.

우리는 3인실을 빌리고 방을 확인했다.

"유나 언니, 숙박비는 정말로 괜찮아요?"

"돈이라면 어머니한테 받았어요."

내가 피나와 루이밍 두 사람의 숙박비를 낸 게 신경 쓰이나 보다.

"딱히 신경 쓰지 않아도 돼. 피나를 데리고 온 건 나고, 루이밍은 마을까지 안내해 줬잖아."

"유나 언니, 고마워요."

"유나 씨, 고맙습니다."

애초에 처음부터 두 사람에게 숙박비나 식비를 내게 할 생각은 없었다. 돈을 내는 건 **어른**인 내 역할이다.

우리는 방을 확인하고 이른 저녁을 먹기로 했다.

숙소를 경영하고 있는 건 물론 드워프다. 당연하지만 모든 주민이 장인인 것은 아니다. 농사를 짓는 사람이 있고 숙소를 경영하는 사람도 있다.

애초에 모두가 대장장이라면 생활이 힘들다.

"아아, 배고파. 얼른 주문하자."

모두 토우야의 말에 동감하여 식사를 주문했다.

"유나는 내일 냄비를 사러 가는 거지?"

"가는데, 대장간에도 갈 예정이에요."

"대장간?"

"가잘 씨가 스승님에게 보내는 편지를 맡겼거든요."

편지를 건네러 갈 예정이었다.

내 입에서 가잘 씨의 이름이 나오자 토우야가 싫은 기억이 떠오른 듯한 얼굴을 했다.

"가잘 씨의 스승이라니, 누구지?"

"그게, 분명, 로지나 씨라고 했던가?"

나는 떠올리며 대답했다.

"로지나? 설마 그 로지나?"

"제이드 씨, 아세요?"

그 로지나라고 해도 나는 모른다.

"유명해. 이 마을에서도 세 손가락 안에 드는 대장장이야. 그렇군, 가잘 씨는 로지나 씨의 제자였구나. 그러면 그 기술도 이해가 되지."

아무래도 가잘 씨의 스승은 이 마을에서는 유명한 모양이다.

"그럼, 토우야의 검도 로지나 씨의 가게에서 만들어요?"

"아니, 우리의 미스릴 무기를 만들어 준 대장장이에게 갈 생각이야. 갑자기 우리가 간다고 해도 로지나 씨가 만들어 줄 리 없지. 게다가 이야기에 따르면 한 달에 하나만 만든다는 것 같아."

"그래요?"

"뭐, 소문이지만 말이야. 만들고 만족하지 못하면 부숴버린다고 해."

옛날 도예가인가. 내 머릿속에서 만족하지 못한 도자기를 깨부수는 도예가의 모습이 떠올랐다.

대장장이니까 녹여버리나?

"그 정도로 유명한 대장장이예요?"

"그래도 유나라면 가잘 씨의 지인이니 만들어 주지 않을까?"

으음, 무기라면 가잘 씨가 만들어줬으니 필요 없다. 하지만 최근 평범한 검도 갖고 싶다는 생각이 들었다. 그래도 만든다면 가잘 씨에게 부탁할 생각이다.

게다가 그런 유명한 장인이 나 같은 곰 옷차림의 여성에게 무기를 만들어 주진 않겠지.

420 곰 씨, 대장간 지구로 향하다

우리는 앞으로의 예정에 관한 이야기를 나눴다.

나는 가잘 씨와 골드 씨의 스승인 로지나 씨를 만나러 갈 예정이다. 그러고 나서 냄비와 프라이팬을 사러 갔다가 마을 구경을 할 거다. 세세한 일정은 정하지 않았지만 며칠 동안은 마을에서 지낼 생각이다.

제이드 씨 일행도 토우야의 미스릴 검을 만들고 상인에게 부탁받은 물건을 구매하는 등 할 일이 있어서, 며칠 동안은 마을에 있을 거라고 했다.

가잘 씨의 스승인 로지나 씨의 대장간이 제이드 씨 일행이 갈 대장간 근처에 있다고 해서 내일은 제이드 씨 파티와 함께 가기로 했다.

저녁 식사를 마친 우리는 방으로 돌아왔다.

멜 씨와 세니아 씨가 같이 자고 싶어 했지만 정중히 사양했다.

"자, 내일은 일찍 움직여야 하니까 두 사람 모두 늦게 자면 안 돼."

"네~."

"네."

나는 일단 안전 대책과 알람을 위해 꼬맹이 곰돌이와 곰순이를 소환했다.

그러자 피나와 루이밍이 곰돌이와 곰순이를 바라봤다.

"유나 씨, 곰돌이랑 같이 자도 돼요?"

"저도."

뭐, 나는 매일 같이 자니까 이번에는 두 사람에게 양보했다.

두 사람은 기뻐하며 침대 위로 데리고 갔다.

평소엔 점잖고 투정도 부리지 않지만 이렇게 보면 피나도 10살 아이라는 걸 다시 깨닫는다.

그리고 곰돌이와 곰순이를 안은 게 기분 좋은지 두 사람은 이불속에 들어가자마자 잠이 들었다.

다음 날 아침, 먼저 일어난 피나와 루이밍이 나를 깨웠다.

들어보니 곰돌이와 곰순이가 펀치로 깨워줬다고 한다. 곰돌이, 곰순이 알람 시계는 제대로 작동한 모양이다.

두 사람은 기분 좋은 알람이었다고 했다. 곰돌이와 곰순이가 배 위로 점프를 하거나 얼굴을 덮지는 않았다고 했다. 그건 숨 막히긴 하지.

곰돌이와 곰순이를 송환하고 우리는 옷을 갈아입은 뒤 1층의 식당으로 이동했다.

식당에는 이미 멜 씨와 세니아 씨가 와 있었다. 우리는 같은 테이블에 앉아 아침 식사를 주문했다.

"으으, 부러워."

"둘 다 치사해."

피나와 루이밍에게 곰돌이와 곰순이와 함께 잤다는 이야기를 들은 멜 씨와 세니아 씨는 부러워했다.

그리고 식사가 옮겨지는 찰나에 제이드 씨와 졸려 보이는 토우야 두 사람이 다가왔다.

이야기를 들어보니 제이드 씨와 토우야는 늦게까지 술을 마셨다고 했다.

그러고 보면 게임이나 소설에서는 드워프가 술을 좋아한다는 설정이 있는데, 역시 이쪽 세계의 드워프도 술을 많이 마시나?

이 지역의 술이 있으면 가잘 씨랑 골드 씨에게 사다 주는 것도 좋겠네.

아침 식사를 마친 우리는 대장간으로 향했다.

나는 곰 후드를 깊게 눌러 쓰고 루도니크 시내를 걸었다. 시선을 신경 쓰지 않고 걷는 방법이다.

"……."

주위를 본 뒤 흘깃 나를 보는 멜 씨.

"……."

말없이 나를 보는 세니아 씨.

"다들 쳐다보네."

중얼거리는 제이드 씨.

“아가씨, 그 옷을 벗는 건 어때? 아가씨가 곰을 좋아하는 건 알지만, 매일 입지 않아도 될 것 같은데.”

곰 치트에 관해 알지 못하는 토우야는 주위의 시선을 신경 쓰며 그런 말을 꺼냈다. 만약의 일도 있어서 곰 옷은 벗을 수가 없다.

무엇보다 곰 장비가 없으면 나는 무력하다.

“토우야, 무슨 말을 하는 거야?! 곰 옷을 벗으면 유나가 아니잖아.”

멜 씨는 토우야의 말에 화를 냈고 세니아 씨는 말없이 토우야의 엉덩이를 차버렸다.

감싸준 건 고맙지만 곰 옷을 벗으면 내가 아닌 게 된다니, 그것도 심한 느낌이다. 분명 곰 장비를 벗으면 피나보다도 체력이 없는 일반인이 되어버리지만…….

“뭐야, 눈에 띄니까 말하는 거잖아. 다들 쳐다본다고.”

확실히 쳐다보고 있다. 크리모니아에서는 빤히 쳐다보는 일이 적어졌지만 새로운 마을에 가면 흥미, 놀람, 신기함 등 다양한 시선을 받는다. 드워프 아이들로부터도 「곰 님이다~」라며 손가락질 당했다. 곰 인형옷 차림은 어디서든 똑같은 반응을 얻는다.

토우야는 그 시선과 반응이 신경 쓰이는 모양이다.

“그러면 저는 혼자 떨어져서 걸을게요.”

나와 함께 있는 게 싫다면 같이 있을 생각은 없다. 쓸쓸하지만 혼자 떨어져서 걸으면 되는 일이다. 외톨이를 우습게 보지 말도록.

“무슨 말이야. 유나에게 그런 짓을 시킬 리가 없잖아. 눈에 띄는 게 싫으면 토우야가 혼자 걸으면 되지. 나는 유나랑 같이 있을 거야."

"나도."

"저도 유나 언니랑 같이 걸을래요."

"저도 유나 씨랑 같이 갈 거예요."

"다들……."

멜 씨가 내 어깨를 감쌌고, 세니아 씨가 뒤에서 안았으며, 피나가 손을 잡고, 루이밍이 대답했다.

모두의 말에 기뻐졌다.

토우야는 그런 여자들의 말을 듣고 주춤한 뒤 도움을 구하듯 제이드 씨를 바라봤다.

"나도 유나랑 걸을 거야. 딱히 신경 안 쓰이거든."

"제이드~~."

같은 남자인 제이드 씨에게도 버림받은 토우야는 떨어져서 혼자 걷게 되었다.

"그건 그렇고, 사람이 많지 않나?"

"그러게 전에 왔을 때 보다 많네."

"모험가랑 상인이 많아."

주위를 보면서 제이드 씨와 멜 씨, 세니아 씨가 그렇게 말했다.

확실히 드워프만이 아니라 일반 사람들도 많다. 나는 항상 이런 느낌인 줄 알았다.

"평범하게 장을 보러 온 거 아닐까요?"

“으음~ 그래도 많은 것 같은데.”

제이드 씨는 주위를 수상하게 둘러봤다.

여기서 생각해봤자 대답은 나오지 않으니 이야기는 멈추고 대장간이 늘어선 구역으로 갔다. 이곳에 대장간이 모여있다고 했는데 주변에서 깡깡, 하고 철이 부딪치는 소리가 들렸다.

이런 소리가 주택가에서 난다면 낮잠도 잘 수 없을 거다. 그래서 한 곳에 모여있는 건가.

만약 주택가라면 틀림없이 이사해야 하는 이유네.

“제이드 씨의 미스릴 검을 만들어 준 대장간은 유명해요?”

미스릴 무기를 만드는 건 어렵다고 들었다. 그러니 그 나름의 기술을 가진 장인일지도 모른다. 그렇지만 제이드 씨의 대답은 달랐다.

“글쎄, 어떨까. 이 마을의 대장장이는 다들 우수하니까 말이야.”

“이럴 때는 가장 우수하다고 말해야지.”

「그래요?」라고 되물으려 했는데 그것보다 먼저 제이드 씨의 말에 대답하는 사람이 있었다. 제이드 씨는 놀란 듯 주위를 봤고 대답한 사람을 발견한 뒤 놀란 표정을 지었다.

“크세로 씨?”

“제이드, 오랜만이군. 내가 만든 검이 부러졌나?”

굉장한 턱수염이 난 드워프가 싱긋 웃었다.

“부러지지 않았어요.”

“그건 그렇고 재미있는 복장을 한 아가씨를 데리고 왔군그래.”

제이드 씨가 크세로 씨라고 부른 드워프가 나를 바라봤다.

"뒤에서 봤을 때 뭔가 했어. 곰 옷차림이로군."

크세로 씨가 나를 지긋이 보길래 우선은 자기 소개를 했다.

"크흠, 유나라고 해요. 제이드 씨에게는 신세를 지고 있어요."

"나는 크세로라고 하네. 대장장이지. 제이드의 평가로는 제일 뛰어난 대장장이는 아닌 것 같지만."

"크세로 씨……, 저는 제일 뛰어나다고 생각해요."

"흥! 입바른 소리. 나는 내가 만든 검을 소중히 써준다면 그것만으로 족해."

"당연히 소중하게 쓰고 있어요."

제이드 씨는 허리춤에 있는 검을 가볍게 만졌다.

"저도 그래요."

세니아 씨도 대답했다.

두 사람의 대답에 크세로 씨는 기뻐했다.

"그런데 어째서 제이드 일행이 이 마을에 있는 거지? 게다가 이 아이들은 멜의 딸인가?"

우리 쪽을 보면서 말하는데 나는 거기 껴있지 않겠지?

"저는 그런 나이가 아니라고요."

멜 씨는 크세로 씨의 수염을 잡아당기며 부정했다.

"후후, 그건 미안하게 됐군. 그리고 그쪽의 엘프 소녀는 본 기억이 있구나."

"루이밍이라고 해요. 전에 아버지와 함께 검을 사러 왔었어요."

"아아, 아르투르와 같이 있던 소녀로군."

두 사람의 대화로 판단했을 때 아무래도 전에 무기를 사러 왔을 때 크세로 씨네 가게에서 산 모양이다.

세상은 넓은 듯하지만 좁네. 만약 가잘 씨의 스승이 크세로 씨였다면 너무 좁은 거겠지.

"혹시, 검을 사러 왔나?"

"오늘은 어머니에게 부탁받은 냄비를 사러 왔어요."

"냄비라…… 원래라면 내가 만들어주고 싶은데, 무기 전문이라서 말이야."

크세로 씨가 미안해했으나 그건 어쩔 수 없다. 같은 금속을 취급해도 분야가 다르다. 재료는 비슷해도 만드는 법이 다르다.

"그리고 거기 곰 옷차림을 한 아가씨와 그쪽의 아가씨는 엘프가 아닌 것 같은데?"

"곰 옷차림을 입은 건 유나 씨고, 여기는 피나라고 해요. 제 친구예요. 다른 마을에서 살고 있는데 같이 왔어요."

아무래도 우리는 루이밍과 친구였나 보다.

쑥스럽지만 부정할 생각도 없으니 나와 피나는 그대로 인사를 했다.

"아가씨들은 알겠는데, 어째서 제이드 일행이 엘프 아가씨랑 같이 있는 거지? 설마 우리 가게에 냄비를 사러 온 건 아니겠지?"

"아니에요, 이번엔 토우야의 검을 만들어 달라고 부탁하려고요."

제이드 씨는 조금 떨어진 곳에서 우리를 바라보고 있는 토우야에게로 시선을 보냈다.

"토우야? 그런데 저 녀석은 왜 혼자서 저기에 있는 거야?"

크세로 씨는 이리저리 우리 쪽을 보고 있는 토우야를 바라봤다.

이게 게임이었다면 「토우야는 동료가 되고 싶어 이쪽을 보고 있다!」 같은 대사가 나오면서 「동료로 삼는다」, 「동료로 삼지 않는다」라는 선택지가 나올 것 같다.

제이드 씨는 그런 토우야를 보고 작게 한숨을 내쉬었다.

"토우야, 적당히 하고 이쪽으로 와!"

제이드 씨는 「동료로 삼는다」의 선택지를 골랐다.

토우야는 제이드 씨가 부르자 기뻐하며 다가왔다. 아무래도 혼자라서 쓸쓸했나보다.

"뭐, 자세한 이야기는 가게에서 듣도록 하지."

크세로 씨는 걷기 시작했고 우리는 그 뒤를 따라갔다.

크세로 씨의 가게는 커다란 목조 건물이었다. 가게 안에서 철을 두드리는 소리가 들렸다.

가게 안은 대장간답게 벽에는 검과 나이프가 장식되어 있었다.

골드 씨와 가잘 씨네 가게에도 장식되어 있었지만 거기보다 많은 것 같다. 미스릴 검도 있나?

"그러면 토우야의 검을 만들면 되나?"

"부탁해도 되나요?"

"거기에 있는 검으로는 부족한가?"

크세로 씨가 벽에 장식된 검을 보며 말했다.

"미스릴 검을 만들고 싶어서요."

"미스릴이라."

크세로 씨는 토우야를 봤다.

"토우야의 부탁은 좀 그렇지만, 제이드의 부탁이라면 못 만들 거 없지. 그런데 토우야가 미스릴 검을 다룰 수 있나? 잘 쓰지도 못할 검을 만드는 건 사양이야."

"빠듯하다고 할까요. 결국 토우야 하기 나름이라고 생각해요."

"빠듯한 건가. 제이드가 그렇게 말하면 우선은 시험해보지. 그리고 나서 만들지를 판단하겠어."

시험하다니, 뭘 하는 거지?

가잘 씨가 나이프를 만들어줬을 때처럼 검을 쥐는 손을 보나?

만화 같은 곳에서는 피 섞인 물집이 생길 정도로 검을 휘둘렀거나 손의 굳은 살로 판단하기도 하는데, 그런 느낌일까?

만약 그게 판단 기준이라면 내 말랑말랑하고 부드러운 손으로는 불합격일 것이다.

부탁했던 게 가잘 씨라 다행이네.

421 곰 씨, 토우야의 시험을 구경하다

“토우야를 시험해보기 전에 제이드에게 묻고 싶은데, 이미 다른 곳과 계약을 했나? 혹시 안 했으면 나와 계약하지 않겠나?”

“……계약이요?”

제이드 씨는 크세로 씨의 질문을 듣고 되물었다. 제이드 씨와 다른 사람들을 봐도 이해를 못 하는 듯 보였다.

“뭐야, 모르나?”

“저희는 어제 이곳에 막 도착해서, 숙소에서 하룻밤 자고 곧장 이곳에 온 거라—.”

“너희는 이 마을에 있는 시험의 문에 관해서 들어본 적 없던가?”

시험의 문? 뭐지, 재미있어 보이는 이름인데.

“시험의 문이요? ……아아, 그거군요.”

제이드 씨는 순간 고민하더니 금방 무언가를 떠올린 듯 작게 고개를 끄덕였다.

“그러고 보니 이 마을에는 그런 게 있었지.”

“그래, 분명 있었어.”

“잊고 있었네.”

멜 씨와 세니아 씨도 알아차린 모양인지 다들 고개를 끄덕였다. 그렇지만 나와 피나, 루이밍 세 사람은 전혀 몰랐다.

"그 시험의 문이라는 건 뭐예요?"

모르니 물어보기로 했다.

내가 묻자 제이드 씨 일행이 설명해줬다.

들어보니 이 마을에는 시험의 문이라고 불리는 문이 있다고 한다. 그 시험의 문은 1년에 한 번 대장장이의 솜씨를 확인하기 위해 며칠간 열리는데, 대장장이가 1년 동안 얼마만큼 성장했는지를 판단하는 견습 대장장이들의 실력을 시험하는 곳이라고 했다.

"그래서 모험가들이 많았군."

"그런데 어째서 모험가가 많아지는 거예요?"

"당연한 이야기 아니겠나, 대장장이는 검을 만드는 사람. 모험가는 검을 사용하는 사람이지."

크세로 씨가 이야기하길 시험의 문의 시련에서는 무기를 만든 대장장이와 검을 다루는 사람이 필요하다고 했다. 확실히 대장장이가 마물과 동물, 사람과 싸우지는 않지. 검을 다루는 건 모험가와 검사의 일이다.

"그러니까 제이드, 내가 만든 검으로 참가하지 않겠나? 간단히 검의 칼날이 잘 드는지 시험해본다고 생각하면 돼."

"참가해도 되지만, 크세로 씨 정도면 저에게 부탁하지 않아도 들어줄 모험가가 많지 않아요?"

"그래, 매년 부탁하는 모험가가 있지. 올해도 그 모험가에게 부탁했는데, 며칠 전에 다쳤다고 연락이 왔어. 다른 모험가는 이미 다른 대장장이와 계약을 했거나 연락이 닿지 않는 상황이야."

그래서 제이드 씨에게 부탁한다는 건가.

"처음에는 참가하지 않아도 상관없다고 생각했는데, 나의 솜씨가 녹슬지 않았는지 확인하고 싶어서 말이야. 그때 타이밍 좋게 너희가 나타났으니 이건 부탁할 수밖에 없지."

오래된 대장간 대부분은 매년 같은 사람에게 부탁했다고 한다. 그 이유는 검을 쓰는 사람과 실력에 따라 차이가 발생해버리기 때문이다. 같은 무기라도 다루는 사람이 다르면 차이가 발생한다.

대장장이들은 시험의 문에서 자신의 기술을 시험하고 성장하고 있다, 쇠퇴하고 있다를 판단한다. 그리고 그 결과에 따라 최악의 경우, 은퇴를 고려하는 사람도 있다고 했다.

물론 모험가도 세월이 흐르면서 실력이 변하지만 그걸 따지면 끝이 없다.

대장간 중에는 자신의 검을 과시하기 위해 우수한 모험가에게 부탁하는 사람도 있다고 설명했다.

"크세로 씨는 제일을 목표로 하는 거 아니에요?"

"나는 너희에게 만들어 줄 수 있는 정도가 딱 좋아. 왕족의 헌상품을 만들거나 기사한테 최고의 검을 만들어 주는 건 성가시니까. 그런 일은 원하는 녀석에게 주라지. 마음껏 만들고 그중에서 좋은 물건이 나온다면 나는 만족해."

싱긋 웃는 크세로 씨.

그렇네. 좋은 검을 하나 만들었다고 해서 두 번째도 좋은 검이 만들어질 거라고 장담할 수 없다. 최상급 무기를 쉽게 만들면 재미가 없지.

원하는 품질의 무기를 노리고 만드는 것은 어렵다.

“평생 동안 최고의 한 자루를 만드는 것도 좋지. 나같이 모험가를 위해 여러 개 만드는 것도 좋고. 뭐, 사람 나름이지.”

긴 수염을 만지며 말하는 모습에서 긴 세월 쌓아 올린 신념이 느껴졌다.

“알겠어요. 저라도 괜찮다면 계약할게요.”

“고맙네.”

이야기가 끝나고 토우야의 실력을 확인하기로 했다.

크세로 씨가 앞장서서 걷기 시작했고 제이드 씨는 나에게 말을 걸었다.

“유나는 어쩔래? 로지나 씨가 있는 곳으로 가고 싶으면 멜한테 안내를 해달라고 할게.”

으음~ 어쩌지.

개인적으로는 크세로 씨가 토우야를 어떻게 시험하는지 보고 싶다. 내가 상상하는 것처럼 손을 보기만 하는 거라면 여기서 떠나도 괜찮다. 하지만 걷기 시작했다는 건 다른 시험이겠지.

판단 기준이 따로 있다면 나중을 위해서 알고 싶다.

“토우야의 합격 여부가 궁금하니까 보고나서 갈게요.”

로지나 씨에게 급히 갈 필요는 없으니까.

"피나도 루이밍도 괜찮니?"

"네, 상관없어요."

"저도 토우야 씨의 시험이 궁금해서 보고 싶어요."

피나도 루이밍도 흥미가 있는 모양이다.

뭐, 여기까지 왔으면 궁금하지 않은 게 이상하지. 하지만 주역이 된 토우야는 아닌 모양이다.

"딱히 같이 가지 않아도 돼. 아가씨들은 가야하는 곳이 있잖아."

토우야가 내가 따라가려고 하자 싫어했다. 그렇게 싫어하면 따라가고 싶어지는 게 사람 마음이다.

"거절당하면 창피하겠지."

"창피할 거야."

멜 씨와 세니아 씨가 토우야의 마음을 대변했다.

"거절 안 당해!"

이건 플래그라는 녀석 아닌가?

"그럼, 유나와 아이들이 봐도 문제는 없겠네."

"으으."

결국 토우야는 우리를 떨쳐낼 방법을 떠올리지 못하고 포기했다.

"그러고 보니 크세로 씨, 제자라도 뽑으셨어요?"

조금 전부터 안에서 철을 두드리는 소리가 들렸다. 제이드 씨는 소리가 들리는 쪽을 보면서 물었다.

"아들이야. 대장장이가 되고 싶다고 해서 가르치고 있지. 매일 저렇게 두드리는데 아직 멀었어."

깡깡 하는 소리가 들렸다. 소리만 들어서는 열심히 하는 것 같다.

"제이드, 뒤뜰이 어딘지는 알지? 그곳에서 기다리고 있게나. 준비되면 가지."

우리는 철을 두드리는 소리를 들으면서 뒤뜰로 갔다.

"그런데 도대체 토우야에게 뭘 시키는 걸까?"

"크세로 씨가 오면 알게 될 거야."

잠시 기다리고 있는데 크세로 씨가 몇 개의 검을 가지고 찾아왔다.

"토우야, 지금부터 너를 시험하겠다."

"아, 네."

토우야는 조금 긴장한 기색으로 대답했다.

크세로 씨는 손에 든 것 중 하나의 검을 토우야에게 건넸다.

"제이드에게 만들어줬던 검보다는 못하지만, 내가 전에 만든 미스릴 검이다."

토우야는 검을 받아들었다.

그리고 크세로 씨는 가지고 있던 검 하나를 지면에 꽂았다.

"아들이 만든 무딘 검이다. 그 미스릴 검으로 이 검을 베어 봐. 만약 베는 데 성공하면 너에게 미스릴 검을 만들어 주지."

토우야는 지면에 꽂힌 검과 받아 든 검을 번갈아 보고 고개를 끄덕였다.

"알겠어요."

토우야는 칼집에서 검을 꺼내 지면에 꽂힌 검 앞에 섰다. 작게 심호흡을 하고 검을 감아쥔 후 지면에 꽂힌 검을 향해 내리쳤다.

지면에 꽂힌 검은 베이지 않았고 튕겨 날아가 지면을 뒹굴었다.

모두가 튕겨 날아간 검과 토우야를 번갈아 봤다.

"잠시만요, 한 번 더 하게 해주세요."

토우야는 튕겨 날아간 검을 줍더니 한 번 더 지면에 꽂았다. 그리고 심호흡을 한 뒤 마음을 가다듬었다. 한 번 더 검을 휘둘렀지만 결과는 조금 전과 같았다.

토우야는 가만히 쥐고 있는 검을 응시했다. 그런 토우야의 모습을 모두 말없이 바라봤다.

"크세로 아저씨, 이 검, 무딘 거 맞아요?"

크세로 씨는 말없이 날아간 검을 줍고 지면에 꽂았다. 그리고 토우야로부터 미스릴 검을 건네받은 뒤 제이드 씨를 향해 건넸다.

"제이드, 자네가 해보게. 봐주지 마. 그건 토우야를 위하는 게 아니야."

제이드 씨는 말없이 미스릴 검을 받아 들고 지면에 꽂힌 검을 향해 재빠르게 내리쳤다. 그러자 지면에 꽂혀 있던 검은 두 동강이 났다.

"이게, 제이드와 너의 차이다. 너에게는 아직 미스릴 검이 이른

것 같군. 너에게 만들어줘 봤자 미스릴이 쓸모없게 돼."

그렇게까지 말하지 않아도 되는데…….

"토우야……."

제이드 씨와 멜 씨, 세니아 씨가 걱정스러운 표정을 지었고 토우야는 주먹을 강하게 쥐었다.

"돈만 내면 만들어주는 대장간도 있을 거야. 만들고 싶다면 그런 곳을 찾게."

"크세로 씨……."

제이드 씨가 뭔가 말하려 했으나 토우야가 저지했다.

"크세로 씨, 베면 되는 거죠?"

분한 듯 땅을 바라보던 토우야가 얼굴을 들어 올린 뒤 크세로 씨에게 강한 시선을 보내며 물었다.

"그래, 벨 수 있으면 만들어 주지."

토우야는 제이드가 있는 곳으로 향하더니 미스릴 검을 받아들었다.

"아저씨, 이 검을 빌려주세요! 며칠 안으로 꼭 베어 보일게요."

크세로 씨는 토우야를 가만히 바라봤다.

"부탁합니다……."

토우야는 고개를 숙인다.

크세로 씨는 가만히 고개를 숙인 토우야를 보고 있었다.

"알았네, 빌려주지. 그리고 거기에 있는 검을 가지고 가도 좋아."

무디다고 했던 검을 가리켰다.

"약속했어요."

토우야는 크세로 씨의 아들이 만든 검을 몇 개 들고 혼자서 떠났다.

"토우야!"

제이드 씨가 소리쳤다.

"내가 갈게. 제이드랑 멜은 여기 있어."

그렇게 말하더니 세니아 씨가 토우야의 뒤를 쫓았다.

피나와 루이밍은 이도 저도 못하고 떠나버린 토우야와 세니아 씨 쪽을 보다가 제이드 씨와 멜 씨 쪽을 보더니, 마지막으로 내 쪽을 봤다.

"괜찮아요?"

나도 어쩌면 좋을지 몰라서 제이드 씨에게 물었다.

"그래, 지금은 세니아에게 맡기면 돼."

"토우야라면 괜찮을 거야."

제이드 씨와 멜 씨가 떠난 두 사람 쪽을 보면서 말했다.

조금 걱정이 되지만 세니아 씨가 따라갔으니 괜찮겠지.

"그런데 크세로 씨, 토우야에게 너무 엄격하신 거 아니에요? 전에는 이런 시험이 없었잖아요."

엄격하다면 엄격하다. 그래도 게임에서는 근력이 부족해서 장비를 못 만드는 경우가 있다. 캐릭터가 성장하지 않으면 성능이 좋은 장비를 사용할 수 없다.

크세로 씨는 우리에게 등을 보인 채로 이야기를 시작했다.

"큰 이유는 없어. 내 욕심이지."

"욕심?"

"조금 전의 내 검을 썼던 신입 모험가는 죽었어. 좋은 검을 사용하면서 자신의 실력이라고 착각했지. 그래서 강한 마물과 싸우다 맥없이 죽어버린 거야."

"……."

"그건 딱히 크세로 씨의 탓이……."

신입 모험가가 자신의 실력도 모르고 무모한 짓을 했을 뿐이다. 일반인이 용사의 검을 손에 넣고 「나는 강하다」라고 착각한 것과 같은 거다. 제이드 씨가 말한 것처럼 크세로 씨의 잘못이라고 생각하지 않는다.

"그럴지도 모르지. 하지만 나는 실력에 맞는 검을 만든다. 토우야가 이 정도도 하지 못한다면 만들 생각은 없어. 그러니까 정말로 미스릴 검을 가지고 싶다면 다른 대장간에 가서 만들어달라고 부탁하게."

크세로 씨는 제이드 씨가 벤 검을 주워서 베인 단면을 봤다.

"자네도 강해졌구먼."

"크세로 씨……."

"이야기는 여기까지다. 토우야에게는 시험의 문이 닫힐 때까지가 기한이라고 전해주게."

"알겠습니다."

지금은 토우야의 성공을 빌 수 밖에 없다.

422 곰 씨, 시험에 도전하다

나는 제이드 씨가 벤 지면에 꽂힌 검으로 시선을 옮겼다.

검이 깨끗하게 두 동강 나 있다. 부러진 게 아니라 벤 것이다. 그 검을 보고 나도 해보고 싶은 충동이 솟구쳤다. 미스릴 나이프의 칼날이 잘 드는지 시험해 볼 때 아이언 골렘의 팔을 벤 적은 있지만 검은 베어본 적 없다. 아마 제대로 베지 않으면 토우야처럼 검이 튕겨 나가든가 부러지든가 둘 중 하나일 것이다. 튕겨도 부러져도 실패다.

으~ 해보고 싶네.

하지만 미스릴 검은 토우야가 가지고 가버렸단 말이지. 가잘 씨의 나이프로 해볼까.

어떻게 할지 고민하고 있는데 멜 씨가 말을 건넸다.

"유나, 왜 그래? 혹시 해보고 싶니?"

마음을 읽혀버렸다.

아니면 얼굴에 드러났나?

나는 양손의 곰 인형 장갑으로 볼을 마사지하며 표정을 읽히지 않으려고 했다.

"해보고 싶은데, 토우야의 시험이라서 내가 해봐도 될지 모르겠어요."

이건 토우야의 시험이라서 내가 재미 삼아 하는 것은 꺼려졌다.

"그런 걸 신경 쓰고 있었어? 그런데 유나, 마법이나 나이프를 다룰 줄 안다는 건 알고 있는데, 검도 다룰 줄 아니?"

"뭐, 일단은."

이 세계에 왔을 때 저렴한 검을 써서 시험해봤다. 나이프도 그렇지만 게임 시절과 변함없이 다룰 수 있었다.

게다가 학원제에서 시아 대신 기사와 시합도 했다.

그러니까 다룰 수는 있지만 제이드 씨처럼 벨 수 있느냐 묻는다면 나도 모르겠다.

"그렇구나. 그러면 해볼래? 나도 유나가 검을 사용하는 걸 보고 싶은데."

멜 씨는 그렇게 말한 후 크세로 씨에게 말을 걸었다.

"크세로 씨, 유나가 해보고 싶다는데, 괜찮아요?"

"해보고 싶다니, 뭐를?"

"제이드랑 토우야가 한 거요."

멜 씨는 제이드 씨가 벤 검으로 시선을 보냈다.

"검도 못 들 것 같은 곰 아가씨가 토우야가 못한 걸 하겠다고? 후후, 재미있군그래. 호기심으로 간단하게 할 수 있는 일이 아니야."

크세로 씨는 나를 보며 코웃음을 쳤다.

하긴 보통은 토우야가 못했던 걸 이런 옷차림의 내가 할 수 있을 거라고 생각하지 않겠지.

그래도 코웃음은 좀 아니지.

사람을 겉모습으로 판단하면 안 된다는 걸 안 배웠나?

"크세로 씨, 그녀도 훌륭한 모험가예요. 하게 해주세요."

"제이드, 너마저……."

제이드 씨까지 합세하자 크세로 씨는 긴 수염을 만지작거리며 고민했다.

"저 아이는 초보가 아니에요. 대단한 모험가이고 저보다 강하죠."

"뭐? 저런 이상한 옷차림을 한 아가씨가 모험가? 심지어 제이드보다 강하다고?"

크세로 씨는 눈을 가늘게 뜨고 수상쩍은 생물을 보는 눈으로 나를 봤다.

"도저히 그런 강한 모험가로는 안 보이는데. 약간 양보해서 강한 모험가라고 해도 마법사라면 이해가 되지만…… 마력을 대량으로 가진 사람도 있으니까. 그런데 검은 달라. 검술은 간단하게 익힐 수 있는 게 아니라고. 몇 번이나 검을 휘두르고, 싸우고, 몸에 새기는 거야."

게임이긴 하지만 검은 몇 번이나 휘둘렀고, 마물뿐만 아니라 사람과도 많이 싸웠지. 전투 경험이라면 이 세계의 모험가보다 많을 거다.

매일, 몇 백, 몇 천 번 싸운 모험가는 없을 테니까.

"그런 건 제이드 자네도 알잖나. 어떤 노력을 해서 지금의 자신이 있는지 말이야. 아가씨는 그런 고생을 했을 거라 느껴지지 않아."

뭐, 이쪽 세계에 와서는 곰 치트에 의존해서 연습다운 연습을 하지 않았다. 크세로 씨가 말한 것처럼 고생 같은 건 하지 않았다.

이 세계로 오고 새롭게 익힌 것은 창피함을 견디는 것과 시선을 무시하는 기술 정도이다.

그렇지만 게임에서는 검술을 충분히 익혔다고 생각한다.

"게다가 하고 싶다고 해도 아가씨의 작은 몸으로는 검을 휘두를 수 없을 거야. 검은 꼬마 아이가 다룰 만큼 가볍지 않아."

자기도 키가 작으면서 남을 꼬마라고 말하면 안되죠, 라고 말하고 싶었다. 크세로 씨의 키는 나와 많이 차이나지 않는다.

"유나의 힘이라면, 괜찮지 않나?"

"괜찮을 거야."

그래도 제이드 씨와 멜 씨, 두 사람은 내가 골렘을 펀치 한방에 무찌른 사실을 알고 있다. 그런 이유에서인지 크세로 씨의 말을 곧바로 부정했다.

참고로 검은 무겁다. 곰 장비를 벗은 나는 검을 들어 올릴 수는 있어도 마음대로 다룰 수는 없을테니, 크세로 씨의 말은 틀리지 않았다. 곰 장비가 없으면 나는 정말 빈약하다.

"게다가 미스릴 검은 토우야가 가지고 가버려서 재고가 없어."

"아쉽네, 유나가 검을 다루는 모습을 보고 싶었는데."

멜 씨가 아쉬워했지만 그건 나도 마찬가지다. 피나도 루이밍도 보고 싶어 했다. 그런 와중에 제이드 씨가 말을 걸었다.

"그럼, 내 검을 써볼래?"

제이드 씨는 허리춤에 있는 검으로 시선을 옮겼다.

"하지만 유나에겐 클지도 모르겠네."

확실히 제이드 씨의 검은 조금 길다. 그래도 그 정도라면 괜찮다. 게임에서는 단검부터 장검까지 다양하게 사용해 봤다.

"괜찮다면, 빌리고 싶어요."

제이드 씨는 허리에 있는 검을 건네줬다. 그것을 내가 받아 들었다.

크고, 아마 무겁겠지만, 곰 인형 장갑을 끼고 있는 나에게 무게는 느껴지지 않는다.

나는 천천히 칼집에서 검을 뺐다. 오오, 예쁘네. 관리가 잘 되어 있잖아. 당연하지만 칼날의 이가 빠졌다거나 무뎌진 부분도 없다. 이렇게 들어보니 검을 가지고 싶어졌다.

나는 미소를 짓고 곰 인형 장갑의 입에 검을 물렸다.

"이거, 마력형이에요?"

"아니, 특화형이야."

미스릴 무기에는 마력을 담는 마력형과 미스릴의 성능을 최대로 끌어올린 특화형이 있다. 내가 가진 미스릴 나이프는 마력형이다.

나는 몇 번인가 검을 휘둘렀다. 휙, 휙, 하고 바람을 가르는 소리가 났다. 나이프도 멋있지만 검도 좋네. 하지만 나에게는 조금 긴가. 대검이라도 곰 박스에 담아두면 가지고 다닐 수 있다. 그래도 검을 쓸 거라면 조금 더 짧은 편이 다루기 쉽겠지.

"유나 언니, 멋있어요."

"아버지보다 움직임이 빨라요."

내가 검을 휘두르는 모습을 보고 피나와 루이밍이 칭찬했다.

"확실히 대단하지만, 멋있나?"

"그 부분은 나도 동의해. 귀여운 곰 옷차림을 한 여자아이가 검을 휘둘러도 멋있다고 하기 보단 대단하다? 귀엽다? 표현하기 어렵네."

상상해 봤다. 곰 인형 옷을 입은 여자아이가 검을 휘두르고 있다. 개그로밖에 안 보인다. 혹은 서커스의 피에로 같다. 나는 곧바로 머릿속에 떠오른 상상을 지워버렸다.

"자, 해봐."

크세로 씨가 지면에 검을 꽂았다. 아들의 무딘 검이라도 만든 본인은 이런 장면을 보면 슬플 것 같다.

나는 지면에 꽂힌 검 앞에 섰다. 게임 시절의 감각을 떠올리듯 검을 감아쥐고 심호흡하며 마음을 가다듬고는, 오른쪽 위에서부터 아래를 향해 재빠르게 움직였다.

지면에 꽂혀있는 검에는 아무런 변화가 없었다.

"유나 언니, 실패했어요?"

"안 닿았나?"

“아니, 닿았어.”

“하지만 베이지 않았는데.”

모두가 불안해했다.

나는 제이드 씨의 검으로 지면에 꽂힌 검을 톡 쳐봤다. 그러자 지면에 꽂힌 검의 위쪽 절반이 지면으로 떨어졌다.

“역시, 베어져 있었군.”

제이드 씨는 알고 있었던 모양이다.

“제이드 씨, 고마워요. 좋은 검이었어요.”

“그래, 크세로 씨가 만들어 준 검이니까.”

나는 검을 칼집에 넣고 제이드 씨에게 돌려줬다.

“유나 언니, 대단해요.”

“저는 안 베어졌다고 생각했어요.”

피나와 루이밍이 흥분한 듯 내 곁으로 달려왔다.

“제이드 씨의 검이 좋았던 것뿐이야. 크세로 씨가 말했잖아. 토우야랑 제이드 씨가 썼던 검은 제이드 씨의 검보다 안 좋다고. 그러니까 토우야랑 나를 비교할 수는 없어.”

만약 토우야가 썼던 검이라면 이렇게 베이지는 않았을 거다. 이런 곡예를 할 수 있었던 건 제이드 씨가 가진 미스릴 검이 좋았기 때문이다.

“제이드, 저 곰 아가씨는 대체 정체가 뭐야? 이렇게 베는 건 쉽지 않아.”

크세로 씨는 내가 자른 검을 주워서 보고 있었다.

"그녀는 유나, 모험가예요. 마법을 사용하고 나이프를 다루는 건 알았지만, 설마 검도 이렇게 잘 다룰 줄은 몰랐어요."

제이드 씨는 나에 관해 설명했다. 그런 제이드의 말을 듣고도 믿기지 않는다는 얼굴을 하는 크세로 씨.

뭐, 겉보기엔 곰이니까 어쩔 수 없지.

423 곰 씨, 로지나 씨를 만나다

만족, 만족.

제이드 씨의 검은 잘 들었다. 역시 좋은 검은 좋구나. 하지만 나이프랑 달라서 칼날이 길면 움직임이 제한되니 사용하기 까다롭다.

학원제에서 사용했던 검이 딱 좋았을지도 모른다.

토우야의 미스릴 검은 아직 못 만들었지만 용무는 다 봤으니 크세로 씨의 대장간을 뒤로했다.

흘깃, 흘깃.

"크세로 씨, 토우야가 검을 벨 수 있게 되면 그때는 잘 부탁드려요."

"그래, 약속은 지키지. 그때는 제대로 만들어 줄게."

흘깃, 흘깃.

"기한은 시험의 문이 닫힐 때까지라고 확실하게 전하도록."

흘깃, 흘깃.

조금 전부터 제이드 씨와 이야기를 나누면서 크세로 씨가 내 쪽을 쳐다봤다.

무언가 불만이 있나? 행운이라거나, 우연이나, 비열한 방법을 써서 검을 벴다고 생각하는 걸지도 모른다. 뭐, 실제로 곰 치트의 능력을 썼으니 반론할 수 없다.

검을 휘두르는 기술이 있어도 곰 인형 장갑이 없었다면 무거워서 검을 다룰 수 없었을 거다. 그렇게 깔끔하게 검을 휘두르는 건 절대로 할 수 없다.

곰 장비가 있었기에 가능한 일이다.

나는 크세로 씨의 시선이 신경 쓰여서 피나와 루이밍을 데리고 먼저 가게를 나왔다.

"제이드 씨, 멜 씨, 밖에서 기다리고 있을게요."

"알았어, 우리도 금방 갈게."

"아~."

뒤에서 무언가 들린 것 같지만 아마도 기분 탓이겠지.

나는 가게 밖에서 제이드 씨와 멜 씨를 기다리기로 했다.

"유나 씨는 마법뿐 아니라 검도 다룰 줄 아는군요. 라비라타 씨가 알면 시합을 요청할지도 몰라요."

"루이밍, 절대로 말하면 안 된다."

나는 루이밍의 어깨를 꾹 잡았다.

루이밍은 고개를 위아래로 흔들었다.

"피나는 알고 있었어?"

"네, 딱 한 번, 유나 언니가 검을 사용해서 시합을 하는 장면을 봤거든요."

학원 축제의 일을 말하는 걸까?

“그렇구나, 나도 유나 씨가 시합하는 모습을 보고 싶네.”

“라비라타랑 시합은 안 할 거야.”

나는 거듭 강조했다.

우리가 밖에서 대화를 나누고 있는데 제이드 씨와 멜 씨가 찾아왔다. 이제부터 멜 씨의 안내를 받아 가잘 씨의 스승인 로지나 씨의 가게로 가면 된다.

……그럴 예정이었지만 못하게 됐다.

“미안, 이건 꼭 다음에 갚을게.”

멜 씨가 손을 맞대고 사과했다.

“원래는 토우야랑 세니아가 제이드랑 같이 물건을 사러 갈 예정이었는데, 두 사람 모두 어딘가로 가버렸잖아? 그래서 내가 제이드랑 같이 가게 됐어.”

“나 혼자가도 괜찮은데…….”

“그럴 리 없잖아.”

두 사람은 왕도의 상인에게 부탁받은 물건을 사러 가야 한다고 했다.

멜 씨는 함께 가지 못하게 된 대신에 로지나 씨의 가게로 가는 지도를 그려줬다.

“루이밍, 어딘지 알겠니?”

"네, 괜찮아요. 알고 있어요."

길 안내는 마을에 온 적이 있는 루이밍에게 맡겼다.

"그건 그렇고, 크세로 씨가 유나를 계속 쳐다보던데. 그걸 무시하는 유나도 대단하지만……."

역시 보고 있었던 거군. 자의식 과잉이 아니었던 모양이다.

"곰 옷차림이 신기했던 거 아니에요?"

"그런가? 유나가 검을 벤 뒤부터 그랬던 거 같은데……."

역시 의심을 산 것 같다. 위험하다, 위험해.

어디에서 검술을 익혔냐고 물어보면 곤란하다.

나는 제이드 씨, 멜 씨와 헤어지고 피나와 루이밍과 함께 로지나 씨가 있는 곳으로 향했다. 지도를 든 루이밍이 앞을 걸었고 그 뒤를 나와 피나가 따랐다.

「음, 이쪽에서……」, 「여기서 꺾고……」, 「쭉 걸어가서……」, 「두 블록 앞의 모퉁이에서 꺾고……」.

루이밍이 지도를 보면서 길을 헤매지 않고 걸어가다 멈춰섰다.

"여기예요."

루이밍은 팔을 뻗어 가게를 가리켰다.

"여기야?"

"네, 여기요."

여기요, 라고 자신만만하게 말하는데…….

"여기는 무기 상점이 아니잖아?"

간판에는 냄비와 프라이팬의 그림이 걸려 있었다. 도저히 무기를 만드는 대장간으로는 보이지 않는다.

"루이밍, 길을 잃은 거니?"

"아니요, 지도로는 여기예요. 틀림없어요."

루이밍은 볼을 부풀리며 지도를 나에게 보여주었다.

분명 여기는 크세로 씨의 대장간에서 이쪽을 지나고 여기를 꺾어서 쭉 걸어온 뒤 두 번째 모퉁이에서 돌고…….

"맞네."

"제 말이 맞죠? 저는 틀리지 않았다고요."

루이밍은 자신이 옳았다는 것을 열심히 어필했다.

예상되는 가능성은 제이드 씨 일행이 이 마을에 왔던 건 예전이니까 그 사이에 이사했을 가능성과 아니면 지도가 틀렸을 가능성이다.

"우선, 가게 안으로 들어가서 물어볼까."

돌아갈 수는 없으니 이 대장간에 물어보기로 했다. 어쩌면 가게를 접고 다른 사람이 가게를 맡게 된 것일지도 모른다.

만약 그렇다면 원래 주인이었던 로지나 씨에 관해서 알고 있을 것이다.

"실례합니다."

가게 안으로 들어서자 다양한 큰 냄비와 프라이팬 등이 쌓여있었다. 이곳에서 냄비를 사는 것도 좋겠네.

“이 냄비는 딱 좋은 크기네요. 이쪽의 냄비는 쓰기 편할 것 같아요.”

피나가 앞에 있는 냄비를 손에 들고 품평을 시작했다.

“여기서 전부 살 수 있을까?”

루이밍도 탈리아 씨에게 받은 메모를 보면서 이리저리 점내를 둘러보기 시작했다.

어쩐지 목적이 바뀌어 버렸다. 우리가 가게 안을 보고 있는데 가게 안쪽에서 사람이 나오는 소리가 들렸다.

“어서 오세요. 개인용 구입인가요? 아니면 대량으로 구입하시나요?”

우리 앞에 나타난 건 나이를 알 수 없는 드워프 여자아이였는데 키가 작아서 더 판단하기 어려웠다. 나와 비슷할 수도 있고 나보다 연상일 수도 있다. 잘 모르겠다.

“곰?!”

드워프 여자아이는 나를 보며 놀라는 얼굴을 했다. 그리고 웃는 얼굴로 나에게 다가오더니 내 손을 잡았다.

“귀여워…….”

여자아이는 내 주변을 빙그르르 돌았다.

“저기—.”

“미안. 그게, 귀여워서 그만.”

귀여운 건 너지.

키가 작아서 귀엽다.

이렇게 보면 드워프는 키가 작아서 슬랜더한 미인이 되는 건 힘들 것 같다.

"그런데 찾는 게 뭐야? 말해주면 보여줄게. 만들어야 할 경우에는 시간이 필요해. 요금도 조금 비싸지고."

드워프 여자아이는 다시 장사 이야기를 시작했다.

피나는 냄비를 든 채 어쩌면 좋을지 고민했다. 나는 쇼핑을 뒤로 미루고 싶었다.

"원하는 물건은 많지만 그 전에 묻고 싶은 게 있는데, 괜찮을까?"

"아, 그래. 무슨 일이야?"

"여기서 로지나 씨라는 사람이 가게를 한다던데, 혹시 모르니? 우리는 로지나 씨를 만나러 왔거든."

"아버지를 만나러 온 거야?"

"아버지?"

"로지나는 나의 아버지야."

"앗, 그렇지만 여기는 무기들이 놓여 있지 않은데?"

가게에서는 무기가 보이지 않았다. 안쪽을 봐도 냄비와 프라이팬, 요리에 쓰이는 도구, 그리고 망치와 톱 등의 공구가 있었다. 칼은 식칼 정도였다.

"혹시 아버지의 소문을 듣고 여기로 온 거니? 미안해, 아버지는 이제 검을 안 만드셔."

드워프 여자아이는 고개를 숙이며 사과했다.

하지만 로지나 씨의 가게라는 건 틀리지 않은 것 같네. 그런데 무슨 일이지?

골드 씨랑 가잘 씨의 스승이고 무기를 만드는 법을 가르친 사람이잖아?

"저기, 나는 골드 씨랑 가잘 씨의 지인인데, 로지나 씨를 만날 수 있을까?"

상황을 잘 모르니 두 사람의 이름을 꺼내기로 했다. 두 사람의 스승인 로지나 씨와 여자아이가 말하는 로지나 씨가 같다면 두 사람을 알고 있을 거다.

"골드랑 가잘 말이니? 두 사람을 알아?!"

여자아이는 놀란 표정을 지었다. 반응을 보니 내가 찾고 있는 로지나 씨가 맞는 것 같네.

"응, 골드 씨는 같은 마을에 살고 있고, 가잘 씨랑도 만난 적이 있어. 그래서 두 사람으로부터 로지나 씨에게 건낼 편지를 받아 왔는데……."

나는 곰 박스에서 두 사람의 편지를 꺼냈다.

"잠시만 기다려줘. 어머니는 외출하셔서…… 아버지! 아버지!"

편지를 본 여자아이는 부친을 부르며 가게 안으로 들어가 버렸다.

"아무래도 로지나 씨의 가게가 맞나보네."

"저는 틀리지 않았다고요. 그런데 길을 잃었냐고 묻다니 너무해요."

"미안해. 나도 무기를 만드는 대장장이의 스승님이 냄비를 만들고 있을 줄은 몰랐지."

"그런데, 정말로 골드 씨와 가잘 씨의 스승님일까요?"

피나도 나와 똑같이 생각한 모양이다. 뭐, 그건 어쩔 수 없지. 여기서는 무기가 전혀 보이지 않는다. 어떻게 된 일일까?

여자아이는 「이제 검을 안 만드셔」라고 말했다. 그렇다는 건 예전엔 만들었다는 뜻이고 어떤 이유가 있어서 관둔 것이리라. 부상당했으면 냄비도 못 만든다. 하지만 골드 씨도 가잘 씨도 그런 말은 하지 않았다.

생각하고 있는데 여자아이와 남자의 목소리가 안에서 들려왔다.

"곰 여자아이라니, 무슨 말이야? 이해가 안 되잖니."

"그러니까, 곰 여자아이가 골드와 가잘의 지인인데, 편지를 가지고 왔다고요!"

"그 곰 여자아이는 뭐야? 곰이 가게에 왔다고?"

"그러니까, 여자아이라고요."

"아니, 그러니까 암컷 곰이라는 거지?"

"아니요."

목소리가 점점 커졌다.

여자아이가 남자 드워프의 팔을 붙잡고 돌아왔다. 이 드워프가 여자아이의 아버지인 로지나 씨인가?

로지나 씨로 보이는 남자가 내 옷차림에 놀란 듯 나를 응시했다.

피나와 루이밍은 가볍게 쳐다봤는데 나는 아래에서부터 위로,

위에서부터 아래로 몇 번이나 훑었다. 곰 옷차림이니 어쩔 수 없지.

"곰?"

"거봐요, 곰이죠."

"곰이네."

"여자아이 맞죠?"

"여자아이야."

조금 전까지 말싸움을 벌였으면서 나를 본 순간, 사이가 좋아졌다.

"로지나 씨인가요?"

"그렇긴 한데, 곰 복장을 한 아가씨가 골드와 가잘의 지인이라는 건 사실인가?"

"네, 두 사람에게는 신세를 지고 있어요. 그래서 이 마을에 온다고 이야기했더니 편지를 맡겼어요."

나는 정중하게 대답하고 가지고 온 편지를 로지나 씨에게 건넸다.

"골드와 가잘은 잘 지내나?"

"골드 씨는 넬트 씨와 사이좋게 지내고, 가잘 씨는 왕도에서 유명한 대장장이가 되었어요."

가잘 씨에 관한 건 제이드 씨에게 들은 거긴 하지만…….

"그렇군, 두 사람은 잘 지내는 건가."

"저기, 괜찮으면 두 사람의…… 넬트까지 세 사람의 이야기를 들려줘."

여자아이가 내 곰 인형 장갑을 붙잡았다.

"괜찮긴 한데, 저도 로지나 씨에게 듣고 싶은 게 있어서요."

여기에 온 이유 중 하나인 곰모나이트에 관해 묻고 싶다.

뭐, 모를 거라고 생각하지만…….

우리는 차를 대접받으며 이야기를 나누게 됐다.

424 곰 씨, 골드 씨와 가잘 씨에 관해 이야기하다

우리는 좀 더 넓은 방으로 이동했다. 응접실은 아니고 일하다 쉬는 휴게실, 또는 일에 관한 이야기를 나누는 방 같았다.

방 한가운데에 테이블과 의자가 있고 장식물 대신인지 벽 쪽 선반에 재고 냄비 등이 놓여 있었다. 그런데 정말로 검이 한 자루도 없다.

"좁아서 미안하지만, 적당히 앉게나."

"아아~ 어머니가 안 계시니……. 어디 보자, 차랑 과자가 어디 있었지?"

여자아이는 다른 방으로 가서 컵과 차 등을 가지고 왔다.

"변변치 않아서 미안해."

"아니, 고마워. 충분해."

우리는 차를 마시며 모두가 의자에 앉아 자기소개를 시작했다. 로지나 씨의 딸은 이름이 릴리카라고 했다. 조금 긴 머리를 리본으로 묶었고 어린 느낌이다. 나이는 모른다. 넬트 씨도 처음 봤을 땐 나이를 가늠할 수 없었지. 골드 씨에게 로리타 콤플렉스 의혹을 가졌던 것도 옛 추억이다.

"그건 그렇고, 자네들은 어린 아이들끼리 골드가 있는 마을에서 여기까지 온 건가. 골드가 있는 마을은 여기서 꽤 멀 텐데?"

아이들이라고 했다. 그러면 나도 포함되어 있나? 나는 두 사람의 보호자인데요.

“일단 제가 모험가라서, 두 사람을 호위하며 왔어요.”

나는 「모험가」와 「두 사람을 호위」라는 부분을 강조했다.

“모험가……?”

로지나 씨와 릴리카는 내 말을 듣고 놀랐다. 내가 모험가라고 말하면 어디서든 똑같은 반응이 나온다. 이건 겉모습의 문제라서 어쩔 수 없지만 가끔은 믿어주는 사람이 있으면 좋겠다.

“유나는 모험가야? 하지만 신입 모험가가 혼자서 여기까지 오는 건 위험할 텐데……. 심지어 어린 여자아이이고 데리고 다니는 두 사람도 여자아이인데.”

신입 모험가의 정의는 영원한 수수께끼지.

신입생, 학교에 입학한 1학년을 처음에는 신입생이라고 하지만, 여름방학 즈음에는 이미 신입생이라고 말하지 않는다.

신입 사원은 어떨까. 사회 경험이 없는 나는 잘 모르지만 1년 정도는 신입 사원 취급을 받을까? 학생으로 빗대보면 나는 신입 모험가가 아니다. 베테랑이라고는 말 못하고 중견 모험가라 말하는 것도 이른 감이 있다. 애초에 중견 모험가나 베테랑 모험가는 어느 정도의 경험을 쌓아야 할까. 아무리 고참이라도 랭크 E를 베테랑이라 부르고 싶지는 않다.

“그런데 부모님이 여기 오는 걸 허락해주셨네? 우리 아버지랑 어머니라면 절대로 허락해주시지 않을 텐데."

릴리카는 로지나 씨를 보면서 중얼거렸다.

"유나 씨가 강해서 함께 가는 걸 허락해주셨어요."

"네, 저도 유나 언니라면 안심된다고 어머니가 허락해주셨어요."

걱정하는 릴리카에게 피나와 루이밍은 내가 강하다고 말했다. 하지만 그런데도 릴리카는 두 사람의 말을 믿을 수 없다는 듯 나를 바라봤다.

"그렇게 강하구나."

인간은 겉보기로 알 수 없는 법이지.

"골드랑 가잘에게 신세를 지고 있다고 해서 냄비라도 만들어 준줄 알았는데, 혹시 무기를 만들어준 거야?"

"두 사람이 나이프를 만들어줬어."

골드 씨는 피나의 해체용 나이프, 가잘 씨는 내 전투용 나이프를 만들어줬다.

"곰이 무기를……."

거기서 곰은 필요없다. 모험가라면 당연히 무기를 가지고 다닌다.

"골드랑 가잘의 편지에도 아가씨가 우수한 모험가라고 적혀 있군. 그리고 골드의 편지에는 곰 옷차림 때문에 소란을 일으킬지도 모르니 주의하라고 적혀 있어."

로지나 씨는 다 읽은 편지를 테이블 위에 뒀다.

편지에 뭐라고 적혀 있는 거지? 항상 궁금하다. 그런데 소란을 일으킨다니, 뭐야? 사람을 트러블메이커처럼 말하는 건 좋지 않다.

그리고 왜 나에 관해 적은 거지? 오랜만에 고향으로 보내는 편지니까 자기 자신에 관한 내용을 적으라고.

혹시, 자신에 관해 적는 게 싫어서 나에 관해 적은 건가?

골드 씨라면 충분히 할 법하다.

"저도 보여줘요."

릴리카는 로지나 씨가 테이블 위에 둔 편지로 손을 뻗었고 가져가서 읽기 시작했다.

이것으로 골드 씨와 가잘 씨에게 부탁받았던 일은 끝났다. 나머진 나의 상담을 들어달라고 하면 된다.

"우와, 정말로 우수한 모험가라고 적혀 있네. 겉모습과 달리 강한 모험가."

릴리카는 나와 편지를 번갈아 쳐다봤다. 아직 안 믿기는 모양이다.

그 말에 데자뷰를 느끼는 건 기분 탓일까. 골드 씨가 가잘 씨 앞으로 보낸 추천서에도 비슷한 내용이 적혀 있었다. 그 부분은 겉모습 그대로 곰과 견줄 만큼 강하다고 적혀 있어야 하는 거 아닌가?

"골드와 넬트는 어때? 싸우지 않고 사이좋게 지내?"

"골드 씨는 넬트 씨에게 꽉 잡혀 살지만 사이좋게 지내고 있어."

"그렇구나. 편지에 건강하게 잘 지낸다고 적혀 있는데. 걱정시키고 싶지 않아서 거짓말을 적을 수도 있잖아. 아는 사람에게 직접 듣는 이야기라 안심이 되네."

"두 사람에 관해서라면 피나 쪽이 더 잘 알아. 나보다 더 오래 알고 지냈거든."

"그래?"

골드 씨의 가게는 피나에게 소개받았다. 게다가 몇 개월 전에 크리모니아에 온 나보다는 피나 쪽이 친한 게 당연하다. 예전부터 신세를 지고 있다고 했으니까.

피나는 릴리카의 여러 질문에 대답했다. 해체용 나이프를 받은 이야기와 수리를 무료로 해줬던 이야기를 했다. 게다가 내가 모르는 내용도 있어서 듣고 있던 나도 신선했다.

"골드 씨와 넬트 씨, 두 분 다 친절해."

"그렇구나, 두 사람답네."

릴리카는 피나의 말 하나하나에 기뻐하며 고개를 끄덕였다.

"그런데 골드 씨는 어째서 먼 크리모니아로 간 거야?"

골드 씨 부부가 고향을 떠나 크리모니아로 간 이유를 모르겠다.

"그건 일찍 독립하고 넬트와 함께 살기 위해서였어. 넬트의 부모님은 일찍 돌아가셔서 근처에 살고 있던 골드의 가족이 보살펴줬지. 뭐, 여러 일이 있었고 골드는 넬트와 함께 이 마을을 떠나 다른 마을에서 대장간을 하려고 결정했던 거야. 이 마을에서 가게를 열어라 말했지만 신입 대장장이에게 일이 들어오지 않는다며 마을을 나갔어. 크리모니아 마을에서 가게를 여는 것도 쉽지 않았을 거야."

골드 씨는 넬트 씨와 같이 살기 위해 마을을 떠난 거구나. 따뜻한 사람이네. 뭐, 피나에게 해체용 나이프를 주고 무료로 수리를 해줬으니 넬트 씨를 포함해서 친절한 부부다.

"가잘은 왕도에서 어떤 느낌이야? 아까 유명해졌다고 했는데, 진짜니?"

"나는 잘 모르지만 지인인 모험가가 우수한 대장장이라고 했어."

"우수한 대장장이라, 가잘도 열심히 하고 있나 보네."

릴리카가 골드 씨의 이야기를 할 때보다 기뻐하는 것처럼 보이는 건 기분 탓일까.

"그…… 가잘은 혼자였어?"

릴리카는 조금 묻기 어려워했다.

혼자?

"제자는 없는 것 같았어. 무기 만드는 것도 가게의 접객도 혼자서 했고."

도와주는 사람 정도는 고용하면 좋을 텐데. 가잘 씨는 혼자서 가게를 운영하고 있다.

"그렇구나, 혼자서 하고 있구나."

릴리카는 아래를 내려다보며 조금 기쁜 표정을 지었다.

그리고 가잘 씨가 왕도로 간 이유를 묻자—.

"왕도에서 자신의 실력을 확인하겠다며 떠났어. 설마 엘파니카 왕국으로 갈 줄은 몰랐지만.”

가잘 씨의 성격에 어울리는 선택이다.

“쯧, 딱히 왕도나 다른 마을에 가지 않더라도 이 마을에서 가게를 열면 될 것을……. 그랬으면 돈 정도는 지원해줬을 텐데.”

로지나 씨는 팔짱을 끼고 불만을 내뱉었다.

“아버지는 가잘이 떠나서 쓸쓸하신 거야.”

혹시 츤데레 스타일?

그래도 골드 씨랑 가잘 씨의 스승인데 어째서 검을 안 만들고 냄비를 만들고 있지?

좀처럼 이야기를 꺼낼 타이밍을 못 잡겠다.

“그러고 보니, 가잘의 편지에 아가씨가 가지고 있는 광석을 봐주길 원한다고 적혀 있었는데…….”

로지나 씨의 사정이 궁금했지만 로지나 씨 쪽에서 먼저 곰모나이트에 관한 이야기를 꺼냈다. 가잘 씨가 편지에 적어줬구나.

나는 테이블 위로 곰모나이트를 두 개 꺼냈다. 로지나 씨는 하나의 돌로 손을 뻗었다. 다른 하나는 어째서인지 릴리카가 집어 들었다. 뭐, 내가 두 개 꺼냈으니 어쩔 수 없다.

로지나 씨는 돌을 손에 든 채 눈을 가늘게 뜨기도 하고, 꽉 쥐어 보이기도 하고, 손가락으로 튕겨보기도 했다. 릴리카도 따라하듯 같은 행동을 했다. 역시 부녀지간이다. 행동이 똑같다.

“뭔가 아시겠어요?”

뭐, 무리라고 생각하지만…….

로지나 씨는 말없이 자리에서 일어선 뒤 근처 상자에서 무언가를 찾았다. 그리고 무언가를 발견하고 집어 들더니 자리로 돌아왔다. 손에 든 것을 쥐고 들여다보듯 곰모나이트를 봤다.

혹시 돋보기?

"예전에 본 적이 있어. 이건 정령석이군. 그런데 계속 변화하고 있어."

"정령석이요?"

곰모나이트가 아니야?

"그런데 어떤 정령석으로 변화하고 있는지는 모르겠군."

"정령석이라는 게 뭐죠?"

"특수한 힘을 지니고 있어서 정령석을 가진 자의 힘을 증폭시켜 주지. 불의 정령석이라면 불의 마법이 강해지고 물의 정령석이라면 물의 마법이 강해지는 것처럼 말이야."

오오, 파워 업 아이템인 모양이다.

그런데 곰모나이트라는 이름이라 이상한 상상이 뇌리를 스친다.

인정하고 싶지 않지만 곰모나이트는 곰 속성의 정령석이라는 게 된다.

그러면 역시 신님으로부터의 선물?

425 곰 씨, 미스릴 나이프를 보여주다

곰모나이트에 관해 조금 알게 되었다.

설마 정령석일 줄은 몰랐다.

곰모나이트가 곰 속성의 강화 아이템이라면 그냥 가지고 있으면 되나? 그게 아니면 가공이 필요할까? 나는 로지나 씨와 릴리카가 가지고 있는 둥근 광석으로 시선을 보내며 물었다.

"정령석이라는 건 어떻게 쓰는 거예요? 지니기만 하면 돼요?"

"자세한 건 거기 있는 엘프 아가씨에게 물으면 되지. 정령석에 관해서는 엘프 쪽이 잘 알아."

로지나 씨는 내 옆에 있는 루이밍 쪽을 바라봤다.

이렇게 가까운 곳에 곰모나이트에 관해 아는 인물이 있을 줄이야. 나는 루이밍에게로 시선을 옮겼다. 하지만 루이밍은 고개와 손을 크게 좌우로 흔들었다.

"할아버지라면 알 수 있지만, 저는 몰라요."

엘프라도 루이밍은 모르는 모양이다.

그래도 무무르트 씨에게 물으면 된다는 걸 알았으니까 루도니크 마을에 온 보람이 있었다.

게다가 곰모나이트의 정체는 급한게 아니라서 돌아가는 길에 엘프 마을에 들러 무무르트 씨에게 물어보면 된다.

처음부터 무무르트 씨에게 물어봤으면 좋았겠지만 알고 있을 거라 생각 못 했으니 어쩔 수 없다.

“그건 그렇고, 가잘 녀석이 정령석에 관해 모를 줄은…… 공부가 부족하군. 데리고 돌아와서 다시 가르쳐야 하나.”

“모르는 건 아버지가 가르치지 않았으니까 그렇죠. 스스로의 교육 부족을 가잘의 탓으로 돌리면 가잘이 불쌍해요.”

릴리카는 가잘 씨를 감쌌다. 그런데 두 사람의 대화를 듣고 보니 역시 로지나 씨는 가잘 씨와 골드 씨의 스승이 맞네.

그렇게 되면 역시 궁금한 것이 생긴다.

“로지나 씨는 가잘 씨와 골드 씨의 대장장이 스승인 거죠?”

“그래, 일단은 그렇지. 여러 가지를 가르쳤어.”

“그런데 어째서 이 가게에는 검이 한 자루도 없어요? 가게에는 냄비랑 프라이팬만 놓여있는데, 골드 씨도 가잘 씨도 이런 건 말하지 않아서요. 혹시 대답하기 곤란한 내용이면 죄송해요.”

“그건…….”

로지나 씨는 말하기 어려운 듯 옆으로 시선을 돌렸다. 역시 말하기 껄끄러운 모양이다.

“아버지, 이제 이야기하는 게 어때요? 더는 숨길 수 없어요. 유나가 돌아가면 세 사람에게 알려질 게 뻔하고요.”

“혹시, 다치셨나요?”

“아니, 아버지는—.”

"릴리카!"

로지나 씨가 막으려 했지만 릴리카는 말을 이어갔다.

"아버지는 골드와 가잘이 마을을 떠나고 상심이 컸어. 손수 가르치며 키운 제자를 무척 예뻐하셨는데, 그런 두 사람이 떠나버려서……."

"아, 아니야, 딱히 상심했던 건 아니라고."

"뭐가 아니에요? 골드가 넬트와 떠났을 때도 며칠이나 술을 마셨잖아요. 그리고 가잘이 떠난 후에는 검을 한 달에 한 자루만 만들더니 결국엔 얼빠진 사람처럼 변했잖아요."

"그건 생각처럼 검이 잘 안 만들어져서 그런 거지."

"두 사람이 없어져서 그렇게 된 거죠."

"그렇지는……."

혹시 제이드 씨가 말했던 한 달에 한 자루만 만들 게 되었다는 이야기가 이건가?

제이드 씨는 이 사실을 알면 어떻게 생각할까.

"결국 어머니가 검을 못 만들겠으면 냄비라도 만들어라고 화를 냈잖아요."

"그걸 말해버리다니……. 릴리카, 너도 가잘이 떠나서 쓸쓸해했잖니."

"그, 그런 적 없는데요. 지금은 아버지의 이야기를 하는 중이잖아요."

로지나 씨와 릴리카가 볼을 부풀리고 서로의 얼굴을 바라봤다.

아무래도 골드 씨와 가잘 씨가 사라져서 의욕이 없어진 모양이다. 뭐, 마음을 이해 못 하는 건 아니다. 동기부여는 중요하니까.

그래도 무기를 만들지 못할 정도라니 그 정도로 두 사람을 아꼈구나.

“그러니까 새로운 제자를 뽑았어야죠. 그러면 의욕도 생길 텐데.”

“그렇게 간단히 제자를 찾아낼 수는 없잖아.”

“그건 아버지가 엄격해서 그렇죠. 누구나 처음부터 골드와 가잘처럼 잘 만들 수는 없어요.”

“가르치는 사람이 엄격하지 않으면 안 돼.”

두 사람은 언쟁을 벌였다. 하고 싶은 말을 할 수 있다는 건 사이가 좋다는 증거다. 나는 흐뭇한 표정으로 두 사람을 봤다. 그런데 피나와 루이밍은 어쩌면 좋을지 곤란한 표정이었다. 싸움이 아니니까 괜찮아.

로지나 씨와 릴리카가 말을 주고받는데 방 안으로 누군가가 들어왔다.

“가게 안까지 목소리가 들려서 왔어. 손님이 아무도 없었으니 망정이지, 창피하니까 두 사람 다 목소리 낮춰.”

“어머니?!”

짧은 머리를 한 작은 키의 여자 드워프가 로지나 씨와 릴리카를 보고 있었다. 아무래도 릴리카의 모친인 것 같다. 릴리카의 모친은 방을 둘러보다가 우리가 있는 곳으로 다가왔다.

"그런데 두 사람은 왜 그렇게 소란스러웠던 거니?"

"아버지가 잘못했어요."

"릴리카의 잘못이겠지."

두 사람이 서로를 노려봤다.

릴리카의 모친은 포기한 얼굴을 한 뒤 우리에게 시선을 보냈다.

"그런데 여기 귀여운 옷차림을 한 여자아이와 아이들은 누구지?"

"유나와 피나는 골드와 넬트랑 같은 마을에서 왔고, 루이밍은 엘프 마을에서 냄비를 사러 왔대요."

"골드와 넬트와 같은 마을에서?"

릴리카가 우리에 관해 간단히 설명했다.

"두 사람에게는 신세를 지고 있어요."

"그리고 가잘도 알고 있대요."

"골드와 가잘은 이런 옷도 만들고 있는 거야?"

모친은 놀란 표정을 짓고 내 곰 옷을 쳐다본다.

"나이프를 만들어 달라고 부탁했어요. 이 옷은 골드 씨랑 가잘 씨와는 관련 없습니다."

"두 사람이 그런 귀여운 옷을 만드는 줄 알고 놀랐어."

어떻게 하면 그런 생각으로 이어지지…….

수염이 난 드워프 두 사람이 곰 인형 옷을 만들다니 상상도 하기 싫네. 섬세한 작업도 잘하니까 능숙하게 만들 것 같아서 더

무섭다.

그리고 우리는 간단한 자기소개를 했다. 릴리카의 모친의 이름은 위올라라고 했다.

"그러고 보니, 유나는 골드와 가잘이 만든 나이프를 가지고 있댔지. 두 사람이 만든 나이프를 보여줄 수 있니? 두 사람이 제대로 일을 하고 있는 걸 보면 아버지도 의욕이 생길지 몰라."

"나도 보고 싶네."

릴리카의 말에 로지나 씨는 뭔가 말하고 싶어 했지만 위올라 씨가 릴리카의 말에 찬성하자 입을 다물었다.

"골드 씨가 만든 건 해체용 나이프인데, 괜찮아요?"

"어떤 종류의 무기라도, 보면 어떻게 일을 하고 있는지 알 수 있지."

릴리카에게 물었는데 로지나 씨가 대답했다. 로지나 씨도 두 사람이 만든 나이프를 보고 싶은 모양이다.

나는 곰 박스에서 가잘 씨가 만들어 준 곰돌이 나이프(미스릴 나이프)를 꺼냈고, 피나는 아이템 봉투에서 골드 씨가 만들어 준 미스릴 나이프를 꺼내 테이블 위에 뒀다.

로지나 씨가 피나가 꺼낸 골드 씨의 나이프를 집어 들었다.

"이쪽이 해체용 나이프인가? 그렇다면, 골드가 만든 나이프겠군."

칼집에서 나이프를 꺼내 칼날을 봤다.

"……이건 미스릴을 사용했나 보군."

로지나 씨는 칼날만 봤을 뿐인데 바로 맞췄다.

"아가씨, 시험 삼아 베어봐도 되겠나?"

"그게……."

로지나 씨는 나이프를 꺼낸 피나에게 물었다. 질문을 받은 피나는 나에게 시선을 보냈다. 그래서 나는 작게 고개를 끄덕였다.

"네, 괜찮아요."

피나에게 허락을 받은 로지나 씨는 몸을 일으킨 뒤 근처에 있는 서랍에서 동물의 가죽 같은 것을 꺼냈다. 그걸 들고 자리로 돌아오더니 슥 하고 나이프로 베었고 잘린 가죽의 단면과 나이프를 몇 번이나 봤다.

"골드 녀석, 성장했군. 솜씨가 안 좋아졌으면 불러서 다시 가르치려고 했는데."

로지나 씨는 그런 말을 하면서도 성장한 제자가 기쁜지 얼굴이 풀어졌다. 로지나 씨는 나이프를 천으로 닦은 뒤 칼집에 넣는다.

"나도 봐도 될까?"

릴리카가 피나에게 부탁하고 나이프를 손에 들었다.

"정말 예쁘네. 아버지의 실력을 뛰어넘은 거 아냐?"

"흥, 아직 멀었어."

로지나 씨는 릴리카의 말을 부정했다.

"그런데 어째서 아가씨 같은 어린 여자아이가 미스릴 나이프를 가지고 있는 거지? 쉽게 살 수는 없을 텐데. 혹시 부잣집 아가씨인가?"

그 말을 들은 피나는 부정했다.

"그게…… 우리 집은 가난해요. 이 나이프는 유나 언니가 사주신 거예요."

가난하지는 않지. 겐츠 씨도 있고, 티루미나 씨도 일하고 있다. 설마 예전 감각이 아직도 남아 있나?

미스릴 나이프를 사줬을 때 화를 내기도 했고…….

"이쪽 아가씨가 미스릴 나이프를……."

"피나는 마물이나 동물의 해체를 할 수 있어서, 제가 무찌른 마물의 해체를 하고 있어요."

"하지만 아직 미스릴 나이프는 필요 없을 텐데."

"미스릴이 아니면 잡은 마물을 해체할 수 없었거든요……."

"그 마물이 뭐였나?"

"……블랙 타이거요."

"……."

짧은 침묵이 찾아왔다.

"거짓말은 아닐 거야."

골드 씨와 가잘 씨의 편지를 믿는지 블랙 타이거에 관해서도 반신반의했지만 믿어준 것 같다.

다음으로 로지나 씨는 가잘 씨가 만든 자루가 검은 곰돌이 나이프를 손에 들었다.

"곰?"

로지나 씨는 자루 부분에 새겨져 있는 곰과 나를 번갈아 봤다.

뭐죠? 곰인데요? 가잘 씨가 새겨줬어요.

로지나 씨는 자루의 각인을 본 뒤 천천히 칼집에서 나이프를 꺼냈다.

"이쪽도 미스릴 나이프로군. 그런데 이건 전투용이야."

로지나 씨가 나에게도 시험 삼아 베어보고 싶다고 물어서 피나 때와 똑같이 허락했다.

"아가씨는 이 나이프를 다룰 줄 아는가?"

"일단 가잘 씨에게는 인정받았어요."

아이언 골렘을 베었을 때 칭찬했고, 칭찬했다는 건 인정했다는 뜻이지.

"아가씨를 조금 시험해 봐도 괜찮을까?"

"시험이요?"

로지나 씨는 자리를 벗어나더니 철로 된 가는 봉을 가지고 왔다.

혹시 대장장이는 뭔가를 시험해 보는 걸 좋아하나?

게다가 그런 가느다란 철봉을 어떻게 하라고?

딱 봤을 때 직경이 1센티미터 정도 되는 가는 철봉이다. 미스릴 나이프로 아이언 골렘의 팔을 베는 나에게는 식은 죽 먹기였다.

"가잘과 골드의 눈이 옳은지 확인하는 거다. 못하더라도 딱히 뭐라고 하진 않겠네. 그 두 사람이 우수하다고 할 정도면 이 정도는 가능하겠지. 게다가 블랙 타이거의 이야기도 믿을 수 있어."

로지나 씨는 철봉을 들고 내 앞으로 다가왔다.

“설마 들고 있는 걸 베라고요? 위험해요.”

“실력을 보려면 이게 가장 좋아. 나는 손에 힘을 안 넣고 있으마.”

로지나 씨는 봉을 한 손으로 정말 가볍게 쥐고 있었다. 잡아당기면 간단하게 빼낼 수 있을 정도다.

“못 자르고 철봉이 튕겨 나가는 건 논외이지만, 베었을 때 내 손에 전해지는 진동이 적을수록 좋아. 해보겠나?”

이건 나를 우수한 모험가라고 소개한 가잘 씨와 골드 씨의 명예가 달린 문제이기도 하다. 그러니 거절할 수는 없다. 나는 그 테스트를 받아들이기로 했다.

나이프를 들고 로지나 씨의 앞에 선다.

“마력을 실어도 돼요?”

“그래, 그걸 포함해서 아가씨의 힘인 거지.”

로지나 씨는 무섭지도 않나. 나는 실력을 모르는 사람을 이렇게까지 믿을 수 없다. 로지나 씨는 진지한 눈으로 나를 바라봤다.

나는 곰돌이 나이프에 마력을 담아 로지나 씨가 들고 있는 철봉을 대각선으로 베었다.

426 곰 씨, 조리 도구를 구입하다

내가 곰돌이 나이프를 휘두르자 로지나 씨가 들고 있던 철봉의 윗부분이 바닥으로 떨어졌다.

응, 대성공이네.

로지나 씨의 손에는 확실하게 철봉이 남아 있었다. 철봉은 날아가지 않았고 베이기만 했다. 물론 로지나 씨의 손도 아직 달려 있고 피도 나지 않는다.

"……."

그런데 로지나 씨는 움직이지 않았다.

"벴는데요."

멍한 표정으로 철봉을 들고 있는 로지나 씨에게 말을 건넸다. 로지나 씨는 봉을 감아쥐고 미소를 보였다.

"손에 힘이 거의 느껴지지 않았어. 게다가 이 매끄러운 단면. 가잘 녀석의 편지에 아가씨가 철을 벨 수 있다고 적혀 있었는데 이 정도일 줄이야."

아무래도 이 시험은 가잘 씨의 편지가 원인인 모양이다.

로지나 씨가 나이프를 보여달라 말해서 곰돌이 나이프를 로지나 씨에게 건넸다.

"칼날이 휘지도 않았군. 어디에도 벤 흔적이 남아 있지 않아.

마력이 나이프에 골고루 담긴다는 증거야."

"가잘 씨가 만든 나이프가 좋아서 그래요. 분명 스승이 좋은 분이니까 그렇겠죠."

마지막 내 말을 들은 로지나 씨는 쑥스러워했다.

"당연하지. 누가 가르쳤는데. 이 정도는 만들어야지. 골드와 가잘의 눈은 틀리지 않은 거 같구나. 아가씨를 의심해서 미안하네."

로지나 씨는 기뻐하며 곰돌이 나이프를 돌려줬다. 나는 그걸 칼집에 넣은 뒤 곰 박스에 담았다.

"그런데 아가씨, 그렇게 대단한 기술을 가지고 있으면서 왜 그런 옷차림을 하고 있지? 모험가라면 조금 더 제대로 된 옷을 입는 편이 좋아. 사람에 따라서 장난을 친다고 생각하는 자도 있을 거야. 무기도 그렇지만, 실력에 어울리는 복장을 하는 것도 중요하지. 많은 사람은 다른 이를 겉모습으로 판단하니까."

어쩐지 처음으로 제대로 된 충고를 들은 것 같다. 사람들은 먼저 첫인상으로 판단한 뒤에 다른 사람을 알아가기 시작한다. 평소에 마을 안을 인형 옷차림으로 걷는 사람을 친구로 삼고 싶지는 않겠지. 이세계니까 용서가 되는 거다.

……용서 받은 거겠지?

"골드와 가잘은 겉모습으로 사람을 판단하지 않는 모양이군."

그건 여러 소문을 들었기 때문이 아닐까. 골드 씨의 경우엔 모험가 길드와도 연결고리가 있고, 가잘 씨의 경우엔 미스릴 골렘의 일과 골드 씨의 소개장 덕분인 것도 있다.

"유나는 단순히 곰 옷차림을 한 귀여운 여자아이가 아니었던 거네."

"귀여운 옷차림을 하고 있는데, 대단해."

릴리카와 위올라 씨가 내 옷을 만지며 신기해했다.

그런 뒤 우리는 마을에 찾아온 이유 등을 이야기했다.

마을에 온 이유는 마을 구경 겸 물건 구입과, 곰모나이트에 관해 알게 된다면 좋겠다 정도였다.

곰모나이트가 정령석이라는 걸 알게 된 것만으로도 드워프 마을에 온 보람이 있었다.

"그러면 다들 냄비와 프라이팬 같은 조리 기구를 사러 온 거구나."

"뭐, 처음 목적은 수수께끼의 광석이었지만 지인이 루도니크에 가는 거면 여러 가지를 사달라고 부탁했거든."

부탁받은 건 내가 아니라 피나와 루이밍 두 사람이지만 나도 겸사겸사 곰 하우스에 둘 조리 도구를 살까 생각 중이다.

"그러면 우리 가게에서 사 갈래? 과거에 우수했던 무기 대장장이가 만든 냄비야."

"과거는 필요 없어!"

"사실이잖아요. 그런데 아버지, 가잘과 골드의 나이프를 보니까 무기를 만들고 싶지 않으세요? 유나의 기술도 대단했고요."

"……흥."

릴리카의 말을 들은 로지나 씨는 긍정도 부정도 하지 않았다. 부정하지 않았으니 무기를 만들고 싶어진 걸까. 두 사람의 나이프를 보고 의욕이 생겼다면 만나러 온 의미가 있었던 걸지도 모른다. 모처럼 무기 장인의 기술을 가지고 있으니 살리지 않는다면 아깝다.

우리는 로지나 씨의 가게에서 조리 도구를 사기로 했고, 물건이 있는 쪽으로 이동해서 각자 필요한 조리 도구를 찾았다.

"위올라 씨, 이거 전부 있나요?"

루이밍은 자신이 찾는 걸 포기하고 위올라 씨에게 몇 장의 메모를 보여줬다.

"어머나, 많네."

"어머니께서 이 마을에 간다는 이야기를 듣자마자 이웃들이 원하는 물건을 물으러 가셨거든요. 그랬더니 이렇게 많은 메모가……."

"가게로서는 기쁘네."

"그래도 너무 많아요."

루이밍은 손에 쥐어진 메모를 보며 고개를 숙였다.

피나 쪽을 보니 릴리카와 함께 조리 도구를 찾고 있었다.

"릴리카 씨, 이것보다 조금 큰 냄비도 있나요?"

피나는 티루미나 씨에게 부탁받은 냄비 두 개와 프라이팬, 다른 조리 도구 등을 모으고 있었다. 그리고 못 찾은 것의 위치를 릴리카에게 물었다.

"있어."

릴리카는 솜씨 좋게 피나가 물어본 사이즈의 냄비를 찾아 꺼냈다.

"나머지는 가게와 고아원 용의 냄비인데……."

"이건 큰 냄비네. 큰 냄비는 잘 팔리지 않아서 주문을 받은 뒤에 만들어."

릴리카는 피나가 든 메모를 보고 대답했다.

"그러면 다른 가게에서 찾아야겠네요."

"피나는 언제까지 이 마을에 있을 거야?"

피나는 릴리카의 질문에 내 쪽을 바라봤다.

"딱히 정하진 않았는데, 며칠은 있을 생각이야."

내가 피나를 대신해 대답했다.

마을 구경을 할 생각이기도 하고 모처럼이니 시험의 문이 열리는 것을 보고 싶다. 가능하다면 참가하고 싶지만 나에게 부탁할 대장간은 없겠지.

"주문해주면 그때까지는 아버지에게 만들어달라고 할게."

"그렇지만 가격이 비싸지는 거죠?"

피나가 망설이며 물었다.

확실히 처음 가게에 들어왔을 때 주문 제작은 별도의 요금이 든다고 했었다. 나와 달리 금전 감각이 확실한 피나는 추가 요금이 신경 쓰이는 모양이다. 귀찮아하는 나였다면 신경 쓰지 않고 부탁해 버릴 텐데. 조금은 피나를 본받아야겠네. 돈은 유한하다. 소중하게 써야 한다.

피나의 말에 릴리카는 위올라 씨 쪽을 바라봤다.

"골드와 가잘의 지인이니까 별도 요금은 못 받겠네."

"그렇다고 하니까 일반 가격으로 해줄게."

"고맙습니다. 그러면 부탁드릴게요."

"게다가 루이밍 쪽도 몇 개 만들어야 하는 것 같고…… 대량으로 구매했으니 할인을 해줄게."

루이밍 쪽을 보니 구매하는 조리 도구가 산더미처럼 쌓여 있었다. 몇 명의 몫이라기보다 몇 세대의 몫인가?

"응? 쇠망치도 사는 거야?"

냄비 같은 것 중에 쇠망치와 칼 등도 섞여 있었다.

"메모 안에 들어가 있었어요. 어머니는 정말 많은 사람에게 물어본 모양이에요."

뭐, 엘프 마을에는 대장간이 없으니까 이럴 때라도 사지 않으면 못 사겠지.

나도 크리모니아와 왕도에서 살 수 있지만 곰 하우스에서 사용할 냄비 같은 걸 여기서 구매했다. 물론 많이 사니까 할인해줬다.

"지금부터 너희는 마을을 구경할 예정이구나."

이제부터는 적당히 마을을 돌아다닐 예정이다.

그런 우리에게 릴리카가 마을을 안내해주겠다고 제안했다.

"일은 괜찮아?"

"어머니."

릴리카는 애원하는 눈으로 위올라 씨를 봤다.

"알겠어, 다녀오렴."

"어머니, 고마워요."

위올라 씨의 허락을 받은 릴리카가 마을을 안내해주기로 했다.

사려고 했던 냄비와 다른 것들은 전부 갖춰진 뒤에 받기로 했다. 로지나 씨는 제작해야 하는 목록을 보고 한숨을 내쉬었다.

"아버지, 열심히 만들어주세요."

"아까는 나에게 검을 만들라고 하지 않았던가?"

"지금은 냄비에요. 열심히 냄비를 만들어 돈을 버셔야죠."

릴리카는 로지나 씨에게 냄비와 갖가지 조리 도구를 만들라 말하고 매장을 지키는 건 위올라 씨에게 맡긴 뒤, 우리와 함께 가게를 나왔다.

그리고 마을 안을 한동안 걷고 있는데 「곰이다」, 「뭐야, 저 복장은」, 「곰 님?」 등, 언제나의 목소리가 들렸다. 물론 나는 들리지 않는 척을 하고 걷는다.

"……."

"……."

피나도 루이밍도 무시했다. 하지만 무시하지 못하는 인물이 한 명 있었다.

"저기 다시 묻는 건데, 유나는 어째서 곰 옷차림을 하는 거야?"

릴리카가 주위를 보며 물었다. 그 말에 피나와 루이밍은 「그건 물어보면 안 돼요」라며 동작을 취했다. 확실히 묻지 않는 게 좋긴 한데…… 두 사람이 계속 신경 쓰고 있었나?

"혹시, 물으면 안 돼?"

"뭐, 묻지 않는 편이 고맙긴 해."

"그렇지만 모두 유나를 보고 있으니 궁금해서……."

릴리카가 쑥스러운 듯 주위로 시선을 보냈다. 스쳐 지나가는 사람과 멀리 있는 사람이 우리 쪽을 보고 있다.

"분명 드워프, 엘프, 인간, 곰으로 모두 종족이 달라서 신기한 걸 거야."

나는 곰 인형 장갑으로 릴리카, 루이밍, 피나, 마지막으로 자신을 가리켰다. 4명 모두 인종이 달라서 눈에 띄는 것뿐이다. 그러니 내 탓만 있는 건 아니다.

"유나 언니……."

"유나 씨…… 스스로를 곰이라고."

피나와 루이밍이 당황한 얼굴로 쳐다봤다.

그야 나를 인간에 넣으면 그건 그거대로 지적이 들어올 것 같다.

"뭐, 유나가 말하고 싶지 않다면 괜찮지만 눈에 띄네. 모두는 괜찮니?"

"저는 괜찮아요. 익숙해요."

익숙하다며 미소로 말하는 피나. 익숙하다니 뭐가? 시선을 받는 거? 창피한 거?

"저는 익숙하지 않아요. 어쩐지 저를 쳐다보는 기분이 들어서."

루이밍은 머뭇거리며 주위를 봤다.

"이 마을에서는 유나의 옷차림이 드무니까. 왕도에는 유나 같은 옷을 입는 사람이 많니?"

릴리카의 말에 피나와 루이밍은 서로의 얼굴을 쳐다봤다.

"저, 왕도에는 한 번밖에 안 가봤거든요."

"저도 몇 번밖에 안 가봤어요."

두 사람은 왕도에 곰 인형 옷을 입은 사람이 없다는 걸 알지만 얼버무려준다. 나는 괜찮으니까 솔직하게 없다고 말해도 돼. 곰님은 보이지 않는 곳에서 쓸쓸히 울고 있을게.

"그렇구나. 그래도 많이 있으면 귀여울 것 같아."

만약 모험가와 왕도의 주민들이 나와 같은 옷차림을 하고, 마을이 그런 사람으로 넘쳐난다면 상상만으로도 내 정신이 혼미해진다.

동료가 늘었다고 기뻐하지 못하는 나 자신이 있다.

게다가 그런 일이 생긴다면 인류 복장의 역사가 끝을 맞이하게 될 거다.

427 곰 씨, 쇼핑을 하다

나에게 곰 인형 옷을 벗는다는 선택지는 없어서 릴리카를 체념시켰다.

릴리카는 주위의 시선을 받아들이고 걷기 시작했다.

"당연하지만 정말로 드워프가 많네."

크리모니아와 왕도에서도 보긴 했지만 이렇게 많이 있는 걸 본 적은 없다. 오른쪽을 봐도, 왼쪽을 봐도, 앞을 봐도 드워프다.

드워프는 키가 작다. 다 큰 남자도 그다지 크지 않다. 나와 비슷하거나 조금 큰 정도이다. 여자 드워프는 나와 같거나 조금 작다. 참고로 릴리카는 나보다 조금 작다.

"이곳에는 광산과 삼림 등의 자원이 많아서 우리 드워프가 살기에 적당하거든."

자원은 어느 나라에게나 중요하다. 하지만 드워프가 물건을 만드는 것에 특화된 종족이라는 건 게임이나 책과 다르지 않은 것 같다.

"그런데 피나, 루이밍은 가고 싶은 곳이나 보고 싶은 게 있니?"

"저는 유나 언니가 가고 싶은 곳이라면 어디든지."

"저는 쇼핑이 목적이었어요."

"유나 언니는 가고 싶은 곳이 있어요?"

"으음~ 그러면 적당하게 돌아다니다가 궁금한 가게가 나오면 들어가 볼까. 아, 기념품도 찾고 싶네."

"네."

"네."

무언가 독특한 게 있으면 노아에게 사다 주는 것도 좋겠지.

노아에게 아무 말도 없이 와버려서 「어째서 저를 데려가지 않았나요!」라는 소리를 들으면 곤란하니 기념품을 준비해둬야지.

"기념품을 살 수 있는 가게로 안내해주면 좋을 것 같아."

나는 릴리카에게 그렇게 부탁했다.

릴리카는 흔쾌히 승낙했다.

그렇게 우리는 기념품이 될 법한 물건을 찾으면서 릴리카의 안내를 받아 마을을 돌아다녔다.

"여기는 어때? 철로 만든 귀여운 잡화랑 액세서리를 팔아."

작은 잡화점. 릴리카는 우리의 대답을 기다리지 않고 잡화점 안으로 들어갔다. 우리는 릴리카의 뒤를 따라 가게 안으로 들어섰다.

가게 안은 릴리카가 말한 대로 선반과 테이블 위에 반지와 목걸이, 머리 장식, 브로치, 여자용 액세서리가 나열되어 있었다. 모두 철로 만든 것이다.

"예뻐요."

"정말이네요."

피나와 루이밍은 선반에 나열된 액세서리를 보고 있었다.

"이거 피나한테 어울릴 거 같은데?"

릴리카가 파란색으로 채색된 예쁜 꽃장식을 들어 피나에게 보여줬다.

"귀여운 꽃이네요. 색도 예뻐요."

"루이밍의 옅은 녹색의 머리에는 빨간색일까. 꽃이 핀 것처럼 잘 어울려."

릴리카가 머리 장식을 피나와 루이밍의 머리에 맞춰봤다.

"정말요?"

"자, 거울이 있으니까, 봐봐."

머리 장식을 붙인 피나가 쑥스러운 듯 거울에 비친 자신을 봤다. 세 사람은 거울 앞에서 머리 장식을 확인했다. 여자아이들끼리 즐겁게 대화로 꽃을 피우고 있다. 그런데 피나가 가격표를 보고 고민하는 것처럼 보였다.

"조금 비싼 것 같네요."

"저도 마을에서는 돈을 거의 쓰지 않아서, 제가 가진 돈은 거의 없어요."

피나와 루이밍이 가격과 물건을 번갈아 보다 천천히 물건을 선반에 돌려놓았다.

나는 피나가 선반에 돌려놓은 파란색 꽃장식을 들어 피나의 머리에 맞춰봤다.

“유, 유나 언니?!”

피나가 놀란 표정으로 바라봤다.

“피나, 움직이지 마. 잘 모르겠잖아.”

“어째서 제 머리에 대는 거예요?”

“피나에게 선물할 거니까 잘 어울리는지 확인해야지.”

“선물이요? 됐어요. 비싸요.”

“모처럼 왔으니까 추억으로 사줄게. 루이밍도 사줄 테니까 마음에 드는 거 골라도 돼.”

“그렇지만…….”

“신경 쓰지 않아도 돼. 피나에게는 항상 신세를 지고 있고, 루이밍은 마을까지 안내해준 답례라고 생각하면 돼.”

내 말을 들은 피나와 루이밍은 고맙다는 말을 하고 기쁜 듯 여러 머리 장식과 목걸이, 브로치 등을 대보며 거울 앞에서 비교했다.

두 사람 모두 여자아이구나. 내가 가지고 있지 않은 감각이다. 다른 여자아이에게 골라주는 건 좋아하는데, 자기 자신을 꾸밀 생각은 들지 않는다.

“유나, 남자인 건 아니지?”

나와 피나와 루이밍의 행동을 보고 있던 릴리카가 진지한 얼굴로 물었다.

“그거, 무슨 의미야?”

가슴이 없다고 말하고 싶은 거야?

그건 인형 옷 때문에 보이지 않는 것뿐이야.

"그야, 유나의 행동이 남자다워서 그렇지. 나이프로 철을 베는 것도 그렇고, 아버지에게 인정받기도 했고 말이야."

그런 이유구나.

"확실히 유나 씨는 멋있어요. 저를 구해줬을 때도 그랬고, 마을을 구해줬을 때도 어떤 남자 엘프들보다 멋있었어요."

"맞아요, 유나 언니는 멋있어요."

루이밍과 피나마저 그런 말을 꺼냈다.

여자로서는 멋있다는 게 칭찬의 말이 아닌 것 같은데…….

"칭찬해도 아무것도 안 나와. 어서, 두 사람 모두 골라."

"그러면 유나 언니가 골라주세요."

"저도요."

두 사람이 부탁했다.

"알았어. 하지만 안 어울려도 뭐라고 하면 안 돼."

"괜찮아요."

"유나 씨가 골라준 거라면 뭐든 좋아요."

우리의 행동을 보고 있던 릴리카는 「역시, 남자일지도」라고 중얼거렸다.

"유나 언니는 안 사요?"

내가 두 사람의 액세서리를 고르고 있는데 피나가 물었다.

"두 사람과는 달리 나는 잘 안 어울리니까."

곰 후드에 머리 장식을 달아도, 곰 목에 목걸이를 해도, 가슴에 브로치를 걸어도, 손목에 팔지를 차도, 곰 인형 옷에는 어울리지 않는다.

광산에서 만났던 바보레인저가 있다면 「펫에게 개 목걸이는 필요하잖아」라는 말을 할 것 같지만 개 목걸이는 놓여있지 않다. 그리고 그런 말을 들으면 곰 펀치가 날아갈 거다.

"유나 언니는 예쁜 머리카락을 가지고 있으니까 어울릴 것 같은데."

"유나 씨의 머리는 길고 예뻐요. 제가 남자였다면 분명히 가만두지 않았을 거예요."

"두 사람 모두 고마워."

피나와 루이밍의 빈말을 그대로 받아들일 내가 아니다. 더구나 나를 좋아하는 두 사람이라서 진실을 말하는 건 힘들 것이다. 그러니 두 사람의 말은 반만 믿었다.

피나와 루이밍의 머리 장식을 고르고 이번엔 피나와 함께 노아와 미사, 그리고 슈리에게 줄 기념품을 골랐다.

루이밍은 릴리카와 즐겁게 다른 액세서리를 보고 있었다.

"노아 님이라면 이쪽인가?"

피나가 은색으로 장식된 머리 장식을 손에 들었다.

"그러면 미사는 이쪽이네, 어때?"

나는 금색으로 장식된 머리 장식을 손에 들었다.

노아와 미사는 자매 같은 사이이다. 세트로 된 머리 장식이 어울릴 것 같다.

"좋은 것 같아요."

피나에게도 확인을 받았으니 두 사람의 선물은 이걸로 정했다.

"그럼 슈리에게는 피나랑 같은 걸 주면 될까?"

나는 피나에게 골라준 액세서리와 닮은 것을 구매했다.

노아와 미사의 몫은 내가 돈을 냈다. 그렇지만 슈리의 머리 장식 비용은 피나의 요구도 있어서 피나와 절반씩 냈다.

피나와 루이밍은 곧바로 머리 장식을 꽂았다. 피나는 파란색 꽃이 세공된 머리 장식, 루이밍은 빨간색 꽃이 세공된 머리 장식이었다.

"유나 언니, 잘 어울려요?"

피나는 뒤를 돌아 내 쪽을 바라봤다.

"무척 잘 어울려."

내 말을 들은 피나는 기뻐하며 쑥스러워했다.

"유나 씨, 유나 씨, 저는요?"

"루이밍도 잘 어울려."

루이밍도 내가 고른 머리 장식을 내게 보여줬다.

귀여운 아이는 뭘 해도 어울린다. 그 모습을 보고 있던 릴리카가 「여자를 칭찬하는 남자같네」라며 중얼거렸다.

너무해, 나는 본 것 그대로 대답했을 뿐인데.

"루카에게는 뭐를 사줄까. 머리 장식이나 액세서리를 받아도 좋아할 것 같지 않은데……. 피나는 여동생이 있어서 좋겠다."

분명 같은 여자아이라도 취향은 많이 다르다. 더구나 성별이 바뀐다면 취향은 완전히 달라진다.

루이밍이 말한 대로 남자아이는 머리 장식을 원하지 않을 거다.

"남자아이라면 나이프 같은 게 좋지 않을까?"

루이밍의 고민을 들은 릴리카가 대답했다.

곧바로 나이프를 떠올리다니 역시 대장장이의 딸이라고 생각했다.

"남자아이는 무기를 좋아해."

잘은 모르지만 알 것 같다. 원래 있던 세계에서도 수학여행을 가면 남자아이들이 목도 같은 걸 산다는 이야기를 들었다.

"음, 멋대로 나이프를 선물하면 아버지가 화내실지도 몰라요."

이쪽 세계의 문화를 잘 모르니 어린아이에게 나이프를 주는 것이 괜찮을지 모르겠다.

10살인 피나에게 미스릴 나이프를 선물한 내가 할 말은 아니지만.

나는 이세계의 엘프 남자아이가 가지고 싶어 하는 물건을 짐작도 할 수 없다.

우리 중에는 엘프 남자아이에게 어울리는 기념품을 추천할 사람이 없어서, 루카의 기념품이 될만한 물건을 찾아 마을을 돌아다녔다.

"앗, 여기가 좋을 것 같아요."

루이밍이 작은 창문을 통해 가게 안을 들여다봤다.

"여기는 잡화점이네요."

이 가게에서는 벽걸이와 테이블 위에 장식하는 작은 잡화를 팔고 있었다.

루이밍은 그중에서 하나의 선반을 봤다.

그곳에는 10에서 30센티미터정도 크기의 갑주 기사와 모험가 등을 철으로 만든 피규어가 있었다. 심지어 여러 포즈가 있다. 평범하게 서 있는 버전과 검을 쥐고 있는 버전.

두 개를 나란히 두면 싸우는 것처럼 보인다. 마물이 추가로 있어도 좋을 것 같다.

철로 만들었는데 잘 만들어졌다.

"멋있어, 이거라면 루카도 좋아하겠는데."

"그건 꽤 인기가 많아서 여러 마을에서 상인들이 사러 와."

확실히 이 물건은 인기가 많을 것 같다.

"이쪽 선반에는 동물들이 있어요."

피나가 보고 있는 선반에는 말과 소, 돼지, 새, 그리고 내가 본 적이 없는 동물들이 진열되어 있었다. 전부 사면 동물원을 만들 수 있을 것 같다. 다른 선반에는 파충류도 보였다. 뱀과 개구리 같은 것도 누가 사고 싶어 하나?

피나와 루이밍은 동물이 나열된 선반에서 무언가를 열심히 찾고 있다.

“곰이 없네.”

“그러게 곰이 없어.”

아무래도 두 사람은 곰을 찾고 있는 모양이다. 그런데 정말 없네. 설마 인기가 없어서 안 만드는 건가? 그건 그거대로 쓸쓸하다.

그렇게 아쉬워하고 있는 피나와 루이밍에게 여자 점원이 말을 건넸다.

“미안, 곰 장식물은 최근 엘파니카 왕국의 상인들이 와서 다 사 갔어. 곰을 원하는 손님들이 늘었다 하더라고. 그러니까 곰을 좋아하는 아가씨들에겐 안 됐지만, 미안.”

가게 점원이 내 복장을 보면서 알려줬다.

나는 결단코 곰을 좋아해서 이 차림을 하는 게 아니다. 하지만 점원은 흐뭇하게 나를 바라봤다.

그런 눈으로 보지 말아줘.

“그런데 어째서 곰이 팔리는 걸까.”

“으으, 곰 님을 사고 싶었는데.”

철의 곰 장식이 없어서 포기하고 가게를 나왔다.

기사였어도 상관없지 않았을까. 기사도 멋있었는데…….

다음은 목공 장인의 나무 조각상 가게에 갔지만 그곳에도 곰은 없었다. 역시 엘파니카 왕국의 상인들이 사 갔다고 한다.

“너무 곰을 고집하지 않아도 될 것 같은데.”

"아뇨, 루카도 곰을 좋아하니까 곰이라면 기뻐할 거예요."

그렇게 단언하지 않아도 되는데. 그런데 어째서 이렇게 곰이 잘 팔리는 걸까. 이상하단 말이지.

결국 다른 가게를 돌아 곰 장식물을 손에 넣은 루이밍은 기뻐했다.

그리고 이유는 모르지만 피나도 샀다. 석상이라도 괜찮다면 내가 마법으로 만들어 줬을 텐데. 그러면 기념품이 아닌가?

나도 좋은 물건을 발견해서 모두가 눈치채지 못하게 구입한 후 피나와 루이밍, 릴리카 세 사람에게 선물했다.

"유나 언니, 이건?"

"예쁘게 세공된 작은 상자를 팔고 있길래 샀어. 방금 산 머리 장식이랑 학원에서 샀던 머리 장식을 넣어두면 돼."

"유나 언니, 고마워요."

"유나 씨, 저도요?"

루이밍은 나와 작은 상자를 번갈아 봤다.

"피나만 사주면 이상하잖아. 처음에 산 머리 장식이라도 넣어둬."

"평생 소중히 다룰게요."

엘프인 루이밍이 말하니까 몇백 년 동안 가지고 있을 것 같아서 무서운데.

"그런데 어째서 나까지?"

작은 상자를 든 릴리카가 이상해했다.

"마을을 안내해준 답례야."

조금 전에 머리 장식을 선물하는 걸 거절당해서 조용히 릴리카의 몫도 샀다.

"그래도 나이 어린 사람에게 받는 건……."

"나 15살인데."

"나는 18살이야."

나와 릴리카의 머리가 동시에 기울어졌다.

"아~ 유나, 15살이야? 조금 더 어리다고 생각했는데."

역시 그래서 「유나」라고 불렀구나.

그건 그렇고 엘프든 드워프든 나이를 가늠할 수 없다.

나이 사기로 고발당해도 나는 모르는 일이다.

428 곰 씨, 시험의 문을 보러 가다

나는 릴리카의 나이를 듣고 호칭을 바꿀까 고민했다. 아무래도 연상에게 반말로 말하는 것은 꺼려지기 때문에(몇 명은 제외) 릴리카 씨라고 부르기로 했다. 릴리카 씨는 신경 쓰지 말라고 했지만…….

그래도 어린아이 취급은 하지 않아서 다행이다.

그리고 기념품을 산 우리는 조금 늦게 점심을 먹었다. 물론 식당에 들어갔더니 다시 주목을 받았다.

"릴리카 씨, 고마웠어요. 동생에게 좋은 선물을 살 수 있었어요."

루이밍은 기뻐했지만 정말로 곰 장식물을 받고 남동생인 루카가 기뻐할까? 하지만 엘프 남자아이에게 기사의 장식물은 안 어울리는 것 같다. 엘프 아이는 무엇을 좋아할까?

"기뻐해준다면 다행이야. 식사 마치고 나서 어디로 갈까? 어디든 안내할게."

아직 전부 다 돌아본 게 아니지만 가보고 싶은 곳이 있다.

"이 마을에 시험의 문이 있다고 들었는데, 어디에 있어요? 거기 가보고 싶어요."

"시험의 문? 설마, 유나도 참가하는 거야?"

"참가는 안 해요."

애초에 곰에게 부탁하는 무기 장인은 없다.

“지인인 모험가가 참가하는데 궁금해서요.”

사실 조금이 아니라 꽤 흥미가 있다. 재미있어 보이는 이벤트라서 참가하고 싶지만 할 수 없으니 제이드 씨를 응원하러 갈 생각이다. 그전에 한 번 시험의 문을 보고 싶었다.

“그래? 골드랑 가잘이랑 아버지도 유나의 실력을 칭찬했는데 아깝다. 아버지가 검을 만든다면 유나에게 부탁할 텐데.”

“로지나 씨는 더 이상 검을 안 만드는 거예요?”

“으음~ 모르겠어. 지금은 의욕이 생기지 않는 모양이야. 그래도 골드와 가잘의 나이프를 볼 때 오랜만에 아버지의 진지한 얼굴을 봤어. 어쩌면 만들지도 몰라.”

만약 그렇게 된다면 좋겠다. 나와 피나가 이 마을에 온 보람이 있다. 피나가 없었다면 골드 씨의 나이프를 보여줄 수 없었다. 내가 오지 않았다면 가잘 씨의 나이프를 보여줄 수 없었다. 두 사람이 만든 나이프를 보여줄 수 있어서 다행이다.

또 하나의 문제는 골드 씨와 가잘 씨에게 어떻게 보고하느냐이다.

스승인 로지나 씨가 검을 만들지 않는다는 걸 알면 슬퍼할지도 모른다.

사실을 말할지, 숨길지…… 두 사람을 만나기 전에 생각해둬야지.

하지만 지금은 드워프 마을을 즐기기로 했다.

점심 식사를 마친 우리는 시험의 문이 있는 장소로 향했다.

“일단 말해두는데, 안으로는 들어갈 수 없어.”

“닫혀 있는 거죠?”

“응, 아무도 열 수 없고, 열려 있어도 멋대로 들어가면 안 돼.”

뭐, 제이드 씨가 어떤 장소에서 시련을 받는지 궁금한 거라 문제는 없다.

“그리고 긴 계단을 올라가야 하는데, 다들 괜찮니?”

릴리카 씨의 말로는 시험의 문에 가려면 마을 밖에 있는 장소에서 많은 계단을 올라가야 한다고 했다.

뭐, 어떤 계단이라도 곰 장비를 입은 나는 괜찮다.

“저는 괜찮아요. 두 사람은?”

“저도 보고 싶으니까 같이 갈래요.”

“저도 갈게요.”

피나와 루이밍도 활기차게 대답했다.

그리고 마을 밖으로 나왔다.

그곳에는 상상 이상의 광경이 기다리고 있었다.

눈앞에는 산을 향해 계단이 쭉 이어져 있었다.

“설마, 이 계단 위에요?”

“이 위야.”

나는 올려다봤다. 보는 것만으로도 허벅지가 아픈 느낌이었다.

“도대체, 계단이 몇 개예요?”

“세본 적이 없어서 몰라.”

확실히 보기만 해서는 계단의 수를 모르겠다.

하지만 터무니없이 많은 계단이라는 건 틀림 없다.

나와 피나는 천천히 계단을 올랐다. 루이밍은 가볍게 몇 개의 계단을 뛰어 올라갔다. 릴리카 씨는「올라갈 수 있을까」하고 작은 목소리로 중얼거리며 올라갔다.

키가 작은 릴리카 씨와 피나에게는 힘들지도 모른다.

우리가 천천히 계단을 올라가는데 피나가 위를 봤다.

"으으, 루이밍 씨는 벌써 저렇게 위에 있어요."

루이밍은 꽤 앞쪽에서 손을 흔들고 있었다. 역시 숲에서 자란 엘프다운 행동이다. 이 정도의 계단은 루이밍에게 평지를 달리는 것과 같았다.

피나는 루이밍을 쫓으려 했지만 중간부터 숨을 헐떡였고 자신의 페이스로 올라가기 시작했다. 나는 피나에게 맞춰 올라간다.

"지치면 말해야 해."

"네."

우리는 루이밍을 선두로 계단을 올랐다. 릴리카 씨, 피나, 마지막으로 내가 따라갔다. 그리고 계단을 절반 정도 올랐을 무렵 피나의 다리가 멈췄다.

"피나, 잠시 쉴까."

나는 곰 박스에서 차가운 물을 꺼내 피나에게 건네줬다. 물이

든 컵을 받은 피나는 꿀꺽꿀꺽 한 번에 다 마셔버렸다.

"유나 언니, 고마워요."

"유나, 나도 물이 필요해."

릴리카 씨에게도 똑같이 찬물을 건네줬다.

"차가워서 맛있어."

"유나 씨, 저도 주세요."

위쪽에 있어야 하는 루이밍이 근처에 있었다. 일부러 물을 마시러 돌아오다니 쌩쌩하네. 도저히 우리 집 앞에 쓰러져 있었던 인물로는 보이지 않는다. 그건 며칠 동안 아무것도 못 먹었으니까 그랬겠지.

루이밍에게 물이 든 컵을 건네고 나도 물을 마셨다.

그리고 짧게 휴식을 취한 우리는 다시 계단을 올랐다.

계단은 계속 이어졌다. 곰 장비가 없었다면 빈약한 나는 계단을 계속 오를 수 없었을 거다.

정말로 곰 장비에게는 감사하다.

그런 치트 장비를 착용한 채 계단을 오르는 나와 달리, 피나는 이마에서 땀을 흘리며 힘을 냈다.

으으, 죄책감이 치밀어 오른다.

"피나, 힘들면 내 등에 업힐래? 아니면 공주님 안기가 좋은까?"

나는 자신의 죄책감을 줄이기 위해 피나에게 등과 팔을 권해봤다.

피나는 살짝 웃으며 「괜찮아요」라고 대답했다.

정말로 피나는 성실한 아이이다.

"그래도 힘들면 말해야 해. 언제든지 내 등이랑 팔은 비어 있으니까."

결국 계단을 다 오르고 아래를 봤다. 계단이 길게 이어져 있었다. 잘도 정상까지 올라왔다. 곰 장비가 없었다면 절대 오르고 싶지 않다. 치트 장비가 없는 다른 세 사람은 착실하게 자기 힘으로 올라왔다.

"지쳤어요. 그래도 기분 좋네요."

피나는 숨을 내쉬며 눈 아래에 펼쳐진 마을을 보고 있었다. 우리의 눈앞에는 마을 전체의 광경이 펼쳐졌다. 이것만으로도 올라온 보람이 있다.

"시련에 참가하는 사람은 다들 올라와야 하나요?"

"일 년에 한 번이야. 게다가 대장장이는 동행만 하고 시련에 도전하는 건 모험가들이라 괜찮아."

뭐, 무기를 휘두르는 건 모험가니까. 모험가라면 산이나 지형이 험한 곳을 다녀서 계단 정도는 간단하게 오를 것이다. 보통 사람과는 단련하는 게 다르다. 나는 곰 치트가 없었으면 절대로 모험가가 되지 않았을 거다.

눈 아래 광경을 본 뒤 산 쪽도 봤다. 계단을 오르면 그 앞으로 광장이 펼쳐져 있었다.

"유나, 이쪽이야."

릴리카 씨가 걷기 시작해서 우리도 뒤를 따라갔다.

산 안쪽에 건물이 보였고 그 근처에 문 같은 게 보였다.

릴리카 씨가 문 앞에 멈춰 섰다.

"이게 시험의 문?"

동굴의 입구를 막은 것처럼 시험의 문이 있었다.

겉보기엔 곰 이동문에 가깝다.

"응, 이게 시험의 문이야."

우리는 문 근처에 다가간다.

"그런데 언제 열려요? 가까운 시일 내에 연다고 말했던 것 같은데."

토우야의 시험 기한은 시험의 문이 닫히기 전까지다. 그 기한이 궁금해서 물어봤다.

"정확한 날짜는 아무도 몰라. 마력이 가득차면 문이 열리는데, 그게 매년 이 시기라는 것만 알지."

"릴리카 씨의 말이 사실이라면, 문이 멋대로 열리는 건가요?"

"응, 시험의 문은 저절로 열리고 저절로 닫혀."

"신기하네요."

"응, 그래도 무기 장인에게는 소중한 장소야."

곰 장비의 힘으로 열어보고 싶은 마음도 있지만 여기서는 자중

해야겠지.

며칠 후에 알아서 열린다는데 빨리 열어서 토우야의 여유가 없어지고, 그 결과 시험을 통과 못하면 미안해진다.

그래도 얼른 열리면 좋겠다.

"릴리카 씨는 안을 본 적이 있어요?"

문 너머는 바위산이라서 아마 동굴 내부가 나올 거라 예상하지만, 아쉽게도 지금은 그 안을 볼 수가 없다.

"나도 시험의 문 안에 들어간 적이 없어서 자세히는 몰라."

"들어간 적이 없다니, 혹시 시험의 문 너머는 문이 열려도 안 보이는 거예요?"

"시험의 문으로 들어갈 수 있는 건, 무기를 만든 대장장이와 무기를 다루는 사람뿐이라서 다른 사람은 들어갈 수 없어."

그러면 제이드 씨를 응원할 수 없다. 그리고 시련을 극복하는 모습도 볼 수 없다.

시험의 문 안으로 들어가려면 꼭 참가를 해야 한다. 이벤트가 있는데 참가하는 것도 구경하는 것도 할 수 없다. 게이머로서는 너무 큰 고통이다. 관전하는 것만으로도 즐거운데.

"아버지에게 들은 이야기로는, 시험의 문으로 들어가면 넓은 공간이 나오고 그곳에서 자신이 만든 무기를 시험한대."

"시험하다니, 뭐를 하는데요?"

“아버지는 자세하게 알려주지 않았는데, 다루는 무기와 장인에 따라 시련의 종류가 다르다고 해.”

종류가 다르면 누구의 무기가 제일인지 알 수 없잖아?

“그러면 누구의 무기가 우수한지 모르잖아요.”

“무기 제작은 자신과의 싸움이라서 어제의 자신보다 오늘의 자신, 1개월 전의 자신보다 지금의 자신, 1년 전의 자신보다 지금의 자신이라는 말이 있어. 과거의 자신보다 성장했는지를 확인하는 것이 목적이래. 그러니 다른 사람과 겨루는 시련은 아니라고 생각해.”

“역시, 무기 장인의 따님이네요.”

“예전에 나도 유나처럼 물어본 적이 있어. 그래서 이건 아버지에게 들은 말을 그대로 말한 거야.”

릴리카 씨는 쑥스러워하며 말했다.

그래도 로지나 씨의 말은 이해가 된다.

작년의 자신보다 얼마나 성장했는지를 확인하기 위한 것이겠지. 그래서 로지나 씨도 매년 같은 모험가에게 부탁한다고 했었다.

그러나 자기 자신과 싸우는 것도 중요하지만 겨루는 상대가 있는 것도 중요하다. 친구라고 적고 라이벌이라고 읽는 것처럼 말이다. 그렇게 성장하는 경우도 있다.

“게다가 무기에는 나이프와 검, 창에 망치, 그 외에도 여러 종류가 있어서 어느 것이 우수한 무기인지 정할 수는 없어.”

뭐, 그렇긴 하지만 부문을 나눠서 비교해보고 싶은 건 나뿐인

걸까? 그렇게 생각하는 건 천성이 게이머라서 그런가?

하지만 시험의 문은 타인이 판단하는 게 아니라 시험의 문 자체가 판단하는 거라고 하니, 그것까지 바라는 건 과한 것 같다. 하지만 이런 이야기를 들으니까 시험의 문의 시련 내용이 더 궁금해진다.

나머진 시련이 끝난 후에 제이드 씨에게 물을 수밖에 없으려나.

429 곰 씨, 루이밍을 공주님 안기로 안다

“릴리카 씨, 저 건물은 뭐예요?”

문 근처에는 건물이 몇 개 있었다.

“저기는 대장장이 길드가 관리하는 건물이야. 뭐, 시련 때의 휴식처로 쓰이기도 하고, 시련 신청을 저기서 받아. 그러니까 쓰이는 건 시험의 문이 열려 있을 때뿐이야.”

이런 곳에? 라고 생각했지만 아이템 봉투가 있다면 자재를 운반할 수 있어서 세우는 것도 어렵지 않다.

“가잘과 골드도 참가했었는데…….”

“두 사람도 참가한 적이 있어요?”

“있지. 두 사람 모두 수습이었을 때, 자신의 검을 사용해 시련에 도전해줄 모험가가 없어서 결국 신입 모험가에게 부탁했는데, 모험가의 솜씨가 안 좋아서 비참했었지. 자주 이야기했었어. 그랬더니 아버지가 너희의 실력이 부족한 거라고 화를 내고…… 후후, 옛날 일이네.”

“골드 아저씨에게도 그런 시기가 있었구나.”

이야기를 듣고 있던 피나가 신기하다는 반응을 보였다.

당연하지만 그 두 사람에게도 미숙한 시기가 있었을 것이다. 처음부터 완벽한 무기를 만들 수 있는 사람은 없다.

하지만 피나의 마음도 이해가 가는게 지금의 두 사람을 보고 있으면 그런 모습을 상상하기 힘들다.

시험의 문을 보고 견습 시절의 가잘 씨와 골드 씨의 이야기를 들은 우리는 돌아가기로 했다. 돌아간다는 건 올라온 계단을 다시 내려간다는 이야기다.

"올라오는 건 힘들었지만, 이 광경을 볼 수 있어서 다행이에요."

"루이밍은 쉽게 올라갔잖아."

"힘들었어요."

"거짓말은 좋지 않아."

나는 루이밍의 볼을 좌우로 잡아당겼다.

"아, 아파요."

"그러니까 거짓말은 안 돼."

나는 볼에서 손을 뗀다.

"으으, 쉽게 올라가는 것처럼 보여도 힘들었는데."

"힘들다는 건 피나나 릴리카 씨 같은 경우를 말하는 거야."

"네, 정말로 지쳤어요."

"나도 솔직히 올라오고 싶지 않았어."

피나와 릴리카 씨는 역시 힘들었나보다.

"피나, 업어줄까?"

"으으, 됐어요. 유나 언니는 어째서 저를 계속 업으려고 하시는 거예요?"

"그야, 제일 어리기도 하고 엘프도 드워프도 아니고……."

마음속에서 「곰도 아니고」라고 중얼거렸다.

엘프는 몸이 가볍고 드워프는 체력이 좋을 것 같은 이미지가 있다. 참고로 곰은 만능이라는 이미지다. 그러면 이 중에서 피나가 가장 약하다.

그러니 무언가 도와주고 싶어진다.

"피나가 유나 씨의 등이 필요 없다면 제가 빌려도 될까요?"

나와 피나의 대화를 듣고 있던 루이밍이 내 등에 업혔다.

「내 등은 피나의 것이 아니야」라고 반론하려 했지만 재미있는 게 떠올라서 루이밍의 제안을 받아들였다.

그리고 등이 아니라 앞으로 이동시켰다.

"저기, 어째서 앞이에요?"

나는 다리를 받쳐서 루이밍을 공주님 안기로 안았다.

"유, 유나 씨?"

"꽉 잡고 있어, 떨어지면 죽으니까."

나는 싱긋 웃어 보인다.

"어째서 웃는 거예요? 계단만 내려가는 거죠?"

"……."

나는 루이밍에게서 시선을 천천히 피했다.

"어째서 눈을 피하는 거죠?!"

나는 대답하지 않고 루이밍을 공주님 안기로 안은 채 계단의

옆에 섰다. 계단 옆은 절벽으로 되어 있고 뛰어 내리기 딱 좋은 장소였다.

"유, 유나 씨, 거기는 계단이 아니에요."

루이밍이 불안해했다.

"그러면 피나, 릴리카 씨, 먼저 내려갈게요."

"유나 언니?"

"유나?"

나는 조금 달린 뒤 절벽에서 뛰어 내렸다.

팔 안에서 비명을 지르는 루이밍의 팔에 힘이 들어갔다.

나는 내려가는 도중에 발판으로 되어 있는 장소에서 한 번, 두 번 발을 디디고 쭉 내려갔다. 그리고 깔끔하게 착지했다.

품 안에서는 루이밍이 나를 세게 껴안고 있었다. 곰 장비를 입고 있지 않았다면 절대로 할 수 없는 곡예다.

"으으, 유나 씨. 갑자기 뛰어내리다니 너무해요. 무서웠어요."

루이밍은 품 안에서 내려오더니 지면에 주저앉았다. 눈에는 촉촉하게 눈물이 고여 있다. 정말로 무서웠던 모양이다.

"평범하게 내려오면 재미없을 것 같았거든."

안전한 번지 점프 같은 것이다. 즐기면 좋은데 즐기지 못한 모양이다.

"혹시 깜짝 놀랐니?"

"누구 때문이라고 생각하시는 거예요!"

루이밍은 불만을 토로했지만 다리가 흔들려서 일어서지 못했다.

"으으, 무서웠어요."

"혹시 실례한 건?"

"실례 안 했어요!"

루이밍은 힘껏 부정했다.

그리고 피나와 릴리카 씨가 계단을 달려 내려오더니 우리가 있는 곳으로 다가왔다.

"루이밍 씨, 괜찮아요?"

"으으, 피나. 무서웠어. 죽는 줄 알았어."

루이밍은 피나에게 안겼다. 아무래도 걸을 수 있게 된 모양이다.

"유나는 루이밍을 안고 저런 높은 곳에서 뛰어내려도 괜찮아?"

릴리카 씨가 걱정스럽게 물었다.

"마력으로 강화해서 괜찮아요."

"유나는 정말로 겉보기와는 다르게 대단해."

걱정하고 있던 표정이 어이없다는 표정으로 바뀌었다.

뭐, 이런 곰 옷차림을 한 여자아이가 강하다고 생각하기는 어렵겠지.

"다음에 피나와 릴리카 씨도 해줄까요?"

"거절할게요."

"나도 거절할게."

피나와 릴리카 씨 두 사람은 힘껏 고개를 가로로 흔들었다.

즐거울 것 같은데 아쉽다.

그 후 루이밍은 컨디션을 회복했고 저녁 식사는 릴리카 씨의 집, 즉 로지나 씨의 집에서 먹게 되어 오늘 있었던 일과 크리모니아 이야기, 왕도 이야기를 했다.

릴리카 씨가 엘프 마을의 일을 듣고 싶어 해서 루이밍이 엘프 마을의 이야기를 했다.

"나도 루이밍의 엘프 마을이나 피나의 마을에 가보고 싶다."

"왕도는 괜찮아요?"

"물론 왕도도 가보고 싶지. 가잘이 착실하게 일하고 있는지 보고 싶기도 하고. 하지만 멀어서 쉽게 못 가니까."

곰 이동문이 있어서 나라면 간단하게 왕래할 수 있다. 하지만 평범한 사람에게 왕도는 멀다.

"유나 일행은 잘도 그렇게 먼 곳에서 왔네."

"저에게는 소환수가 있거든요."

"소환수?"

곰 이동문에 관해 설명할 수는 없어서 그렇게 대답했다. 뭐, 실제로 엘프 마을부터는 곰돌이와 곰순이를 타고 왔으니 거짓말이 아니다.

"유나 씨의 소환수는 곰인데, 무척 귀여워요. 게다가 빨라서 저희 마을에서 여기까지 이틀도 안 걸렸어요."

"그래? 그래도 곰은 좀 무섭네."

"곰돌이랑 곰순이는 귀여워요."

"맞아요, 귀여워요."

루이밍과 피나가 곰돌이와 곰순이의 귀여움을 어필했다.

"곰 소환수……."

릴리카는 나를 봤다.

아무래도 곰돌이와 곰순이를 보고 싶은 모양이다.

"음, 볼래요?"

"위험한 건 아니지? 공격해오진 않지? 잡아 먹히거나 하진 않겠지?"

릴리카 씨는 확인하듯 묻는다.

"릴리카 씨가 갑자기 공격하지 않는다면 위험하지 않아요."

"그런 무서운 짓은 안 해."

릴리카 씨는 고개를 좌우로 흔든다.

나는 로지나 씨와 위올라 씨의 허락을 받고 곰돌이와 곰순이를 소환할 수 있는 넓은 방으로 이동했다.

나는 팔을 뻗어 곰돌이와 곰순이를 소환했다.

"곰!"

릴리카 씨는 로지나 씨 뒤로 숨었다.

"검은 쪽이 곰돌이고, 흰 쪽이 곰순이에요."

곰돌이와 곰순이를 소개하자 피나와 루이밍이 각자 안았다.

"정말로 괜찮은 거야?"

"괜찮아요."

"아무 짓도 안 해요."

피나와 루이밍에게 말을 듣고 릴리카 씨는 로지나 씨의 뒤에서 천천히 나왔다.

로지나 씨와 위올라 씨는 놀랐지만 무서워하는 기색은 없다. 릴리카 씨는 머뭇머뭇 손을 뻗어 곰돌이를 만졌다.

"부드럽다. 게다가 기분 좋아."

곰돌이는 기분 좋은 듯 작게 「크~응」 하고 울었다. 릴리카 씨는 공격하지 않아서 안심했는지 머리를 쓰다듬었다.

"이쪽은 하얀 곰이네. 하얘서 예뻐."

무섭지 않다는 걸 안 릴리카 씨는 곰돌이와 곰순이를 번갈아 쓰다듬었다.

그런 뒤 릴리카 씨는 어린아이처럼 등에 올라타면서 곰돌이와 곰순이를 만끽했다.

아무래도 곰돌이와 곰순이가 마음에 든 모양이다.

우리는 로지나 씨와 요리를 만들어 준 위올라 씨에게 감사 인사를 하고 숙소로 돌아왔다.

"오늘은 많이 돌아다녀서 지쳤어요~."

침대 위로 쓰러지는 루이밍.

"다리가 무거워요."

피나도 침대에 걸터앉아 다리를 주무르며 근육을 풀고 있었다. 뭐, 피나는 열심히 자신의 다리로 계단을 오르내렸으니까.

"그러면 목욕탕에 들어간 뒤에 쉴까."

"그렇지만, 목욕탕은……."

"괜찮아."

숙소에 욕실이 없어서 공중목욕탕을 가지 않으면 목욕을 할 수 없다고 했다. 지금부터 가기에는 좀 늦었고 남 앞에서 무방비해지는 건 거부감이 든다. 나는 멜 씨와 세니아 씨가 들어오지 못하도록 방문을 확실하게 잠근 뒤 곰 이동문을 꺼냈다.

이 방에는 곰 이동문을 아는 사람만 있으니 조심하지 않아도 된다.

나는 엘프 숲의 곰 이동문을 열었다.

크리모니아의 곰 하우스도 괜찮지만 불을 켜서 돌아왔다는 사실이 알려지면 성가시다. 그렇지만 엘프의 숲이라면 마을에서 떨어져 있으니 빛이 흘러나가도 알아차리기 어렵다. 게다가 촌장인 무무르트 씨도 곰 이동문에 관해 알고 있어서 만약의 경우엔 쉽게 얼버무릴 수 있다.

무엇보다 크리모니아의 곰하우스를 썼다가 루이밍이 크리모니아를 보고 싶다는 말을 꺼내면 귀찮아서 엘프 숲에 있는 곰 하우스로 했다.

그리고 우리는 온종일 걸은 다리의 피로를 풀기 위해 느긋하게 목욕을 즐겼다.

목욕은 좋은 문화야.

430 곰 씨, 사회 견학을 하다

다음 날 아침, 곰돌이와 곰순이가 깨운 피나와 루이밍에 의해 눈을 떴다. 여전히 곰돌이와 곰순이는 두 사람에게 빼앗긴 상태다. 어쩐지 조금 쓸쓸하네. 오늘 밤은 곰돌이 인형과 곰순이 인형이라도 꺼내서 잘까.

옷을 갈아입고 식당에서 아침 식사를 하고 있는데 멜 씨와 세니아 씨가 다가왔다.

"세 사람 모두 좋은 아침이야."

멜 씨가 말을 건넸고, 세니아 씨가 손을 들어 인사했다. 우리도 인사했다.

"유나, 어제는 미안해. 로지나 씨는 만났니?"

"잘 만났어요."

이제 무기 상점이 아니라는 것에 놀랐지만 말이다.

"그런데 멜 씨는 물건을 다 사셨어요?"

"응, 일단 다 샀는데 아직 더 돌아야 해. 그리고 제작을 의뢰한 것도 몇 개 있고."

그리고 나는 토우야에 관한 걸 물었다.

"음~ 쉽게 우쭐거리는 토우야도 이번에는 진심으로 낙담하고 있어. 다른 대장간에서 만들어 달라고 해도 되는데 말이지. 토우야는 크세로 씨의 가게가 아니면 안 된데."

"그래도 약속했으니까."

세니아 씨가 말하길 시험까지는 토우야가 하고 싶은 대로 둔다고 했다. 만약 시험에 불합격했을 때는 다른 대장간에서 만들기로 약속했다고.

며칠 만에 실력이 오를 것 같지는 않은데 괜찮을까.

"토우야는 실력은 있어. 단지 실전에 약한 거야. 항상 우쭐거리는 것처럼 보이는 것도 자신의 속내를 숨기려고 그러는 거니까. 본인은 그걸 들키지 않았다고 생각하는 것 같지만."

그렇구나, 지금까지 허세 가득한 사람이라고 생각했었다.

"그러니까 이번에는 토우야가 원하는 대로 하게 둘 생각이야. 물건을 구입하는 건 토우야가 없어도 괜찮으니까. 그런데 유나 쪽은 오늘 일정이 어떻게 돼?"

"오늘도 로지나 씨의 가게에 갈 거예요."

"어제 다녀오지 않았어? 혹시 무기라도 만들어 달라고 했니?"

역시 멜 씨는 로지나 씨가 무기를 만들지 않는다는 사실을 모르는 모양이다. 나는 로지나 씨가 무기를 만드는 걸 그만두고 냄비를 만든다는 사실을 말했다.

"거짓말이거나 농담은 아니겠지?"

"지금은 냄비랑 프라이팬을 만들고 있어요."

“그 냄비랑 프라이팬은 강할 것 같네.”

세니아 씨의 말에 동감해버렸다.

“그래서 오늘은 어제 부탁한 냄비랑 프라이팬 만드는 모습을 구경하러 가요.”

어제 저녁 식사를 할 때, 피나와 루이밍이 냄비를 만드는 모습을 보고 싶다고 말을 꺼내서 로지나 씨가 승낙했다.

그래서 오늘은 로지나 씨의 가게에서 냄비와 프라이팬을 만드는 모습을 구경하기로 했다.

뭐, 사회 견학 같은 거다.

나는 냄비와 프라이팬보다 검을 만드는 모습을 보고 싶었다.

물건을 사러 가는 멜 씨와 세니아 씨랑 헤어진 우리는 로지나 씨의 가게로 갔다. 가게 안으로 들어서니 릴리카 씨가 맞아줬다.

어제도 생각했지만 키가 작다.

나보다 연상이라고 생각할 수 없다.

“기다리고 있었어. 아버지는 이미 일하고 계시니까 안으로 들어가도 돼.”

릴리카 씨에게 허락을 받고 안쪽 작업장으로 향했다. 구석에서 캉캉, 하고 철을 두드리는 소리가 들려왔다.

“으으, 더워요.”

“이렇게 더운 곳에서 일하고 계시네요.”

피나와 루이밍이 작업장에 들어서며 더워했다. 나는 곰 인형 옷을 입고 있어서 더위를 느끼지 않는다. 인형 옷을 입고 덥지 않다니 스스로 말했지만 모순이다.

“정말로 왔군. 어제는 농담이라고 생각했다. 철을 두드리기만 하는 모습을 보는데 재미있니?”

냄비를 만드는 로지나 씨는 우리가 오자 곧바로 그런 말을 꺼냈다.

“네, 어떻게 만들지 기대돼요.”

“엘프 마을에는 대장간이 없어서 저도 기대돼요.”

“뭐, 보기만 하는 거라면 마음대로 하거라. 그런데 위험한 물건도 많으니까 주변 물건을 멋대로 만지면 안 된다. 그리고 너무 가까이 다가와도 안 돼. 아가씨들의 깨끗한 피부가 화상을 입으면 곤란하니까.”

로지나 씨는 주의사항을 말하더니 철을 두드리기 시작했다.

그런 로지나 씨를 피나와 루이밍이 진지하게 바라봤다.

철판이었던 것이 형태가 바뀌었고 두드릴 때마다 마법처럼 모양이 바뀌었다.

이건 검이든 냄비든 상관없다.

처음에는 무기가 아니라서 흥미가 없었는데 이렇게 모양이 변하는 걸 보니 재미있다.

작업하는 모습을 피나와 루이밍이 이마에 땀을 흘리며 가만히 보고 있었다.

나는 탈수 상태가 되지 않도록 목이 마르면 말하라고 두 사람에게 말했다.

그리고 로지나 씨의 신과 같은 손에 의해 냄비가 하나 완성됐다. 장인의 기술이었다.

로지나 씨는 계속해서 만들었다.

피나와 루이밍은 더운 방 안에 계속 있지 못하고 도중에 작업장에서 나갔다.

"다들 괜찮니? 작업장은 더웠지?"

릴리카 씨가 우리에게 차를 내줬다.

"네, 더웠어요."

"소리도 시끄러웠어요."

두 사람은 컵에 든 차가운 차를 한 번에 마셔버렸다.

"더운 것도 힘든데, 소리도 엄청나지. 전엔 세 사람이 만들어서 소리도 3배나 컸어."

릴리카 씨는 그리워하는 듯했다.

골드 씨와 가잘 씨도 언젠가는 고향으로 돌아오려나. 나는 돌아갈 수 있는 고향이 없다. 굳이 말하자면 크리모니아가 고향이 되어가고 있다.

우리가 차가운 음료를 마시고 있는데 로지나 씨가 찾아왔다.

로지나 씨도 릴리카에게서 음료를 받았다.

“보면서 즐거웠나?”

로지나 씨는 차를 마시면서 피나와 루이밍에게 물었다.

“네, 단단한 철이 두드릴 때마다 모양이 바뀌어서 신기했어요.”

“철은 뜨거우면 모양을 바꾸기 쉬워지지. 그리고 차가우면 단단해져. 그걸 생각하면서 만드는 거야.”

“로지나 씨의 손이 마법 같았어요.”

로지나 씨는 피나와 루이밍에게 칭찬을 받고 기분 좋아했다.

“검을 만드는 것과 냄비를 만드는 것 중에서 어떤 게 쉬워요?”

“……그건 검을 만드는 쪽이 어렵지. 검은 단단하게만 만드는 게 아니라 때리고, 베고, 막는 것을 생각해야 해. 만들 때는 철의 온도, 두들기는 힘의 가감, 여러 가지를 생각해야 하지. 그리고 똑같이 만들어도 같은 검을 두 개 만들 수는 없어. 최고의 검을 만들어도 다음에 같은 걸 만들 수는 없단다.”

로지나 씨는 작은 목소리로 피나의 물음에 대답했다.

“그렇다고 해서 냄비나 프라이팬 같은 조리 도구가 간단하다는 건 아니야. 냄비를 만들 때도 고생스러움은 있지. 하지만 무기는 한계가 없고 계속 발전해야 해. 냄비는 일정 기간 사용하다 교환하면 되지만 검은 그게 용납되지 않아.”

“검이 부러져도 교환하면…….”

루이밍이 당연하다는 듯이 물었다.

"아가씨는 간단하게 「검이 부러지면 교환하면 돼」라고 말하지만, 만약 싸우고 있을 때 검이 부러진다면 어떻게 하지?"

"그건……."

루이밍은 말을 듣고 깨달은 모양이다.

"예비의 검을 아이템 봉투에 넣어두면 될지도 모르지. 그렇지만 그럴 틈도 주지 않는 상대라면 어떡할까. 게다가 예비 검을 사지 못하는 사람도 있단다."

"……네."

"조금 더 잘 베였다면 무찔렀을 텐데, 조금 더 단단했다면 부러지지 않았을지도 모르고, 조금 더 가벼웠다면 사용하기 쉬웠을지도 몰라. 무기에는 그 『조금 더』라는 게 끝없이 요구되지. 그 『조금 더』가 무기를 사용하는 자의 목숨을 구한다. 무기 장인은 무기를 사용하는 자의 목숨을 맡고 있는 거야. 그러니까 무기를 만드는 건 어려워."

크세로 씨도 비슷한 말을 했다.

좋은 무기는 그걸 다룰 줄 아는 사람이 써주길 바란다. 그래서 토우야에게 미스릴 검을 만들어 주지 않았다.

일류 장인의 무기 만들기는 돈의 문제가 아니라는 뜻이다.

냄비가 닳는다고 죽는 건 아니다. 그저 새로운 걸로 바꾸면 된다.

"뭐, 그 부분은 대장장이의 마음먹기에 달린 거지. 이건 어디까지나 내 생각이니까."

다른 장인을 두둔하는 말을 덧붙였다.

이 세상에는 금전을 중시하는 장인도 있다는 거다.

이것은 생활이 걸린 문제라서 어느 쪽이 옳다고 할 수 없다. 돈이 없으면 살기 힘들다는 건 나라도 알고 있다.

"로지나 씨는 무기를 더 이상 안 만드세요?"

"……모르지."

로지나 씨는 한마디 하더니 휴식을 끝내고 일터로 돌아갔다.

431 곰 씨, 한 번 더 검을 베다

나는 토우야에게 먹을 것을 가져다주기 위해 피나와 루이밍을 데리고 마을 밖으로 왔다.

"토우야의 특훈은 순조로워요?"

같이 온 세니아 씨에게 물었다.

"열심히 하고 있어. 우연과 기적으로 10번 중에 1번은 벨 수 있게 됐어."

우연과 기적이라니 그 부분은 실력이 붙었다고 말해주세요.

"그래요? 그럼 일단 합격은 받을 수 있는 거 아니에요?"

"토우야는 납득하지 않았어. 게다가 크세로 씨한테 기회는 3번이라고 들었어. 그러니까 지금 상태로는 합격하기 힘들어."

확실히 10번 중 1번으로는 합격하기 힘들다.

"엄격하네요."

"그렇지는 않아. 오히려 무르다고 봐야지. 베어야 할 대상이 움직이지 않잖아. 집중할 시간도 있고, 검을 베는 타이밍도 자유. 원래라면 적도 움직이고 있어. 실전이라면 움직이는 적을 상대로 해야 하는 거야. 그러니까 이번 테스트는 무른 편이야."

확실히 듣고 보니 그렇다. 멈춰 있는 대상을 베기만 하는 거다. 파고들 거리도 간격도 자유로우니 심호흡을 하고 마음을 진정시킬 수 있다. 원래라면 상대가 움직이고 마음을 가다듬을 시간도 주지 않는다. 간격도 베기 쉽도록 상대가 맞춰주는 게 아니다. 멀리 떨어져 있으면 검이 닿지 않을 거다. 너무 가까우면 내리칠 수가 없다. 원래라면 움직이는 상대를 무찔러야 했다. 그렇게 생각하니 세니아 씨가 말한 대로 간단한 테스트일지도 모른다. 심지어 기회는 3번이나 있다.

"멈춘 대상을 벨 수 있어도 0.5인분이지. 움직이는 대상을 벨 수 있게 되면 1인분이고."

세니아 씨는 무표정으로 말했다.

"그러니까 지금의 토우야는 0.5인분 이하야."

다시 생각해봐도 엄격한 세계다.

우리가 숲속에 들어가자 토우야가 검을 휘두르고 있는 모습이 보였다.

"토우야, 먹을 걸 가져왔어."

"고마워."

토우야는 검을 휘두르는 걸 멈추고 우리 쪽을 봤다.

"뭐야, 아가씨들도 온 거야?"

"열심히 하고 있어요?"

"뭐, 그렇지. 크세로 아저씨에게 반드시 인정을 받고 검을 만들어 달라고 할 거니까."

토우야는 검을 칼집에 넣고 근처에 있는 바위에 앉았다. 그리고 내가 가지고 온 빵을 먹었다.

"상황은 어때요. 세니아 씨는 가끔, 우연히, 기적으로 몇 번인가 벨 수 있다고 했는데."

"우연도 기적도 아니야. 내 실력이지. ……단지, 10번 중 1번일 뿐이야."

그걸 우연이라고 부른답니다.

"그래도 조금 더 하면 감각을 터득할 것 같아. 제대로 벴을 때는 감각이 손에 남아 있어. 그 감각을 항상 느끼게 된다면……."

토우야는 자신의 손을 지긋이 응시했다.

"제이드나 세니아에게 물어도 아무렇지 않게 해버려서 참고가 되지 않아."

"천재와 일반인의 차이야."

"흥! 일반인이라니, 하면 된다는 걸 증명해 보이지."

이 세상에 천재는 있다. 가르치면 뭐든 할 수 있다. 보기만 했을 뿐인데 해버리는 사람도 있다.

"옆에 천재가 있으면 일반인은 고통스러운 법이죠. 나도 그 마음을 알아요."

"……."

"……."

"……."

"……."

피나, 루이밍, 세니아 씨, 토우야 네 사람이 어이없다는 듯 「무슨 말을 하는 거야?」라는 표정으로 나를 바라봤다. 네 명 모두 똑같은 표정이었다.

"왜요?"

"아가씨, 그건 비꼬는 거야. 그렇게 강한 마물들을 무찔렀잖아. 그 마력도 재능 중 하나고 무기도 다룰 수 있잖아."

"유나는 천재 쪽이지."

"유나 언니는 대단한 사람이에요."

"저도 그렇게 생각해요."

아무래도 나는 천재였던 모양이다.

다른 사람이 봤을 때는 천재처럼 보이지만 내 경우엔 천재가 아니라 치트인데.

"아가씨는 그 나이에 어떻게 그런 강함을 손에 넣은 거지? 마력은 태어났을 때 정해진다는 걸 알고 있어. 아가씨 정도의 나이라면 보통은 마물을 보고 무서워할 텐데 아가씨는 전투에 익숙해. 웜과 싸웠을 때도 스콜피온과 싸웠을 때도 베테랑 모험가 같았어. ……설마, 나이를 속인 건가?!"

뭔가 떠오른 듯 목소리를 높였다.

나는 토우야에게 다가가서 가볍게 발로 차버렸다.

"나이를 속이지도 않았고, 싸움에 익숙한 건 다른 사람보다 경험이 많은 것뿐이에요."

게임에서는 경험치를 벌기 위해 하루에 몇백, 몇천 번 싸웠고 그게 며칠씩 이어진 적도 있다. 그것이 마물을 무서워하지 않는 이유이자 경험이다.

게다가 마물만이 아니라 대인전의 시합도 몇백, 몇천 번 경험했다. 틀림없이 토우야 보다도 많을 거다.

"경험이 많다니, 언제부터 싸웠는데?"

"그건 비밀이에요."

소녀처럼 곰 인형 장갑을 입에 가져가 보인다.

그러자 피나와 루이밍이 웃었다. 아무래도 안 어울렸던 모양이다.

"비밀이라니 궁금해지잖아."

"여자의 비밀을 묻는 건 좋지 않아."

세니아 씨가 나를 등 뒤에서 안으며 토우야에게서 지켜줬다.

"그래도 여자끼리라면 문제는 없지?"

"이야기 안 할 거예요."

"아쉽다."

게임에 관해서는 말할 수 없고 어디서 싸웠는지 설명을 할 수 없어서 말할 수 없다.

"아가씨, 나랑 시합해 보지 않을래?"

"토우야, 관두는 게 좋아. 창피만 당할 뿐이야."

"이길 거라고 생각하지는 않아도, 쉽게 질 생각은 없어."

"잠깐 정도라면 좋아요."

대인전은 대인전만의 재미가 있다.

힘과 스피드는 곰 장비 덕분이지만 기술은 게임에서 내가 얻은 것이다. 상대의 공격을 받고 피하려면 기술이 필요하다.

나와 토우야는 간단한 시합을 치르기로 했다. 무기는 실제 검은 위험하니까 목검을 사용했다.

나와 토우야가 마주 선 뒤 세니아 씨의 신호로 시합이 시작됐다.

………………….

……………….

…….

몇 분 후, 낙담하는 토우야의 모습이 있었다.

"저기, 힘 조절이 미숙해서 미안해요. 조금 더 막상막하처럼 하면……."

토우야는 등을 돌리고 쭈그려 앉았다.

물론 힘 조절은 했다. 토우야는 약하지 않았지만 강하지도 않았다. 공격은 되도록 적게 하고 방어 위주로 상대했다. 그렇지만 토우야의 공격을 피하면 불필요한 공격이 늘어났고 틈이 생겨 내가 공격을 해버렸다.

너무 허점투성이였는걸.

"움직이기 불편해 보이는 그런 옷차림인데 왜 움직임이 빠른 거야? 게다가 아가씨의 어디에서 그런 힘이 나오는 거지?"

움직이기 불편해 보여도 이 곰 옷차림이 아니면 빠르게 움직일 수 없다.

토우야는 공격이 맞지 않는다는 걸 알고 힘으로 밀어붙이는 공격을 했다. 하지만 나는 곰 인형 옷의 힘으로 받아쳤다.

"경험이죠. 몇 번이나 죽을 뻔하고(게임이지만) 거기서부터 경험을 얻었어요."

"죽을 뻔하다니……."

"그러니까 봐줄 생각은 없어요. 저도 지금의 실력을 쉽게 얻은 건 아니니까."

뭐, 근력 같은 건 곰 장비가 보완해준다. 그게 없었다면 검을 휘두르는 일도, 강하게 들이대는 것도, 토우야의 검을 막는 것도 할 수 없다.

하지만 동작, 행동, 판단하는 힘은 나 자신의 것이다.

"아가씨라면 크세로 아저씨의 시험도 간단하게 성공할 수 있겠지."

"이미 유나는 제이드의 검을 빌려서 통과했어."

토우야의 중얼거림에 세니아 씨가 대답했다.

"어째서 세니아 씨가 알고 있는 거죠?"

세니아 씨는 그곳에 없었잖아.

"멜한테 들었어."

그런가, 멜 씨의 정보였나.

"제이드에게 검을 빌렸나. 나에게는 거의 빌려주지 않는데……."

낙담하던 토우야는 더욱 기가 죽었다.

"하지만 봐요, 제이드 씨의 검이랑 토우야 씨가 쓴 검은 다르잖아요. 제이드 씨의 검 쪽이 좋은 검이잖아요."

"그, 그렇지."

어째서 내가 토우야를 격려해야 하는 걸까. 이건 같은 파티인 세니아 씨가 해야 하는 거 아닌가?

"그러면 토우야가 가진 검으로 다시 해보면 되겠네."

세니아 씨는 왜 그런 말을 하는 거야! 내가 성공하면 토우야가 더욱 낙담할 거다. 일부러 실패하는 것은 조금 그렇고…….

"토우야, 확실하게 유나의 움직임과 칼끝의 움직임을 보고 배우면 돼. 물론 체격, 힘은 토우야와 달라. 하지만, 공부가 될 거야. 나는 나이프라서 알려줄 수 없어. 제이드한테는 기대고 싶지 않은 거지?"

거절하려고 했는데 세니아 씨가 진지한 어조로 토우야에게 설명했다. 세니아 씨의 말을 들은 토우야는 진지한 표정으로 얼굴을 들었다.

"보고 배운다라……. 그렇군, 이대로라면 통과할 가능성이 낮아. 아가씨, 나도 부탁할 테니 보여줄 수 있을까?"

토우야는 몸을 일으켜 미스릴 검을 내게 건넸다.

거절할 수 없는 분위기가 되어 결국 하게 됐다. 지면에 무딘 검을 꽂고 나는 토우야에게서 미스릴 검을 받았다. 토우야는 내 뒤에 서서 집중하며 검을 바라봤다.

나는 검을 감아쥔다. 무게는 곰 장비 덕분에 느껴지지 않지만 조금 크다. 허공에 휘두르며 간격을 확인했다.

“그러면 할게요.”

지면에 꽂힌 검 앞에 서서 들고 있는 검을 내리쳤다. 내 검은 무딘 검의 정중앙 근처를 베었다.

“……”

토우야는 굳은 채 잘린 검을 보고 있었다. 멍하니 있는 게 아니라 계속해서 생각하고 있었다.

“속도, 각도, 힘.”

토우야는 중얼중얼 생각하는 것을 입 밖으로 내뱉었다.

“아가씨, 한 번 더 부탁할게.”

토우야는 내 허락을 받지 않고 새로운 무딘 검을 꺼냈다. 그리고 검에 무언가를 묶은 뒤 지면에 꽂았다. 검에는 빨간 끈이 두 줄 묶여 있었다.

“아가씨, 이 실과 실의 사이를 벨 수 있어? 아가씨의 검이 너무 빨라서 검을 베는 순간을 확인할 수 없었어. 하지만 베는 장소를 알면 볼 수 있겠지.”

아무래도 빨간 끈은 표시인 모양이다. 한 곳을 집중적으로 봐서 베는 순간을 놓치지 않으려는 것이다.

끈과 끈 사이는 1~2센티미터 정도밖에 안 된다. 하지만 토우야에게 도움이 된다면 해주기로 했다.

“한 번 만이에요.”

“그래, 한 번이면 족해.”

“그러면 위쪽 끈에서 아래쪽 끈까지 대각선으로 벨 테니까 잘 봐야 해요.”

우리가 말을 주고받는 것을 피나와 주변 사람들은 조용히 지켜봤다. 나는 심호흡을 한 뒤 곰 인형 장갑으로 미스릴 검을 쥐었다. 그리고 위의 끈에서 아래 끈까지 대각선으로 검을 휘둘렀다.

무딘 검이 끈이 걸린 윗부분과 아랫부분으로 나뉘었다.

주위에서 조용히 숨을 삼키는 소리가 들렸다.

토우야를 보자 눈도 깜빡이지 않고 가만히 지면에 꽂힌 검을 보고 있다. 그런 토우야에게 말 없이 미스릴 검을 건네자 토우야는 묵묵히 받아들었다.

“참고가 되면 좋겠는데.”

“그래, 충분히 참고가 됐어. 고마워.”

토우야는 검을 쥐고 휘두르기 시작했다.

무언가 느낄 수 있었다면 좋을 텐데.

우리는 토우야의 연습에 방해가 되지 않도록 자리를 떴다.

그리고 그날 저녁 식사 시간 때 토우야로부터 다시 한 번 감사 인사를 받아 놀랐다.

이제 감을 잡은 것 같았다.

432 곰 씨, 집을 구입하다

오늘은 곰 이동문을 둘 집을 구매하기 위해 상업 길드로 향했다.

앞으로 드워프 마을에 올지 모르겠지만 전직 게이머로서 이동 포인트는 만들어 두고 싶었다.

게다가 곰 이동문의 수에는 제한이 없어서 설치한다고 부담이 되는 것도 아니다.

무엇보다 곰 이동문을 설치하면 돌아갈 때 편하다.

"피나랑 루이밍은 기다리고 있어도 되는데."

내가 곰 이동문을 설치할 집을 사기 위해 상업 길드로 갈 거라고 하니 둘 다 따라왔다.

"유나 언니가 어떤 집을 사는지 보고 싶어요."

"그런데 유나 씨, 돈은 가지고 있어요? 집은 무척 비싸다고요."

"응. 뭐, 비싸긴 하지."

그래도 장소에 따라 가격이 다르고, 같은 마을 안에서도 살기 좋은 지역과 불편한 지역에 따라 가격이 다르다.

왕도에서 산 토지도 상류층 지구와 가까워서 꽤 비쌌다.

이 마을의 집 가격은 물어보지 않으면 모르지만 쌀 것 같진 않았다.

하지만 돈 걱정은 없다. 원래 세계에서 저축했던 돈과 이쪽 세계로 온 뒤에 번 돈이 있으니까.

그리고 이 사실은 피나도 모르는 건데, 터널 통행료의 수입도 있다.

"제가 가진 돈으로는 절대로 못 살 거예요."

뭐, 냄비랑 프라이팬을 살 돈으로는 못 사겠지.

우리는 큰 도로로 나와 상업 길드를 찾았다. 숙소에서 들은 이야기로는 이 부근에 있다고 했다.

"유나 언니, 저기가 아닐까요?"

피나가 가리킨다. 그 끝에는 상업 길드의 간판이 있었다. 이곳이 맞는 것 같다.

"그런 것 같네."

피나와 루이밍을 데리고 상업 길드의 건물 안으로 들어섰다. 안에는 생각보다 사람이 적었다. 나로서는 사람이 적은 편이 좋으니 다행이다.

접수대를 보니까 아무도 줄을 서지 않아 순서를 기다리지 않아도 될 것 같았다.

접수대로 가니 귀여운 여자아이가 앉아 있었다. 드워프 여자아이였다.

"……곰?!"

내가 놀라고 있는데 드워프 직원도 내 옷차림을 보고 놀랐다.

뭐, 놀라는 건 항상 있는 일이라 무시하고 용건을 전달했다.

"저기, 집을 사고 싶은데요."

"아가씨들이요?"

접수대 직원은 나를 보더니 뒤에 있는 피나와 루이밍을 봤다. 보통은 이 멤버로 집을 살 거라고 생각하지 않겠지.

"돈이라면 있으니 걱정하지 마세요."

내가 그렇게 말하자 접수대 직원은 수상한 눈초리로 우리를 바라봤다.

"저기 일단 확인하고 싶은데 부모님은 계신가요?"

"안 계신데, 필요해요? 돈이라면 확실하게 낼게요."

"아뇨, 그런 건 아니지만……."

접수대 직원은 나와 피나, 루이밍을 보고 한 번 더 나를 봤다. 그리고 조금 고민한 후 시민 카드의 제출을 부탁했다.

"길드 카드라도 괜찮죠?"

"네, 신분을 증명할 수 있는 거라면 상관없습니다."

나는 길드 카드를 꺼냈다. 길드 카드를 받아 든 접수대 직원이 카드를 확인하더니 표정이 바뀌었다.

"이름은 유나 씨, 모험가 랭크 C, 상업 길드 랭크 E……."

어느 부분에서 놀라고 있는지 모르겠는데 역시 모험가 랭크 쪽일까?

"직업이 곰이라니, 뭐죠?"

거기서 놀라고 있었던 모양이다.

"보는 그대로예요."

귀찮아서 그렇게 대답했다.

"……알겠습니다."

무엇을 납득했는지는 모르지만 묻지 않기로 했다.

"그러면 구매하실 집의 위치나 구매 금액의 상한 같은 건 있으신가요?"

"돈의 상한은 딱히 없는데요. 가능하면 마을 중심에서 벗어난 곳이고 사람이 드나들어도 눈에 잘 안 띄는 곳이 좋아요. 집은 작아도 되지만 더러운 집은 싫어요."

내가 곰 이동문을 설치할 조건에 맞는 집을 말하자 접수대 직원은 더욱더 의심스럽게 우리를 보더니 어처구니없는 말을 꺼냈다.

"마을 중심에서 벗어난 눈에 띄지 않는 곳이라니, 설마 가출……."

"아, 아니에요. 제 옷차림을 보면 알잖아요. 그다지 소란을 피우고 싶지 않을 뿐이라고요."

"정말인가요?"

크리모니아 때는 밀레느 씨가 나에 관해 알고 있어서 간단하게 구입할 수 있었다. 왕도의 경우에는 그란 할아버지와 엘레로라 씨의 입김이 있었다. 미릴러 마을은 크라켄 토벌과 아트라 씨의 허락이 있었기 때문에 곰 하우스를 세울 수 있었다. 랄즈 마을에서는 레트벨 씨에게 집을 양도받았다. 엘프 마을에서는 마물 퇴치에 대한 보답으로 무무르트 씨에게 장소를 제공 받았다. 사막 마을, 데젤트에서는 영주인 바리마 씨의 소개장이 있었다.

그렇게 생각하니 지금까지 집을 세우거나 살 때는 여러 사람의 도움을 받았다.

이번엔 소개장도 연줄도 없고, 지인도 없다.

"……유나 언니."

"……유나 씨."

피나와 루이밍이 걱정스럽게 나를 봤다.

이건 포기하는 편이 나을까.

마을 밖에 만드는 방법도 있다. 그렇지만 모르는 사이에 알려져서 소란스러워지면 곤란하다.

어떻게 할지 고민하고 있는데 「곰 아가씨인가?」라며 뒤에서 누군가가 말을 걸었다.

뒤를 돌아보자 방금 머릿속에 떠올랐던 사람이 있었다.

"레트벨 씨?"

랄즈 마을에서 루이밍의 팔찌의 일로 폐를 끼쳤던 사람이다.

그리고 랄즈 마을에 곰 이동문을 설치할 때 집을 넘겨준 사람이다.

"그쪽은 저번에 엘프 아가씨 아닌가."

"아, 네. 그때는 폐를 끼쳤습니다."

루이밍은 레트벨 씨에게 머리를 숙였다.

"아니, 그때는 손녀를 위해서라고 해도 나도 폐를 끼쳤지."

"그런데 왜 레트벨 씨가 이곳에?"

"나는 상인이지 않나. 물건을 사러 돌아다니는 것 정도는 하지."

할아버지인데 활동적이다.

"그러면 여기까지 물건을 사러 오신 거예요?"

"그렇지. 그런데 아가씨들이야말로 왜 이곳에 있나?"

나는 간단하게 설명했다. 냄비와 프라이팬 등의 조리 도구를 사러 왔다는 사실과 모처럼이니 집을 살 생각으로 상업 길드에 왔다는 사실, 그렇지만 가출 소녀라고 의심받아서 곤란하다는 사실.

이야기를 듣던 레트벨 씨는 조금 어처구니없다는 얼굴을 했다.

"아가씨는 또 집을 살 생각인가?"

역시 그런 생각을 하겠지. 보통은 살지 않을 장소에 집을 사지 않는다.

"그게……."

내가 어쩌면 좋을지 생각하고 있는데 옆에 있던 루이밍이 입을 열었다.

"앞으로 저희 엘프가 물건을 사러 올 거라 집을 사자는 이야기가 되었어요. 유나 씨는 그걸 대신해서 계약해주시는 거고요."

루이밍이 그런 말을 꺼냈다. 나도 레트벨 씨를 이해시킬 말이 떠오르지 않아서 루이밍의 거짓말에 말을 맞췄다.

"제가 그 집을 쓸 수도 있으니까요."

레트벨 씨는 나와 루이밍을 보더니 조금 생각한 뒤 입을 열었다.

"그런 거라면 내가 중개를 해주겠네."

"괜찮아요?"

"자네와 엘프 아가씨에게는 폐를 끼쳤지 않나."

거짓말을 해서 미안하지만 내가 사용하는 건 사실이다.

나는 레트벨 씨에게 감사 인사를 했다.

"고맙습니다."

레트벨 씨는 나 대신 접수대 앞에 서서 이야기를 시작했다.

………………….

접수대 직원이 놀랐다.

…………….

높은 사람이 나왔다.

…….

세 명이 이야기를 나눈다.

"알겠습니다. 레트벨 씨가 신분 보증인이 되어 주신다면, 아무 문제 없습니다."

레트벨 씨가 교섭하자 눈 깜짝할 사이에 허락을 받았다.

레트벨 씨 덕분에 이상한 의심(가출)을 받지 않고 집을 살 수 있을 것 같다.

"그러면 희망하시는 조건에 맞는 집을 찾을테니 잠시만 기다려 주세요."

접수대 직원은 자료를 찾으러 안으로 들어 가버렸다.

"레트벨 씨, 고마워요."

"이 정도는 신경 쓰지 말게. 그런데 돈은 가지고 있나?"

"괜찮아요."

돈이 걱정은 되겠지.

"그러면 미안하지만 나는 일이 있어서 먼저 가보겠네."

"보답을……."

떠나려는 레트벨 씨를 붙잡았다.

"보답은 새로운 그림책을 그렸을 때 손녀 아루카에게 그림책을 가져다주는 걸로 괜찮네."

레트벨 씨는 싱긋 웃더니 가버렸다.

레트벨 씨도 일 때문에 왔는데 붙잡아 두는 건 미안하다. 레트벨 씨가 말한 것처럼 새로운 그림책을 그리면 아루카에게 가져다주자.

433 곰 씨, 집을 청소하다

레트벨 씨는 일이 있어서 갔고 접수대 직원은 내 희망에 맞는 집을 찾고 있었다.

"기다리셨습니다. 조건에 맞는 집이 몇 채 있었어요. 확인해주세요."

접수대 직원은 자료를 들고 돌아왔다. 그리고 내 앞에 이 마을의 것으로 보이는 지도를 펼쳤다.

"지금부터 후보의 장소랑 그 주변을 설명할 테니까, 마음에 드는 곳이 있으면 말씀해 주세요."

접수대 직원은 지도와 자료를 보면서 집의 크기, 금액, 주위 환경을 하나씩 정성스럽게 설명했다.

레트벨 씨 덕분인지 꽤 많은 후보를 볼 수 있었다.

레트벨 씨에게 마음속으로 감사했다.

"이쪽은 사람의 왕래가 적지만, 중심가에서 떨어져 있어서 조금 불편해요."

"이곳은 주택가라 사람은 많아도 살기 좋아요."

"이쪽은 전직 대장장이의 집입니다. 사람이 많은 곳을 피했기 때문에 좀 멀고, 지금은 비어 있어요."

"이쪽은 새롭게 지어진 주택가예요. 지금은 사람이 적지만 앞으로 많은 집이 들어설 예정입니다."

"여기는 중앙거리에서 떨어진 곳이라 조용한 곳이에요. 중앙거리에서 떨어져 있어서 물건을 사러 가는 것은 불편합니다."

나는 설명을 듣고 후보를 두 개로 좁혔다. 그리고 직접 가서 집과 주변을 본 뒤 결정하기로 했다.

안내 역할은 이대로 접수대 직원이 해준다고 했다.

접수대 직원의 이름은 팜이라고 했다.

팜은 마차를 준비해줘서 그것을 타러 갔다.

피나와 루이밍이 있어서 신경을 써준 모양이다.

우리는 마차를 타고 첫 번째 집으로 향했다.

"그러고 보니, 유나 씨는 직업이 곰이에요?"

내 옆에 앉아 있던 루이밍이 물었다.

아무래도 조금 전 상업 길드에서의 대화에 관한 것이리라.

"모험가 길드에서 등록한 직업이야. 검을 다루면 검사, 마법을 쓰면 마법사, 그런 느낌이지. 그런데 모험가로 등록할 때 나는 검을 가지고 있지 않았고, 마법사라는 이름을 붙여도 될지 몰라서 농담 삼아 곰이라고 적은 것뿐이야."

그 농담으로 『곰』이라고 종이에 적었더니 헬렌 씨가 그대로 길드 카드에 『곰』이라고 등록을 해버렸다. 그리고 직업은 곰인 그대로 지금까지 바꾸지 않았다.

“그랬군요. 하지만 농담이라 해도 곰이라고 쓰는 사람은 없을 거예요.”

그건 이세계에 막 도착했을 때의 나에게 말해주고 싶다.

그때는 아무것도 모르는 상황이었으니 어쩔 수 없다.

지금이라면 마법 검사 같은 게 좋을지도…….

그런 대화를 나누고 있는데 마차가 멈췄다.

“도착했습니다.”

우리는 마차에서 내렸다.

내 희망대로 사람이 많은 중심부에서 떨어져 주위에 집은 적다.

분명 대장장이의 집이었다고 했지.

우리는 집 안으로 들어갔다.

“먼지 냄새가 나요.”

루이밍이 코를 막았다.

“청소가 힘들 것 같네요.”

피나도 입과 코를 막는다.

“죄송해요. 최근 몇 년 동안 아무도 살지 않아서……. 급하시면 바로 청소할 사람을 구할까요?”

가볍게 집 안을 봤는데 못 살 정도는 아니었다.

“다음 집을 본 뒤에 정할게요.”

우리는 다음 후보로 향했다.

두 번째 집은 크리모니아 고아원 같이 벽이 세워져 있었다. 주위에 집이 몇 채 세워져 있지만 사람들의 통행은 적었다.

게다가 조금 전에 봤던 전직 대장장이의 집보다 신식이고 깔끔하다. 정원도 있어서 외관이 좋았다.

"그러면 집 안으로 들어가죠."

접수대 직원이 문을 열고 집 안으로 들어갔다.

"안도 깔끔하네요."

"네, 집을 짓고 곧바로 집안 사정으로 이사를 가셨어요. 그 후로 오랜 시간이 흐르지도 않았거든요."

몇 개월 사용되지 않았을 뿐이라 먼지가 많이 쌓이지 않았다.

이거라면 우리만으로 청소도 할 수 있을 것 같다.

"그렇지만 중앙 거리와 상점과의 거리가 멀어서……."

첫 번째 집보다 더욱 멀다.

하지만 주거 용도가 아니라서 문제는 없다.

그러니 고민할 필요는 없었다.

"네, 여기로 할게요."

가격도 가장 싸고 사람들의 통행도 적다. 주변에 있는 집도 많지 않아서 장점뿐이다.

"고맙습니다. 그러면 수속을 진행해도 될까요?"

접수대 직원은 서류를 들고 적을 곳을 찾는다.

하지만 테이블과 책상 같은 건 없다. 접수대 직원이 「일단 길드로 돌아가서……」라는 말을 꺼내기에 나는 곰 박스에서 테이블과 의자 두 개를 꺼냈다.

접수대 직원은 곰 인형 장갑에서 책상이 나왔다는 사실에 놀랐지만 나는 개의치 않고 계약서에 사인하기로 했다.

"지불 방법은 어떻게 하실래요? 분할 납부도 가능합니다."

"일시불이요."

"네?"

"일시불이요."

나는 한 번 더 말했다.

그리고 귀찮으니 계약서에 제시된 금액을 테이블 위에 꺼냈다.

"이거면 되나요?"

"그게…… 확인할 테니 기다려주세요."

접수대 직원은 테이블 위에 있는 돈을 세기 시작했다.

"네, 딱 맞습니다."

접수대 직원은 믿기지 않는 듯 테이블 위의 돈과 나를 바라봤다.

"그러면 이 집은 지금부터 유나 씨의 집입니다. 감사합니다."

접수대 직원은 살짝 경련을 일으키면서 미소를 짓고 돈을 아이템 봉투에 담았다.

"그러면 청소는 어떻게 하실 건가요? 별도 요금이 됩니다만……."

"생각보다 깔끔해서 직접 할 테니 괜찮아요."

"그렇군요, 만약 무슨 일이 생기면 상업 길드 쪽으로 와주세요."

팜은 고개를 숙이고 집에서 나갔다.

"나는 지금부터 청소를 할 거니까 두 사람은 마을 산책이라도 하고 와."

"저도 도울게요."

"저도요!"

피나의 말을 들은 루이밍도 손을 들며 돕겠다고 했다.

"괜찮겠어?"

"네, 항상 유나 언니에게는 도움을 받고 있으니까요."

"게다가 유나 씨에게 청소를 시키고 저희만 나가서 놀 수는 없죠."

두 사람은 그렇게 말해줬다.

"고마워. 그러면 도움을 받도록 할까."

나는 감사한 마음으로 두 사람의 호의를 받아들였다.

"네."

"열심히 할게요."

나는 곰 박스에서 청소 도구 세트를 꺼냈다.

그리고 더러워져도 괜찮도록 두 사람에게는 앞치마를 입게 했다.

"이쪽부터 할까요?"

"우선, 먼지를 밖으로 내보낼 테니까 창문을 열어줘."

내 지시로 피나와 루이밍은 모든 창문과 문을 열었다.

그것을 확인한 나는 바람 마법을 써서 바닥과 좁은 틈 사이에 들어간 먼지를 모아 집 밖으로 내보냈다.

"유나 씨, 대단해요."

“그러면 나는 다른 방에도 하고 올 테니까 두 사람은 다른 청소를 해줘.”

“네.”

“맡겨주세요.”

피나와 루이밍은 걸레를 들고 청소를 시작했다.

하지만 두 사람만으로는 시간이 걸리니까 나는 도움을 불렀다.

곰 인형 장갑을 앞으로 뻗어 꼬맹이 곰돌이와 곰순이를 소환했다.

“곰돌아, 곰순아, 두 사람을 도와줘.”

“곰돌이랑 곰순이는 청소도 할 수 있어요?”

“‘크~응.’”

자신만만하게 울지만 바닥 청소 정도밖에 못 한다.

내가 걸레를 꺼내자 곰돌이와 곰순이는 걸레에 앞발을 올리고 뒷발을 움직여 걷기 시작했다.

“대단해, 저도 지지 않겠어요.”

“네, 저도요.”

루이밍과 피나는 걸레를 들고 창 유리와 선반 같은, 곰돌이와 곰순이가 청소할 수 없는 장소를 닦았다.

여기는 넷에게 맡기고 나는 다른 방으로 가서 바람 마법으로 먼지를 날려 보냈다.

피나와 루이밍, 곰돌이, 곰순이가 청소를 해줘서 점점 깨끗해진다.

그리고 저녁 무렵에 청소가 끝났다.

"지쳤어요."

"팔이 무거워요."

""크~응.""

피나와 루이밍은 곰돌이와 곰순이를 안은 채 바닥에 앉아 있었다.

"청소했어도 바닥에 앉으면 안 돼."

""네~.""

두 사람은 대답하더니 몸을 일으켰다.

나는 마지막으로 집을 산 목적을 실행하기 위해 1층 창고로 갔다. 그리고 가장 구석의 벽에 곰 이동문을 설치했다.

이것으로 임무 완료.

"유나 언니, 돌아가는 건 이 문을 쓸 거예요?"

"으음~ 제이드 씨 일행이 하기 나름이려나. 따로 돌아가게 되면 쓸 생각인데, 같이 돌아가야 하면 쓸 수 없으니까."

"편하게 돌아가는 건 좋지만 곰돌이랑 곰순이를 타지 못하는 건 아쉽네요."

정 안되면 엘프 마을에 루이밍을 돌려보내야 한다 말하고 따로 이동하는 방법도 있다. 뭐, 돌아가는 방법은 제이드 씨 일행에게 달렸다.

"자, 목욕하면서 청소로 더러워진 몸을 깔끔하게 하고 돌아갈까."

더운데 청소까지 해서 두 사람 모두 땀을 흘렸다. 게다가 앞치마를 둘러도 모든 먼지를 막을 수는 없다.

나는 눈앞에 있는 곰 이동문을 써서 엘프 숲의 곰 하우스로 이동했다.

옷을 벗고 청소로 흘린 땀을 씻어내며 몸을 깨끗하게 했다.

"곰돌이도 깨끗하게 해줄게."

"크~응."

"곰순이는 내가 씻겨줄게."

"크~응."

곰돌이는 루이밍, 곰순이는 피나가 씻겼다.

모두 깨끗해진 뒤에 욕탕에 몸을 담궜다.

"으~ 기분 좋아요."

"네, 하루의 피로가 풀려요."

두 사람은 당장에라도 녹을 것 같은 얼굴로 욕탕에 몸을 담그고 있었다.

"두 사람 다 오늘은 고마워."

""크~응.""

내가 피나와 루이밍에게 감사 인사를 하자 곰돌이와 곰순이가 항의하듯 울었다.

"미안, 곰돌이랑 곰순이도 고마워."

""크~응.""

이번엔 기뻐하며 운다.

"그래도 깨끗해져서 다행이에요."

"딱히 사는 게 아니라서 너무 깔끔하게 할 필요는 없었는데."

두 사람 모두 정성을 다해 청소했다.

"더러운 곳을 보니 청소를 하고 싶어졌어요."

"저도 슈리가 방을 자주 더럽혀서 신경이 쓰여서요."

두 사람 모두 착실한 여자아이다.

신부가 되어줬으면 좋겠다.

그리고 숙소로 돌아갔는데 제이드 씨 일행에게 시험의 문이 열렸다는 이야기를 들었다.

곰곰곰 베어 16

번외편

곰 씨, 여름용 곰 제복을 만들다

"어서 오세요."

"고맙습니다."

가게 안으로 들어서자 아이들이 시원한 표정으로 손님에게 인사를 했다.

며칠 전, 식사하기 위해 『곰 씨 쉼터』를 찾았는데 아이들이 곰 제복을 입은 채 일을 하고 있었다. 아이들의 이마에는 땀이 맺혔고 얼굴이 붉었다.

아직 더운 계절이다. 그렇지 않아도 부엌에는 빵과 피자를 굽기 위한 화덕이 있어서 기온이 높았다. 나는 더워 보이는 아이들에게 「곰 님 제복을 벗고 시원한 차림으로 일해도 돼」라고 말했다.

그런데 아이들에게서 부정적인 말이 돌아왔다.

"곰 님 옷을 안 입으면 곰 님의 가게가 아니잖아요."

"곰 님의 옷을 입고 일하고 싶어요."

아무도 벗으려 하지 않았다.

"그런데 모두가 쓰러지면 모린 씨가 걱정할 거야. 물론 나도 그렇고."

내 말을 들은 아이들은 입을 다물어버렸다.

마치 내가 아이들을 괴롭히는 것 같다.

"나도 쓰러지면 안 되니까 시원한 복장을 하라고 말했는데 말이지."

이야기를 듣고 있던 모린 씨도 아이들을 걱정하는 것 같았다.

"일단 수분을 보충시키거나 휴식을 취하고 있기는 해도……."

아이들이 곰 제복을 벗으려 하지 않아서 모린 씨도 곤란해 보였다.

뭔가, 좋은 방법은 없을까.

여름 버전을 만들까?

반팔로 하고 모자 부분은 떼어낸 뒤 곰의 귀가 달린 머리띠를 한다거나?

상상해보니 지금 이상으로 이상한 가게가 되어버린다.

"유나 언니?"

내가 생각을 하고 있는데 아이들이 걱정스럽게 쳐다봤다.

정말이지…… 걱정하고 있는 건 내 쪽이라고. 나는 여자아이의 머리 위에 곰 인형 장갑을 올려 쓰다듬었다.

그렇게 아이들의 곰 후드를 보다가 사막에서 만났던 제이드 씨 일행이 입고 있던 망토가 떠올랐다.

제이드 씨 일행이 입고 있던 모자 달린 망토에는 물의 마석이 붙어 있어서 더위를 완화시킬 수 있었다.

제이드 씨가 알려줬을 때 아이들에게 시원한 옷을 만들어 줘야지 라고 생각했는데 까맣게 잊고 있었다.

피라미드 공략을 하고, 사막에서 돌아오고, 바로 미릴러로 갈 준비를 했지만 변명에 지나지 않겠지.

지금부터라도 늦지 않았다.

"응, 알았어. 그래도 새로운 곰 옷을 만들 테니까 완성되면 그걸 입어야 해."

"새로운 곰 님 옷?"

고개를 갸웃거리는 아이들을 두고 나는 곰 제복과 수영복을 만들어 준 셰리가 있는 가게로 가서 테모카 씨에게 상담을 받았다.

"만들 수 있어."

이야기를 들은 테모카 씨는 냉수 망토의 제작법을 알고 있다고 했다.

아무래도 높은 기사님의 망토에는 기본적으로 달려 있다고 했다. 기사는 더울 때도 망토를 입어야 해서 일반적인 대처 방법이라고.

확실히 기사는 더울 때도 망토를 입고 있는 이미지다. 그리고 겨울은 망토로 몸을 감싸서 따뜻할 것 같다.

그렇게 되면 불의 마석을 사용해 따뜻한 옷도 만들 수 있는 건가?

"그런데 물의 냉기를 전달하기 위해 특별한 마력의 실을 사용해. 그 마력의 실이 일반적인 실과는 달라서 가격이 비싼데……."

테모카 씨는 조금 말하기 껄끄러워했다.

그런 거라면 문제없다.

"돈은 신경 쓰지 않으셔도 돼요."

아이들이 쓰러지는 쪽이 더 큰 문제다.

게다가 돈이라면 『곰 님 쉼터』의 자금이 있다.

아이들이 일해서 번 돈이다. 아이들을 위해 쓰는 건 당연하다.

"그런데 마력의 실을 쓴 옷은 만드는데 얼마나 걸리죠?"

만드는 시간이 많이 필요하다면 만드는 의미가 없어진다.

제복은 최소 6벌이 필요하다. 추가로 네린과 가끔 도와주는 피나와 슈리의 몫도 만들어 두고 싶다.

"아니, 처음부터 만들 필요는 없어. 지금 있는 옷에 꿰매기만 하면 되는거라 금방 만들 수 있지."

돈이 있는 기사라면 처음부터 만들지만 보통은 그 부분만 꿰맨다고 했다.

"그것만으로도 충분히 시원해질 거야."

성능에 차이가 없다면 나로서는 문제 없다.

"그럼, 부탁해도 될까요?"

테모카 씨는 싫은 기색 없이 승낙해줬다.

작업을 시작하려면 곰 제복이 필요해서 나는 일단 가게로 돌아가 모두의 예비 제복을 전부 모았다.

곰 제복을 가지고 재봉 가게로 돌아가니 테모카 씨와 셰리가 곧바로 일에 착수할 수 있게 준비를 하고 있었다.

"그러면 셰리, 오늘 중으로 끝낼 수 있게 열심히 하자."

"네."

테모카 씨와 셰리 두 사람이 힘을 합쳐 곰 옷에 마력의 실을 꿰맸다.

"셰리, 꿰매는 위치는 여기니까 조심해야 해."

"네."

테모카 씨는 때로는 친절하게, 때로는 엄격하게 셰리에게 자신의 기술과 지식을 전해준다.

아직 모녀지간은 아니지만 언젠가는 겐츠 씨와 피나처럼 가족이 된다면 좋을 것 같다.

그리고 테모카 씨와 셰리는 저녁 전까지 모든 곰 제복에 마력의 실을 꿰맸고 물의 마석을 달아줬다.

다음 날, 나는 개점하기 전에 가게로 향했다.

오는 게 조금 늦었는지 이미 아이들은 가게 오픈을 위해 일을 하고 있었다.

"모두들 오늘은 이걸 입고 일을 해봐."

나는 아이들에게 물의 마석이 달린 곰 옷을 건넸다.

"이건?"

"겉보기에는 똑같지만 이걸 입으면 시원할 거야. 그러니까 더울 때는 이걸 입고 일해."

"시원해?"

"응, 이걸 입으면 곰 제복으로 일해도 좋아."
"정말?"
곰 제복을 받아 든 아이들은 탈의실로 들어갔다.
"자, 네린의 몫도 있어."
"고마워."
네린도 곰 제복을 입고 일했다. 곰 제복을 받아 들더니 네린도 탈의실로 들어갔다.

그리고 조금 지나자 곰 제복으로 갈아입은 아이들과 네린이 탈의실에서 나왔다.
"유나 언니, 갈아입었어."
"그러면 가슴 쪽에 있는 마석을 만져봐."
아이들은 내 말에 따라 대로 마석을 만졌다.
아이들의 얼굴을 봐도 잘 모르겠다.
효과는 바로 알 수 없는 건가?
"우선 그 상태로 일을 해봐, 아마 어제보다 덥지 않을 테니까."
내 말을 들은 모두는 일을 시작했다.

계속 보고 있을 수는 없어서 나는 일단 집으로 돌아갔다가 시간을 보낸 뒤 가게로 돌아왔다.
그리고 뒷문을 통해 부엌 안으로 들어갔다.

아이들이 일을 하며 돌아다니고 있었다.

"유나 언니!"

"유나 누나."

아이들이 나를 발견하고 다가온다.

"어때? 시원해?"

"응, 안 더워."

"시원해."

아이들은 미소로 대답했다.

나는 곰 제복을 입은 여자아이의 얼굴을 봤다.

어제와 달리 이마에 땀이 나지 않았고 얼굴도 빨갛지 않다.

응, 괜찮은 것 같네.

"그래도 더우면 말해."

"응."

"알았어."

아이들은 일을 하러 돌아갔다.

"유나, 고마워."

빵을 굽던 모린 씨가 말을 건넸다.

"어제랑 다르게 아이들이 지친 얼굴을 하지 않게 됐어."

그렇다면 만든 보람이 있다.

"모린 씨는 괜찮아요?"

아이들은 특수한 곰 제복이라 시원하게 일을 할 수 있지만 모린 씨는 평범한 옷이다.

"걱정해줘서 고마워. 그래도 괜찮아. 몇 년이나 이 일을 하고 있는걸. 이 정도의 더위는 익숙해."

익숙하다고 해도 더운 게 힘든 건 똑같다.

아직 더위는 이어질 거다. 부엌은 빵과 케이크 등을 구워서 불도 사용한다.

더위 대책은 필요하다.

내가 얼음 마석을 사용한 에어컨 비슷한 것을 부엌에 설치하겠다는 이야기를 모린 씨에게 하자 「나는 그렇게 약하지 않아」라고 말했다.

그래도 만에 하나 모린 씨가 쓰러지면 곤란하니 설치하기로 했다. 사용하든 사용하지 않든 모린 씨에게 맡길 거다.

그 사실을 안 카린 씨로부터 점내에도 설치해주면 좋겠다는 부탁을 받았지만 고객이 시원하다고 자리를 오래 차지하고 있으면 곤란하니 거절했다.

"더우면 카린 씨도 곰 제복을 입을래요?"

카린 씨는 나와 달리 귀여워서 어울릴 거다.

그렇지만 카린 씨는 「그건 창피하니까 무리!」라고 말하며 거절했다.

"카린 언니, 나도 처음에는 창피했는데 한 번 입으니까 익숙해졌어."

같이 이야기를 듣고 있던 네린이 자신의 곰 옷차림을 보고 말했다.

하지만 네린의 말에도 일리가 있다. 나도 처음에는 곰 옷차림이 창피했는데 서서히 익숙해졌다.

더는 곰 옷차림으로 크리모니아를 걸어 다니는 것에 저항이 없어지기 시작했다.

"후후, 시원한데. 카린언니, 아깝네."

카린 씨는 네린을 부러운 듯 봤다.

"으으, 내 방이라면…… 잠옷이라면."

이번에는 고민하기 시작했다.

그러고 보니 방에는 에어컨이 없어서 밤에는 더울지도…….

며칠 후 카린 씨에게 곰 제복을 잠옷용으로 부탁받아서 테모카 씨에게 만들어 달라고 한 건 비밀이다.

딱히 곰 제복이 아니어도 괜찮은데 카린 씨는 그 사실을 알아차리지 못한 모양이다.

대장장이 크세로 편

내가 밖에서 작업장으로 돌아오니 가게 입구 앞에 본 적이 있는 인물이 있었다. 전에 무기를 만들어 줬던 모험가 제이드 일행이었다.

그런 제이드 일행이 아이들을 데리고 있었다. 특히 그중에서도 검은 옷차림을 한 인물이 눈에 띈다. 검은 요괴 같은 옷을 입고 머리에는 동물의 귀가 달려 있고, 엉덩이에는 둥근 꼬리도 있다.

궁금해져서 다가갔더니 제이드 일행의 말소리가 들려왔다.

"제이드 씨의 미스릴 검을 만들어 준 대장간은 유명해요?"

아무래도 나에 관한 이야기를 하는 모양이다. 제이드의 미스릴 검은 내가 만들어 줬다. 꽤 잘 만들어졌지.

"글쎄, 어떨까. 이 마을의 대장장이는 다들 우수하니까 말이야."

제이드는 그렇게 대답했다. 그 대답은 아니지.

나는 불만을 말하기 위해 제이드의 뒤에서 말을 걸었다.

"이럴 때는 가장 우수하다고 말해야지."

"크세로 씨?"

내가 말을 걸자 모두 뒤를 돌아보고 놀란 표정을 지었다.

딱히 내가 제일이라고 생각하지도 않고 이름을 내세울 생각은 없다. 그렇지만 거짓말이라도 우수한 대장장이라고 말해주면 대장장이는 기쁘다.

제이드는 겸연쩍은 얼굴을 했지만 나도 농담으로 말한 거다.

"제이드, 오랜만이군. 내가 만든 검이 부러졌나?"

"부러지지 않았어요."

"그건 그렇고 재미있는 복장을 한 아가씨를 데리고 왔군그래."

나는 웃으며 신경 쓰이는 인물에게로 눈을 돌렸다.

뒤에서는 몰랐지만 검은 옷을 입고 있는 건 곰 옷차림을 한 여자아이였다. 이런 복장을 한 인물은 처음 봤다.

복슬복슬한 복장으로 움직이기 어려워 보인다. 손에는 곰 얼굴이 있는 장갑을 끼고 있고 발에도 커다란 곰 발 같은 신발을 신고 있다.

이 상태로는 움직이기도 어렵고 무기도 휘두르지 못하겠군.

뭐, 이런 곰 옷차림의 아가씨가 검을 휘두르진 않을 테니 쓸데없는 생각인가.

아무래도 무기 장인의 버릇이라 상대가 어떤 무기를 다루는지 생각하게 된다.

그런데 어째서 나는 아가씨가 무기를 다루고 있을 거라 생각했지?

무기 장인의 감이 이런 곰 아가씨가 무기를 다루고 있다고 느낀 모양이다.

후후, 내 감각도 둔해진 모양이다.

곰 옷차림을 한 여자아이는 유나라는 이름이었고 제이드에게 신세를 지고 있다고 했다.

"나는 크세로라고 하네. 대장장이지. 제이드의 평가로는 제일 뛰어난 대장장이는 아닌 것 같지만."

"크세로 씨……, 저는 제일 뛰어나다고 생각해요."

제이드가 내 기분을 풀려고 했다.

"흥! 입바른 소리. 나는 내가 만든 검을 소중히 써준다면 그것만으로 족해."

그게 대장장이가 가장 원하는 것이다.

내 말을 들은 제이드와 세니아가 내가 만든 무기를 소중하게 만졌다.

내가 만든 무기가 두 사람의 목숨을 지키고, 그 무기에 의해 구해진 목숨이 있다고 생각하니 무기 장인으로서는 기쁘다.

그리고 이렇게 살아서 얼굴을 보여주는 것이 제일 좋다.

그 후 제이드 일행이 이곳에 있는 이유를 묻자 토우야의 검을 부탁하러 왔다고 했다.

나는 자세한 이야기를 듣기 위해 모두를 가게 안으로 들였다.

언제까지고 가게 앞에 서 있으면 눈에 띄니까 어쩔 수 없다.

자세한 이야기를 들어보니 나에게 토우야의 미스릴 검을 만들어 줬으면 좋겠다는 이야기였다.

나는 난색을 표했다.

1년 정도 전에 유난히 아꼈던 신입 모험가가 있었다. 그 모험가는 돈이 없어 내가 만든 저렴한 검을 사용했었다. 그러나 서서히 의뢰에 성공하며 성장했다. 그래서 나는 그 녀석에게 좋은 무기를 만들어줬다.

그렇지만 좋은 무기를 얻고 나서 자신의 실력이 성장했다고 착각했는지 무리한 의뢰를 받아 실패하여 목숨을 잃었다. 자신의 실력 이상의 무기를 손에 넣어 착각했던 거겠지.

어린아이가 무기를 들고 자신이 강하다고 착각하는 것과 같은 이치다.

만약 좋은 무기를 구매하지 않았다면 그 녀석도 무리한 의뢰를 받지 않았을지도…….

그래서 지금의 나는 좋은 무기를 만들 때 상대의 실력을 평가한 뒤에 만들어 주고 있다.

토우야는 우쭐거리는 성격이다. 제이드 일행이 없다면 위험한 일도 하겠지.

그러니 토우야가 미스릴 검을 다룰 수 있을 정도의 실력이 아니면 만들어 줄 생각은 없다.

나는 토우야가 미스릴 검을 다룰 수 있는지 테스트를 해 봤다.

예전에 만들어 뒀던 미스릴 검과 아들이 만든 무딘 검을 들고 뒤뜰로 향했다.

그리고 아들이 만든 무딘 검을 지면에 꽂은 뒤 미스릴 검을 토우야에게 건넸다.

"아들이 만든 무딘 검이다. 그 미스릴 검으로 이 검을 베어 봐. 만약 베는 데 성공하면 너에게 미스릴 검을 만들어 주지."

이건 꽤 어려울 거다.

아들이 만든 무딘 검이라도 재질은 철이다. 간단하게 할 수 있는 것이 아니다.

그렇지만 미스릴 검을 손에 넣고 나면 의뢰의 랭크를 올려 피부가 단단한 마물이나 단단한 방어구를 몸에 두른 적과 싸울지도 모른다.

무엇보다 실전에서 적은 움직인다. 지면에 꽂힌 이 검은 움직이지 않는다.

움직이지 않는 적도 벨 수 없다면 미스릴 검을 다룰 자격은 없다.

내 말에 토우야는 「알겠어요」라고 한마디만 했다.

토우야는 미스릴 검을 쥐고 지면에 꽂힌 검을 바라봤다.

그리고 준비한 뒤에 내리쳤다.

속도도, 힘도 좋다. 그렇지만 각도가 나빴는지 지면에 꽂힌 무딘 검은 튕겨져 날아가 지면을 굴렀다.

역시 무리인가.

토우야가 한 번 더 하게 해달라고 부탁을 했다.

결과는 같겠지만 승낙했다.

그리고 역시 결과는 같았다.

토우야가 검에 대한 불만을 말해서 나는 같은 것을 제이드에게 시켰다. 제이드 녀석은 보기 좋게 무딘 검을 베었다.

실력은 녹슬지 않은 것 같다.

나는 토우야에게 포기하라고 말했지만 토우야는 포기하지 않고 시간을 달라고 했다.

뭐, 며칠 연습해서 베지 못하면 토우야 녀석도 포기하겠지.

내가 토우야의 제안을 받아들이자 토우야는 미스릴 검을 들고 떠났다.

제이드가 벤 검을 치우려고 하는데 곰 옷차림을 한 아가씨가 가만히 지면에 꽂힌 검을 보고 있었다. 그리고 토우야가 했던 걸 해보고 싶다고 말을 꺼냈다.

이건 간단하게 할 수 있는 게 아니다. 지면에 꽂힌 검을 검으로 베려면 기술이 필요하다. 기술이 없다면 조금 전의 토우야처럼 충격으로 검이 날아가 버릴 뿐이다. 힘만으로 베려고 하면 무딘 검은 꺾일 거다. 간단하게 할 수 있는 게 아니다. 각도, 속도, 힘, 여러 가지가 합쳐져야 할 수 있는 거다. 그걸 해보고 싶어 했다.

게다가 같이 있던 제이드와 멜이 곰 아가씨가 할 수 있다는 것처럼 말을 했다.

설마 진짜로 할 수 있나?

그렇지만 내가 미스릴 검이 없다고 말하자 놀랍게도 제이드가 자신의 검을 빌려주겠다 나섰다.

동료에게 빌려주는 건 가능해도 이런 어린아이에게 빌려줄 거라고는 생각 못 했다. 그만큼 제이드가 곰 아가씨의 실력을 인정한다는 뜻이기도 하다.

곰 아가씨는 제이드로부터 검을 빌리더니 마치 무게를 느끼지 않는 듯 검을 휘둘렀다.

어디에 저렇게 무거운 검을 휘두를 힘이 있는 거지. 제이드의 검은 크고 무겁다. 그걸 간단히 휘두르고 있다. 설마 저 곰 옷 때문에 안 보이지만 실제로는 근육질인 건가?

곰 아가씨는 지면에 꽂힌 검 앞에 섰다.

뭐지?

아가씨의 얼굴이 진지하게 변하더니 긴장감 넘치는 공기가 나를 감쌌다.

아가씨에게서 눈을 뗄 수 없다.

주위가 적막해진 순간, 아가씨가 검을 내리쳤다.

빨라. 내리쳤다는 걸 알지 못했다. 이 한 번의 휘두름으로 아가씨의 대단함을 알 수 있었다. 검을 위에서 아래로 내리친 뒤에 바로 멈추는 것은 힘이 없으면 어렵다. 초보자는 검의 무게 때문에 휘청거리는 일이 다반사다. 그렇게 있는 힘껏 휘두르면 도중에 검을 멈춰 세우지 못하고 지면에 부딪혀도 이상하지 않다. 그러나 곰 아가씨는 무거운 검을 빠른 속도로 내리치고 확실하게 멈췄다.

그건 검에게 휘둘리지 않고 확실하게 검을 다룬다는 증거다.

그렇지만 지면에 꽂힌 검은 튕겨 날아가지도, 베이지도 않았다.

허공을 갈랐나?

아니, 거리상으로 허공을 가를 순 없다. 게다가 검이 검을 관통하는 걸 봤다.

곰 아가씨는 지면에 꽂힌 검을 들고 있던 검 끝으로 가볍게 쳤다. 그러자 톡 하고 검의 위쪽이 지면으로 떨어졌다.

나는 눈을 의심했다. 베어져 있었다. 심지어 소리도 없이…….

이런 건 행운이나 우연으로는 할 수 없어.

내 팔에 소름이 돋았다.

도대체 뭐야, 이 곰 아가씨는…….

곰 아가씨는 자랑하는 일도 없이 「제이드 씨의 검이 좋았을 뿐이에요」라고 말했다. 제이드의 검을 만든 나로서는 기쁜 말이다.

만약 저 아가씨가 미스릴 검을 만들어 달라고 하면 나는 거절하지 않겠지.

겉모습은 둘째 치고 실력은 진짜였다.

■작가 후기

쿠마나노입니다. 『곰 곰 곰 베어』 16권을 구매해 주셔서 감사드립니다.

이번 책이 발매될 무렵에는 애니메이션 방영 개시 직전일 것 같네요.

애니메이션화 된다는 이야기가 있고 나서, 길면서 짧았던 시간이 스쳐 지나갔습니다. 시간이 흐르는 건 빠르네요.

당시 애니메이션화에 관련한 건은 모두 감독님에게 맡기겠다고 생각했지만, 원작자인 저도 가능한 만큼 관여해주시면 좋겠다고 하셔서 참가할 수 있는 곳에는 참가했습니다.

참가함으로써 많은 분이 곰을 위해 노력하시는 사실을 알게 되어 무척 좋은 경험을 했습니다.

감독님을 중심으로 시나리오를 쓰는 작가님, 애니메이션 제작을 해주신 EMT 스퀘어드님. 곰을 홍보하는 영업 관계자님, 캐릭터에 목소리를 불어넣어 주시는 성우님, 음향 감독님. 음악을 만들어 주신 분들. 그리고 모든 것을 하나로 합쳐 주시는 프로듀서 KADOKAWA의 K님. 제가 모르는 곳에서도 많은 분이 움직이고 계실 거라고 생각합니다.

그런 분들의 힘으로 곰 곰 곰 베어라는 애니메이션이 만들어질 수 있었습니다. 애니메이션 제작에 참여하지 않았다면 알 수 없었을 일들이 많이 있었습니다.

이런 귀중한 경험을 하게 해주신 모든 분께는 감사 인사를 아무리 드려도 모자랍니다.

책을 구매해 주셨을 때 애니메이션이 방영되기 전일지 후일지는 모르지만 곰이라는 작품을 읽어 주셔서 감사드립니다.

아직 책 쪽의 곰은 이어질 거라서 앞으로도 계속 봐주신다면 기쁠 것 같습니다.

마지막으로 책을 내는 것에 전력을 다해주신 모든 분께 감사의 인사를…….

029 선생님, 항상 멋진 일러스트를 그려주셔서, 그리고 여러 요청에 응해주셔서 감사드립니다.

편집자님께는 항상 폐를 끼치고 있습니다. 그리고 『곰 곰 곰 베어』 16권 출판과 연관된 많은 분께 감사드립니다.

여기까지 책을 읽어 주신 독자님들께는 감사의 마음을 전합니다.

그러면 17권에서 만나 뵈는 것을 기대하고 있겠습니다.

2020년 9월 좋은 날 쿠마나노

■역자 후기

안녕하세요. 이번에는 16권으로 찾아뵙게 되었습니다.

항상 충실히 이세계 생활을 보내는 유나의 모습을 보면 마음이 훈훈해지는 것 같네요.

여러분은 어떠셨나요? 저는 17권에 나올 내용이 벌써 궁금해집니다. 17권은 조금 더 이세계스러운 내용이 있을 것 같다는 생각이 드네요.

항상 귀엽고 다양한 스토리로 우리의 기대를 저버리지 않는 곰 곰 곰 베어가 17권에서도 이어지지 않을까 싶습니다.

읽어 주셔서 감사드리며 편집자님께도 감사 인사를 드립니다. 그러면 17권에서도 만나 뵙길 기대하고 있겠습니다. 고맙습니다.

2021년 8월 좋은 날

역자 김보라 올림

곰 곰 곰 베어 16

초판 1쇄 발행 2021년 10월 10일

지은이_ Kumanano
일러스트_ 029
옮긴이_ 김보라

발행인_ 신현호
편집부장_ 윤영천
편집진행_ 김기준 · 김승신 · 원현선 · 권세라
편집디자인_ 양우연
관리 · 영업_ 김민원 · 조인희

펴낸곳_ (주)디앤씨미디어
등록_ 2002년 4월 25일 제20-260호
주소_ 서울시 구로구 디지털로 26길 111 JnK디지털타워 503호
전화_ 02-333-2513(대표)
팩시밀리_ 02-333-2514
이메일_ lnovelpiya@naver.com
L노벨 공식 카페_ http://cafe.naver.com/lnovel11

ISBN 979-11-278-6232-9 04830
ISBN 979-11-278-3067-0 (세트)

값 9,500원

*잘못된 책은 구매처에 문의하십시오.

변변찮은 마술강사와 금기교전 1~18권

히츠지 타로 지음 | 미시마 쿠로네 일러스트 | 최승원 옮김

알자노 제국 마술 학원의 계약직 강사인 글렌 레이더스는 수업 중
자습 → 취침 상습범.
그러다 웬일로 교단에 서나 싶으면 칠판에 교과서를 못으로 고정해놓는 등,
그야말로 학생들도 기가 막혀 하는 변변찮은 강사다.
결국 그런 글렌에게 진심으로 화가 난 학생,
「교사 킬러」로 악명이 자자한 시스티나 피벨이 결투를 신청하지만—
이 해프닝은 글렌이 허무하게 패배하는 안타까운 결말로 막을 내린다.
하지만 학원에 닥친 미증유의 테러 사건에 학생들이 휘말리자,
"내 학생에게 손대지 마!"
비로소 글렌의 본성이 발휘된다!

TV애니메이션 방영 화제작!!

©Kou Yatsuhashi/OVERLAP
Illustration Mito Nagishiro

왕녀 전하는 화가 나셨나 봅니다 1~3권

야츠하시 코우 지음 | 나기시로 미토 일러스트 | 이진주 옮김

왕녀이자 최강의 마술사인 레티시엘은
전쟁으로 목숨을 잃고 천 년 뒤의 세계에 전생한다.
그녀는 마력이 없다는 이유로 무능영애로 취급 당하지만,
레티시엘로서 익힌 「마술」은 사용할 수가 있었다.
그 뒤, 학원에서 레티시엘은 천년 뒤의 「마술」을 직접 목격하고—
그 조잡함에 격노한다!
레티시엘이 선보인 「마술」은 학원을 경악시키고,
이윽고 국왕에게까지 알려지기에 이른다.
정작 레티시엘은 「마술」 연구에 몰두하느라
그 사실을 전혀 알아차리지 못하는데—?!

전생 왕녀가 자신의 길을 걷는
최강 마술담, 개막!!

라이트노벨의 새로운 빛! L노벨의 신간은 매월 10일에 발매됩니다. http://cafe.naver.com/lnovel11

NOVEL